Oliver Schilling

Herrgöttl

**Oliver Schilling**, Jahrgang 1961, aufgewachsen im ländlichen Württemberg, lebt in Heidelberg. Er ist Psychologe, Autor eines Statistiklehrbuchs und arbeitet als wissenschaftlicher Mitarbeiter am Deutschen Zentrum für Alternsforschung. »Herrgöttle« ist nach »Himmelreich« (KBV, 1997) sein zweiter Kriminalroman.

Oliver Schilling

# Herrgöttle

KBV
KRIMI

Originalausgabe

www.kbv-verlag.de
E-Mail: info@kbv-verlag.de
Telefon: 0 65 93 - 99 86 68
Fax: 0 65 93 - 99 87 01
Redaktion, Satz: Volker Maria Neumann, Köln
Umschlagillustration: Ralf Kramp
Druck: Westermann Druck, Zwickau
Printed in Germany
ISBN 3-934638-29-5

Für Karl Strunz (†1993)

# 1. Teil

# Letzte Sekunden

Einige Male waren sie ihm verschwommen und von Ferne in den Blick gekommen, auf abscheulichen Fotografien, nach denen er kaum Ausschau gehalten hatte. Auf Bildern, die ihn unverhofft, beim Umblättern einer Seite – in einem Buch oder in einer Illustrierten – überfallen und getroffen hatten, die grausig genug gewesen waren, ihm einen Schauder aufzuzwingen, der sich nicht mit dem ersten Erschrecken abschütteln ließ. Momentaufnahmen dieser letzten Sekunden, für die Nachwelt festgehalten von Unbekannten, die ja immerhin dabei gewesen sein mussten und vielleicht nur fotografiert hatten, um sich hinter dem Kameraobjektiv verstecken zu können. Zum Beispiel in irgendeinem Bürgerkrieg: Lachende Milizionäre posierten mit einem gefangenen und bereits schwer misshandelten Gegner vor der Kamera, bevor sie ihn, wie die Bildunterschrift erklärt hatte, endgültig umbrachten. Er hatte nicht einfach weiterblättern können, hatte sich im Gegenteil alles ganz genau ansehen müssen und versucht, sich diesen Moment vorzustellen. Was war in dem Mann vorgegangen in diesen letzten Sekunden in der Gewalt von Bestien, ganz und gar wehrlos, und einen erbärmlichen und grausamen Tod vor Augen? Wie sah man das Letzte an, das sie einen ansehen ließen, wie hörte man die letzten Geräusche, die man hören durfte? Nichts von alledem, was ihm in seinem Leben widerfahren war, hatte ihm auch nur eine ungefähre Vorstellung davon geben können, und so hatte er dabei immer wieder nur ein ungefähres Grausen empfunden – vor einem fernen Unheil, das ihn vermutlich nie würde erreichen können.

Und jetzt lag er in dieser Badewanne, nackt und schutzlos, und er konnte dem Schwein ins Gesicht sehen, das ihn umbringen würde. Letzte Sekunden, eine nach der anderen, sein Mörder hatte es nicht eilig! Lässig ließ er den Haartrockner am Kabel baumeln, viel zu wenige Zentimeter über der Wasseroberfläche, während sein Geschwätz die Macht auskostete, die er in diesen Sekunden besaß.

Und er hörte zu, was das Schwein erzählte. War immer noch neugierig! Trotz der Todesangst, die er spürte, wie er noch nie zuvor eine Angst gespürt hatte. Denn dass ihm das, was er jetzt erfuhr, so einfach ausgerechnet von diesem Munde ausgeplaudert wurde, konnte nur bedeuten, dass sein Tod beschlossene Sache war.

Seine Neugier hatte ihn so weit gebracht! Sie war vielleicht schon immer da gewesen, hatte nur zuvor, während seines faden und ereignisarmen Lebens, niemals einen Anhaltspunkt gefunden, an dem sie sich hätte entzünden können. Dann, vor noch nicht einmal einem Monat, war sie ausgebrochen: Er hatte Silvia kennen gelernt ...

## I. Anlass zur Beunruhigung

Sie trug ein weiches, kurzes und vielleicht nachtblaues Kleid. Darunter wahrscheinlich nicht mehr allzu viel, der Tag war schließlich viel zu heiß! Sie mochte über vierzig sein, und ihr Anblick trieb für einen kurzen Moment seinen Puls in die Höhe, so unerwartet traf er ihn hier, auf dem breiten Flur der Altenpflegestation M3, jener grauen Welt voller Inkontinenzgerüche, mit denen sich ehemalige Geschlechtsorgane bemerkbar machten.

Kein Ort, an dem man sich herausputzte und gefiel. Hier war Verfall zu besichtigen, körperlicher und geistiger, und die wenigen Besucher, die ihm bisher begegnet waren, hatten wahrscheinlich dem Ernst dieser Besichtigung entsprechend eine gewisse Sorgfalt darauf gelegt, dass ihr Äußeres keine frivole Lebensfreude aufkommen ließ. Die Jungen und die Schönen mieden in der Regel solche Orte.

Sie war nun in dieser Hinsicht eine Ausnahme und wahrscheinlich war ihr selbst ihre Attraktivität hier drinnen peinlich geworden, jedenfalls hockte sie einigermaßen verkrampft da, die Knie zusammengepresst und die Hände davor verschränkt, so, als wolle sie damit den Saum des Kleides verlängern und möglichst viel von den langen, leicht gebräunten Beinen verbergen.

Sie saß zusammen mit Göttle und dem Großvater in einer der Sitzgruppen, die man entlang des Flurs aufgestellt hatte, und die mit ihren hellbraunen, abwaschbaren Kunststoffbezügen die Heiterkeit eines Sozialamts verbreiteten. Ausgemergelte alte Männlein bevölkerten den Raum, sie hockten meist regungslos da und starrten ins Leere, während einige wenige sich mit schlurfenden Schritten fortbewegten, auf ziellosen Spaziergängen durch die Station M3. Sie redeten, wenn überhaupt, in Selbstgesprächen, deren Sinn auch ein aufmerksamer Zuhörer nicht hätte begreifen können.

Als er näher kam, um den Großvater zu begrüßen, sprach sie ihn an: »Sie sind nun wohl der Enkel des Herrn Stolz.« Ein angedeutetes Lächeln, wimpernschlagkurz. »Man hat mir erzählt, dass Sie sich auch ein wenig um meinen Vater gekümmert haben. Das ist sehr nett von Ihnen, ich danke Ihnen dafür.«

Das also war Göttles Tochter! Die ihren Vater einfach hier vergammeln ließ! Die Pflegerin Helga hatte ihm erzählt, dass Göttle schon seit langer Zeit keinen Besuch mehr bekommen habe ... auf ihren Dank war jedenfalls geschissen. Eigentlich wollte er sie unsympathisch finden.

Es war jedoch keine Frage des Wollens. Und im Grunde auch keine Frage von Sympathie oder Antipathie. Schon die Art und Weise, wie sie diese wenigen Worte gesagt hatte, eliminierte von vorneherein jeden nur möglichen Vorbehalt in ihm: Übertriebene Süßholzraspelei hatte sie nicht nötig, und ganz selbstverständlich war sie nicht aufgestanden und hatte ihm auch nicht die Hand zur Begrüßung gereicht. Ihr genügte der Ton ihrer Stimme, warm und freundlich und irgendwie noch aufregend dazu. Sie hatte ihm ein gutes Lebensjahrzehnt voraus, und sie hatte die Zeit dazu genutzt, ihre Wirkungen zu studieren und zu entwickeln.

Er war ihr schon einige Male begegnet, irgendwo im nächtlichen Treiben der Stadt, die noch klein genug war, dass in ihr eigentlich jeder jedem hin und wieder über den Weg laufen musste, und doch so groß, dass man sich dabei meistens übersah. Er hätte zwar nicht sagen können, wann und wo genau sie sich schon getroffen hatten, aber er sah sie noch vor sich, wie sie auf irgendeinem Barhocker saß, im Gespräch mit jemandem, dessen Bild nicht in seiner Erinnerung auftauchte. Er jedenfalls hatte sie nicht übersehen.

Allerdings war es ihm zur lieben Gewohnheit geworden, es den Frauen nicht immer gleich mit Wort und Tat zu zeigen, wenn sie bei ihm eine Pupillenerweiterung verursachten, und so brummte er zur Antwort bloß ein »Hmnja« und begrüßte stattdessen die beiden Alten neben ihr lauthals: »Grüß Gott Opa, hallo Herrgöttle!«

Letztere Anrede hatte er vom Pflegepersonal übernommen. Sie redeten hier in einigermaßen liebevollen Tönen auf ihre Schützlinge ein, und so war ihnen der »Herr Göttle« zum »Herrgöttle« geworden – kein Mann mehr, sondern bloß noch ein putziges, kindliches Etwas. *Das* Herrgöttle eben.

Der Großvater sah ihn mit düster gefurchter Stirn an und entgegnete: »Was? Benzin?«

Göttle reagierte gar nicht, starrte nur mit seinem grimmigen Blick vor sich hin.

»Entschuldigung, ich habe mich gar nicht vorgestellt. Ich bin Silvia Göttle, seine Tochter.« Sie deutete auf Göttle, der von ihr keine Notiz zu nehmen schien. »Die Schwester hat mir auch erzählt, dass Sie ab und zu mit den beiden alten Herren ins Café hinübergehen und Torte spendieren. Wie wäre es, wenn ich das heute übernehmen würde?« Das Lächeln, mit dem sie diese Einladung verpackte, kam erstaunlich schleimfrei zustande und lag so lässig in ihrem Gesicht, wie das Kleid auf ihrer Haut.

Aus welchem Stoff bestand dieses eigentlich? Er kannte sich darin nicht aus, jedenfalls schien es hauchdünn und war doch blickdicht, es musste sehr angenehm sein, an einem solchen Tag ein solches Kleid zu tragen.

Er gab zur Antwort: »Ins Café? Gerne, zum Spazierengehen ist es heute eh zu heiß.«

»Gut!«, sagte sie und erhob sich. Und zum Herrgöttle: »Vater! Komm, wir gehen aus!«

Komisch, dachte er, sie spricht ihn mit »Vater« an.

Göttle erhob sich. Er tat stets, was man ihm sagte, und war in dieser Hinsicht wahrscheinlich der pflegeleichteste Insasse der Station M3.

»Jetzt habe ich übrigens auch vergessen mich vorzustellen. Mein Name ist Thomas Haas.«

Sie nickte. Offenbar hatte sie seinen Namen schon gekannt. Er dachte sich nichts dabei.

Der Großvater musste heute nicht überredet werden, im Gegenteil: »Wohin gehen wir, Hans?«, fragte er, noch ehe Thomas das Wort an ihn richten konnte. Dass er ihn Hans nannte, war normal: Es war der Name seines Bruders, der im Krieg gefallen war. Sein Bewusstsein hatte eine Art Zeitreise unternommen und war in seine Jugend zurückgekehrt, und so war für ihn Thomas, den er immerhin noch als besonders nahestehenden Menschen erkannte, zwangsläufig der Bruder. Dessen Tod hatte er ebenso vergessen, wie die Existenz des Enkels und der ganzen Zeit, in die Letzterer gehörte.

Man winkte also eine Pflegerin herbei, die ihnen die Tür hinaus ins Freie aufschloss, und machte sich auf den Weg hinüber zum so genannten »Café Friedrichsstüble«.

Das Alten- und Pflegeheim Friedrichshöhe: Drei doppelgeschossige Gebäude im sachlichen Stil der sechziger Jahre, am Waldrand gelegen und mit einer großzügigen Grünanlage umpflanzt. Nebenan ein alter Gutshof, der jetzt als Drogentherapieeinrichtung genutzt wurde. Das alles gehörte der evangelischen Landeskirche.

Das Café befand sich im Hauptgebäude, in einem mit großen Blumenkübeln abgeteilten Bereich der Eingangshalle. Es diente keinem kommerziellen Zweck, die kleine Auswahl – Kuchen und Torten, koffeinfreier Kaffee und nichtalkoholische Erfrischungsgetränke – wurde zu protestantisch bescheidenen Preisen feilgeboten.

Der kurze Weg verlangte Geduld, denn das Tempo gaben die beiden Alten mit ihren Trippelschritten vor. Auf das Bedürfnis ihres Vaters, an der Hand geführt zu werden, hatte Silvia Göttle mit einigem Befremden reagiert. Thomas hatte sie vorausgehen lassen, sodass er sie ungeniert von hinten betrachten konnte, während der Großvater aufgeregt auf ihn einredete – soweit Thomas es verstand, handelte es sich um eine Warnung vor »Spitzbuben«, die seit Wochen die Gegend unsicher machten. »Ach die! Die haben sie doch gestern gefasst, die Polizei hat sie verhaftet«, fiel ihm schließlich dazu ein.

»Was?« Der Großvater sah ihn mit großen Augen an. »Na, da bin ich aber beruhigt.«

Endlich war man angelangt und hockte an einem der blütenweiß gedeckten Tische. Die beiden Alten löffelten die Tortenstücke in sich hinein, die Silvia Göttle ihnen gekauft hatte. Sie saß ihm gegenüber und hatte sich, dem ausgeschilderten Rauchverbot zum Trotz, eine Zigarette angezündet. Ab und zu trafen sich ihre Blicke.

»Er hat Ihnen wohl sehr nahe gestanden, Ihr Großvater?«, fragte sie schließlich.

»Ja, allerdings!« Die Vermutung, dass ihr Vater ihr wohl nicht allzu sehr am Herzen lag, behielt er für sich.

»Aha!«

Das Gespräch wollte nicht in Gang kommen. Am Nebentisch saß ein fettgefressenes Ehepaar, zusammen mit einer in einen Adidas-Freizeitanzug gepackten Mumie. Auch dort schwieg man vor sich hin, empfand dies aber wohl kaum so peinlich wie Thomas, dem einfach das rechte Wort nicht einfiel, das er an Silvia Göttle hätte richten können. Die beiden Alten, als ob sie es darauf abgesehen hätten, ihn auf diese Weise schmoren zu lassen, benahmen sich ausnahmsweise völlig problemlos und boten keine Gelegenheit zur Ablenkung.

Schließlich war sie es, die ihn erlöste: »Und wie kommt es eigentlich, dass Sie sich ausgerechnet meines Vaters angenommen haben?«

Lag so etwas wie Missbilligung in dieser Frage? Der Ton jedenfalls irritierte Thomas.

»Na ja, er ist mir gewissermaßen zugelaufen, wenn ich das mal so respektlos sagen darf. Er hat sich halt oft, wenn ich den Opa besuchen kam, einfach zu uns gesellt. Hockt ja auch immer mit dem Opa zusammen. Und manchmal begrüßt er mich per Handschlag – keine Ahnung, wen oder was er in mir sieht. Und so nehme ich ihn eben ab und zu einfach mit, wenn ich mit dem Opa rausgehe.«

Tatsächlich war er auch aufgrund einer gewissen Belustigung auf Göttle aufmerksam geworden: Immer wieder hatte er schmunzeln müssen, wenn er in die stets grimmige Miene blickte und die bellenden, schroffen Worte zu hören bekam – Überbleibsel einer ehemals vielleicht herrischen Persönlichkeit, die jetzt in Windeln daherkam und hilflos darauf wartete, dass jemand sie bei der Hand nahm und durch eine Welt führte, die sie nicht mehr begreifen konnte.

»Soso, Sie haben ihn also erst hier auf der Friedrichshöhe kennen gelernt?«

Blöde Frage! »Nun ja«, er zuckte mit den Schultern, »hätte ich ihn denn von irgendwoher kennen sollen?«

»Hätte ja sein können, wo Sie sich doch so um ihn gekümmert haben.«

»Also sooo sehr habe ich mich dann auch wieder nicht gekümmert. Ich weiß ja nicht, was man Ihnen da erzählt hat.«

Sie lächelte: »Ja, da hat man vielleicht ein wenig übertrieben.« Sie drückte die Zigarette auf dem Unterteller ihrer Kaffeetasse aus, den sie zum Aschenbecher umfunktioniert hatte. »Kann es sein, dass wir uns schon mal begegnet sind? Vielleicht im Krokodil?«

Immerhin, sie hatte ihn auch wahrgenommen!

»Im Krokodil? Schon möglich, da hocke ich ab und zu in meinen kargen Mußestunden.«

»Na also! Ich hab Sie vorhin gleich wiedererkannt. Sie sind mir nämlich aufgefallen, durch Ihren – wie soll ich sagen? – besonderen Stil. In Ihrem Äußeren, meine ich. Sie passen irgendwie gar nicht so recht in unsere Provinzkneipen.«

Ein Kompliment? Für seine modischen Vorlieben erntete er in der Regel eher Spott. »Tja, freut mich, wenn's mal jemand so sieht. Meine Mutter behauptet gerne, man würde mich für einen Geizkragen halten, weil ich immer das alte Zeug auftrage. Aber nun sagen Sie bloß nicht, dass ich damit so sehr auffalle.«

»Hab beruflich mit Herrenmode zu tun und da frage ich mich natürlich, wo jemand solche Sachen her bekommt. Ihre Hose zum Beispiel: Wo gibt's denn noch so was? Sechziger Jahre, würde ich mal vermuten.«

»Was weiß ich. Die ist von meinem Vater übriggeblieben, von dem habe ich ein ganzes Arsenal alter Hosen und Hemden.«

»Das T-Shirt ist allerdings scheußlich, ehrlich gesagt.«

»Ja ja, aber heute haben wir eben T-Shirt-Wetter. Und ich besitze nur die paar, die ich früher auf den Konzerten meiner Lieblingsbands gekauft habe.«

»Big Black? So heißt Ihre Lieblingsband? Oder etwa *Songs about fucking*?«

Plötzlich war ihm das T-Shirt peinlich, auf das er vor Jahren noch besonders stolz gewesen war.

»Big Black, ja. Eine meiner absoluten Lieblingsbands, aus den Achtzigern, die gibt's schon gar nicht mehr.«

»Hm, ich nehme mal an, deren Musik würde mir nicht gefallen?«

Ihm aber gefiel dieses Thema nicht. Mit seinen musikalischen Vorlieben erzielte er bei Frauen in der Regel keine Punkte.

Zum Glück lenkte der Großvater die Unterhaltung in andere Bahnen: »Mensch, Hans, da hast du aber eine fesche Braut«, schaltete er sich ganz unvermittelt ins Gespräch ein, »stell sie uns doch mal vor.«

Gut gemacht! Darüber durfte man gemeinsam schmunzeln. »Aber gerne, hab ich ganz vergessen. Also, das ist ... äh ... Silvia.« Er nutzte die Gelegenheit, ihr zuzuzwinkern. »Silvia, das ist mein Bruder Kurt.«

Sie gab dem Großvater die Hand: »Grüß Gott, Kurt. Ich bin also die Silvia.«

»Hoch erfreut!«, erwiderte der Großvater und neigte dazu den Kopf.

»Unsinn! Blödsinn!«, rief nun Göttle und machte eine wegwerfende Handbewegung. »Bimbo, pass auf! Los jetzt! Auf geht's!«

Das brachte sie dazu, auf die Uhr zu sehen, und der Großvater, von dieser Geste infiziert, erhob sich mit den Worten: »Höchste Zeit für mich! Ich muss ja noch den Zug nach Eger kriegen.«

Tatsächlich mochten sie schon eine gute Stunde im Café gesessen haben, die offizielle Besuchszeit der Station M3 war bereits überschritten. Sie machten sich auf den Rückweg.

Dort angekommen, hatte er Mühe, den Großvater zum Betreten der Station zu bewegen, denn der ahnte, dass er damit auch wieder von Thomas getrennt werden sollte. Er sträubte sich fast immer gegen den Abschied, wollte nicht mehr von der Seite des großen Bruders weichen, der sich noch zurechtfand in der Welt. Thomas stand darum noch mit dem Großvater vor dem Gebäude, als sie bereits wieder herauskam, nachdem sie Göttle drinnen abgeliefert hatte.

»Kommen Sie rein, Herr Stolz«, rief sie, »drinnen gibt's schon Abendessen.«

»So!«, sagte der Großvater, »da müssen wir uns wohl beeilen, Hans. Du musst doch noch nicht weg, oder?«

»Nein, ich bleibe natürlich bei dir«, beschwichtigte er und gerade in diesem Moment hatte sein Blick den ihren getroffen, sodass sie vielleicht den Schmerz gesehen hatte, den ihm diese Lüge bereitete.

Endlich ging der Großvater zur Tür.

»Auf Wiedersehen, Herr Stolz«, rief sie ihm nach.

»Tschüss«, sagt der – ein Wort, dass Thomas ihn noch nie hatte gebrauchen hören.

Drinnen wurden sie bereits von der Pflegerin Helga erwartet, einer kleinen, dicken Frau, deren Spezialität eine professionelle Herzlichkeit war, mit der sie die Gemüter der ihr anvertrauten Schützlinge erfüllte und diese auf sanftem Wege durch den Alltag der Station M3 dirigierte.

»Da ist ja unser Opa Stolz!«, lautete ihre Begrüßung, zu der sie dem Großvater über das schüttere Haar strich. Sie hakte ihn unter. »So, jetzt musst du dich aber von deinem Enkelsohn verabschieden, der muss doch jetzt wieder in die Stadt zurück.«

»Ach so«, sagte der Großvater mit leiser Stimme und gab Thomas ohne weiteres die Hand.

»Auf Wiedersehen, Opa, ich komme bald wieder.«

»Ja, auf Wiedersehen.«

Lag Resignation in seinem Ton? Traurigkeit darüber, dass er wieder hereingelegt worden war und wieder in seine Einsamkeit zurückkehren musste? Oder war er jetzt zufrieden, am Arm der fröhlichen und liebevollen Helga, die ihn Thomas abgenommen hatte, so, wie es ihr Job verlangte? Auf diese Fragen gab es heute keine Antwort – und würde es wohl nie mehr geben. Thomas beeilte sich hinauszukommen.

Schon von weitem sah er sie auf dem Parkplatz warten. Sie lehnte an dem alten, schwarzen Ford Capri, der ihm schon bei seinem Eintreffen aufgefallen war.

»Sieht so aus, als bräuchte ich Ihre Hilfe«, sagte sie, als er näher kam, »ich habe meinen Autoschlüssel abgebrochen, als ich die Tür aufschließen wollte.« Sie hielt ihm den Rest des Schlüssels entgegen. »Die andere Hälfte steckt im Schloss, und das ist immer noch zu.«

»Wie ist denn das passiert?«

»Keine Ahnung, jedenfalls steh ich jetzt dumm da.« Sie machte keinen ausgesprochen unglücklichen Eindruck.

»Wir könnten zurückgehen und versuchen, einen Pannendienst anzurufen. Der kann dann die Tür öffnen und den Wagen kurzschließen.«

»Jetzt, am späten Samstagnachmittag? Das dauert und kostet und ich fürchte, dafür habe ich jetzt keinen Nerv mehr. Ich wollte Sie eigentlich bitten, mich in die Stadt mitzunehmen. Zu Hause hab ich den Zweitschlüssel, ich könnte mich dann in den nächsten Tagen um die Sache kümmern.«

Sollte es heute etwa noch sein Tag werden? Eine Fahrt mit dieser Frau an der Seite, und ohne die beiden Alten als Puffer dazwischen ...

»Oder stört eine alte Schachtel im Auto Ihr Fahrvergnügen?«

»Steigen Sie ein!«, wusste er zu erwidern. Er fragte sich, ob sie es ihm ansehen konnte, dass er scharf auf sie war.

Ziemlich scharf sogar! Vor zehn Jahren mochte sie eine perfekte Schönheit gewesen sein, eine von vielen in einer Welt allgegenwärtiger Attraktivität – jetzt zierten vereinzelte und noch milde Verwitterungsspuren ihren Körper und befreiten ihn von der Banalität seiner vormals vielleicht bloß langweiligen Schönheit. Außerdem hatte Thomas erkannt, dass bei Frauen ein gewisses Bewusstsein eigener Attraktivität notwendige Voraussetzung erotischer Ausstrahlung war, welches andererseits aber nervtötend wirkte, wenn es übertrieben wurde, und er stellte sich vor, dass gerade mit zunehmendem Lebensalter derartige Übertreibungen abgemildert würden ... kurz: Schon lange interessierte er sich auch für die Reize der so genannten reiferen Frauen, doch es war bislang ein unbefriedigtes Interesse geblieben. Und nun setzte sich Silvia zu ihm in den Wagen, und sie schien geradewegs seiner diesbezüglichen Vorstellungswelt entsprungen.

* * *

Thomas Haas interessierte sich auch für Fußball. Er war zwar kaum Anhänger irgendeines Vereins, hasste aber immerhin den FC Bayern München leidenschaftlich und ausdauernd und hätte deswegen an jenem Samstagnachmittag beinahe seinen üblichen Besuch beim Großvater versäumt. Die Versuchung, zu Hause zu bleiben und die Radioreportagen von den Spielen mitzuverfolgen, war besonders groß gewesen: Der letzte Spieltag der Saison 90/91, seit Wochen schon erfrechte sich ausgerechnet die Provinzmannschaft aus Kaiserslautern, die Tabellenspitze zu behaupten – zur nicht geringen Empörung der Fußballgrößen aus der selbst ernannten Weltstadt, die nun sogar befürchten mussten, dass die Pfälzer nicht in Köln verlieren und damit am Ende die Meisterschaft gewinnen würden!

Er fuhr dann aber doch zur Friedrichshöhe hinauf, so wie an jedem Samstag seit nun schon einem halben Jahr. Es tat ihm gut, wenn er um des Großvaters willen, der ihm doch stets von allen Menschen der liebste gewesen war, Verzicht üben konnte. Jetzt, wo er ohnmächtig erleben musste, wie dieser ihm langsam und unaufhaltsam entglitt, wo er ihn im Grunde bereits verloren hatte, da sah er, wie groß der Raum war, den der Großvater in seinem Leben ausfüllte und dort leer zurücklassen würde. Er empfand dann so etwas wie Scham, nicht etwa aufgrund handfester Vernachlässigungen, sondern weil er es versäumt hatte, sich angesichts der seit Jahren sich mehrenden Vorzeichen der Demenz frühzeitig um ihn zu sorgen.

Thomas war gerade dreißig Jahre alt geworden, als man den Großvater ins psychiatrische Landeskrankenhaus Weinsberg eingeliefert hatte. Zuvor hatte dessen Verwirrung fast unmerklich begonnen: Er war immer vergesslicher geworden, was ihm selbst anfangs noch Anlass zu Witzeleien gegeben hatte, welche dann aber mehr und mehr einem gewissen Starrsinn wichen, mit dem er entweder die Vergesslichkeit als solche abstritt, oder aber zumindest darauf beharrte, dass diese ihm keinerlei Einschränkungen bei den gewohnten alltäglichen Verrichtungen auferlegte. Beispielsweise war es ihm nicht auszureden gewesen, die Einkäufe im Supermarkt zu erledigen, obwohl es immer häufiger vorgekommen war, dass er, dort angekommen, vergessen hatte, was er eigentlich hätte besorgen sollen. Er kaufte dann irgendetwas – und stets zu viel – was meist kaum benötigt wurde. Schalt ihn die Großmutter deswegen, so geriet er mit ihr in Streit und behauptete, sie selbst habe ihm genau diese Besorgungen aufgetragen. Dazu kam fortschreitende Blasenschwäche, die besonders nachts ihm und mittelbar auch der Großmutter zur Plage wurde.

Nach einem Schlaganfall, den er dank rechtzeitiger ärztlicher Hilfe überlebte, nahm sein geistiger Verfall eine rasante Geschwindigkeit an. Abgesehen von kurzen Phasen, in denen er sich relativ unauffällig benahm, konnte er nun den Gesprächen um ihn herum nur noch mit Mühe folgen, und seine Rede wurde zusehends wirrer und unzusammenhängender. Zudem unternahm er jetzt unvorhersehbare und irrsinnige Aktionen, wurde zum Beispiel eines Tages von einem fremden Autofahrer gerade noch daran gehindert, mit dem Fahrrad auf die Autobahn – und zwar gegen die Fahrtrichtung – zu fahren. Hatte man vor dem Schlaganfall in der Familie die ganze Angelegenheit noch damit abgetan, dass der Großvater nun eben richtig alt würde, so musste nun endlich jeder einsehen, dass man es wohl mit einem Fall von Alzheimer zu tun habe. Dann, von einem Tag auf den anderen, schien die Krankheit einen zusätzlichen Schub erfahren zu haben: Er fand in der Wohnung, die er nun schon seit dreißig Jahren bewohnte, die Toilette nicht mehr, nässte sich mehrmals ein und wurde handgreiflich gegen die Großmutter; als diese einschreiten wollte, verdächtigte er sie gar, ihm in böser Absicht den Weg zur Toilette verstellt zu haben. Als er damit begann, in wilder Raserei sämtliche Schränke der Wohnung auszuleeren, rief sie Hilfe herbei ... es endete damit, dass der Hausarzt die sofortige Einweisung in die gerontopsychiatrische Station veranlasste.

Thomas hatte sich zu dieser Zeit bei einem alten Freund in Berlin zu Besuch aufgehalten, um allen Festlichkeiten zu seinem dreißigsten Geburtstag aus dem Weg zu gehen. Denn der offizielle Beginn der mittleren Lebensphase, der gewissermaßen mit diesem Tag verbunden war, schien ihm keineswegs ein Ereignis, das es zu feiern galt, umso mehr, als er sich für den Anbruch einer solchen Phase noch nicht vorbereitet fühlte. Als er zurückkam, traf er den Großvater nicht mehr in dessen Wohnung an, und er ahnte sofort, dass dieser nie mehr in dieselbe zurückkehren würde. Tatsächlich lag bald die psychiatrische Diagnose vor, welche besagte, dass sich der Zustand des Großvaters nicht mehr verbessern, sondern langsam verschlechtern würde, was bedeutete, dass auch zukünftig eine pflegerische Betreuung rund um die Uhr notwendig sein würde. Dazu aber war die Großmutter, selbst körperlich angeschlagen, ebenso wenig in der Lage, wie der berufstätige Rest der Familie.

Es folgte also die endgültige Verlegung des Großvaters in die Friedrichshöhe, dreißig Kilometer vor der Stadt, am Rande der Löwensteiner Berge auf eine Anhöhe über dem Dorf Eichelberg gelegen.

Und es begannen Thomas' Besuche dort; regelmäßig an den Samstagnachmittagen und meist noch einmal während der Woche, wenn er gerade Zeit und Lust dazu hatte. Bald schon wurde er vom Pflegepersonal der Station M3 ausgesprochen zuvorkommend behandelt: Es rühre sie alle sehr, hatte ihm die Pflegerin Helga einmal frei heraus erklärt, wie ausdauernd er nach seinem Opa sähe, man sei ganz anderes gewohnt. Thomas hatte darauf nichts erwidert: Wie hätte er auch sein eigenartiges Interesse erklären sollen, das ihm diese Besuche schmackhaft machte? Denn kaum hatte er die Station M3 zum ersten Mal betreten, da übte sie auch schon eine gewisse Anziehungskraft auf ihn aus, trotz ihrer Trostlosigkeit, die wohl für die meisten Besucher das Einzige blieb, was sie dort wahrnahmen. Er aber fühlte eine Art von Einvernehmen mit den Insassen dieser trostlosen Welt, die sich, da sie in der Gegenwart orientierungslos umherirren mussten, in eine vergangene Zeit zurückgezogen hatten. Vielleicht hätte er sie, wären die Begleitumstände nicht so deprimierend gewesen, um diesen Rückzug sogar beneidet.

* * *

Sie hatte ihn »auf einen Kaffee« eingeladen! Natürlich konnte das auch einfach nur bedeuten, dass sie sich damit für die Rückfahrt erkenntlich zeigen wollte, er wusste sie noch immer nicht richtig einzuschätzen. Jedenfalls empfand er so etwas wie Überrumpelung: Vor gerade mal zwei Stunden hatte er sie kennen gelernt, inzwischen war man bereits eine halbe Stunde zusammen durch die Gegend gefahren und jetzt folgte er ihr in ihre Wohnung – die Sache entwickelte sich ganz ohne sein Zutun und mit einer Geschwindigkeit, die er nicht gewohnt war. Falls sie sich überhaupt entwickelte.

»Lassen Sie mich mal raten«, hatte sie irgendwann gesagt, »Sie denken vermutlich, dass ich eine miese Tochter bin. Dass ich meinen armen, alten Vater dort draußen abgestellt und vergessen habe. Stimmt's?«

Ein Schulterzucken war seine Antwort gewesen.

»Sie müssen wissen: Ich hatte kein besonders inniges Verhältnis zu ihm. Und das ist noch vorsichtig ausgedrückt! Sie sehen jetzt diesen goldigen, alten Tatterkreis vor sich, der Ihnen auf seinen krummen Beinchen zugelaufen ist, wie Sie vorhin so schön gesagt haben. Wenn er Ihnen vor zehn Jahren begegnet wäre, dann hätten Sie ihn wohl kaum goldig gefunden.«

»Nun ja, wenn man diese Männchen in ihren Windeln sieht, dann vergisst man tatsächlich, dass sie alle einmal erwachsene Männer gewesen sind. Man fragt sich gar nicht mehr, was die früher gemacht haben.«

»Was machen Sie eigentlich so, wenn man fragen darf?«

»Eigentlich dürfen Sie nicht! Ich bin sozusagen berufsmäßiger Versager.«

»Na, jetzt machen Sie mich aber neugierig.«

»Ich verdiene meinen Lebensunterhalt als Verkäufer von CDs und LPs. Im Music Planet in der Karlstraße, vielleicht kennen Sie den Laden ja. Wenn man in Betracht zieht, dass ich nach dem Abitur erst mal mit einem Medizinstudium losgelegt habe, dann kann man wohl sagen, dass ich nicht gerade weit gekommen bin.«

»Sie haben es abgebrochen?«

»Bereits nach drei Semestern. Hab's nicht mehr ausgehalten. Diese ganzen Krankheiten! Das Einzige, was mir davon geblieben ist, ist eine ausgeprägte Hypochondrie.«

»Kann ich mir gut vorstellen, für mich wär das auch nicht das Richtige.«

»Danach hab ich's dann mit Ur- und Frühgeschichte versucht – und auch wieder hingeschmissen, nach immerhin vier Semestern. Aber dafür gibt's keine so einfache Ausrede.«

»Ur- und Frühgeschichte? Was es nicht alles gibt! Wie sind Sie denn darauf gekommen? Ich nehme mal an, dass Sie, wenn Sie das fertigstudiert hätten, jetzt auch bloß als Verkäufer arbeiten würden.«

»Vielen Dank für das ›bloß‹! Für das Fach hab ich mich einfach interessiert. Solche Themen haben schon immer meine Phantasie beschäftigt. Allerdings lässt die wissenschaftliche Behandlung kaum Platz für Phantasie.«

»Und nun? Wollen Sie Ihren Lebtag lang Verkäufer bleiben?«

»Was weiß ich, ich habe keine Pläne für die Zukunft. Ich verdiene mein Geld auf eine ganz angenehme Weise. Der Chef ist ein alter Kumpel von mir, ich habe keine regelmäßigen Neun-bis-Fünf-Arbeitszeiten, und der Laden ist auf die Musik spezialisiert, die ich selber gern höre. Das Einzige, was dabei stört, ist der miese Geschmack der meisten Kunden, den man halt bedienen muss, wenn der Laden laufen soll.«

Er mochte das Thema ganz und gar nicht. Vor allem hasste er die Frage, die sie zuletzt gestellt hatte und die er so ähnlich aus dem Munde seiner Mutter schon ungezählte Male hatte hören müssen. Letztere drückte damit nicht nur die Sorge um seine Zukunft, sondern auch den Gram darüber aus, dass er im familieninternen Wettstreit mit seinen Cousins und Cousinen auf der Strecke geblieben war. Es war schließlich seine Sache, was er aus seinem Leben machte, und ebenso waren ihm die Karrieren der Verwandten gleichgültig! Am meisten aber hasste er die düsteren Momente, in denen die Frage ihn selbst überfiel und es ihm nicht mehr gelang, sie einfach beiseite zu schieben.

Sie hatte wohl den wunden Punkt erahnt, den sie berührt hatte. »In gewisser Weise machen wir dasselbe. Ich habe nämlich eine Herrenmodenboutique, Pour l'homme, in der Fußgängerzone. Sie sehen also: Auch ich bin letztendlich eine Verkäuferin.«

Das Gespräch war dann in belanglosere Bereiche abgedriftet. Er war nicht dazu gekommen, das Autoradio aufzudrehen, und hatte immer noch nicht erfahren, ob es Kaiserslautern geschafft hatte.

Ihre Wohnung lag in der Gutenbergstraße, in einer angenehmen Wohngegend. Die Gewinner vergangener Zeiten hatten hier ihre großzügigen Villen gebaut und viel Grün drumherum gepflanzt. Auch wenn so manches Anwesen die schwäbische Bauwut der nachfolgenden Generationen nicht unbeschadet überstanden hatte, so waren doch immerhin die Bäume groß und mächtig herangewachsen und behüteten mit ihrem Schatten den Charakter dieses Viertels.

Sie hatte ihn vor einer Mauer anhalten lassen, welche eine Böschung befestigte, mit der das Grundstück zur Straße hin abfiel. Oben war ein verspieltes, altes Gebäude zu sehen, eine Art Schwarzwaldhausimitat, zu dem, hinter einer schmiedeeisernen Gittertür in der Mauer, eine schmale Treppe hinaufführte. Er hatte anerkennend nicken müssen beim Anblick des Ganzen.

»In dem Haus wohne ich nicht, sondern hinten im Garten«, hatte sie darauf gesagt. Und schließlich, ganz unverhofft: »Kommen sie doch noch mit hinauf. Auf einen Kaffee!«

Er mochte ihre Wohnung sofort. Man hatte auf den hinteren Teil des Grundstücks einen modernen Flachdachbau gesetzt, der sich erstaunlich gut in den verwilderten, alten Garten einfügte. Vier Zimmer, Küche, Bad, WC – ziemlich viel für eine einzige Bewohnerin. Sie führte ihn in ein helles Wohnzimmer: Parkettfußboden, ein mehrfarbiger Teppich in der Mitte, zwei große, angenehm schlichte und bequeme Sofas, schwarzledern das eine und mit ungefärbtem Baumwollbezug das andere. Auf einem hell lackierten Sideboard standen kleine Marmorskulpturen und gerahmte Schwarzweißfotografien, und auf dem langen Fenstersims Zimmerpflanzen. Viele herumliegende Modezeitschriften erzeugten gerade so viel Unordnung, dass man es hier gemütlich finden konnte.

Während sie in der Küche den Kaffee kochte, saß er auf dem Ledersofa und sah hinaus in den Garten. Die Verandatür hatte bei ihrer Ankunft offen gestanden. Draußen, auf alten Steinfliesen, zwischen denen das Gras spross, fläzte sich eine schwarz-weiß gefleckte Katze auf einem von der Sonne beschienen Fleck. Vorhin, nachdem er sich hingesetzt hatte, hatte sie kurz den Kopf gehoben und einen misstrauischen Blick auf ihn geworfen.

Katze, Zimmerpflanzen, Skulpturen – was er in seiner eigenen Wohnung niemals geduldet hätte, gefiel ihm in ihrer. Es passte alles zu ihr, die Wohnung war gewissermaßen ein zweites Kleid, das sie genauso gut herausputzte wie jenes, welches sie trug.

Sie kam zurück mit einem knallroten Tablett, auf dem sie eine Kaffeekanne, eine Milchflasche, zwei bunte Tassen und ein Schälchen mit Keksen hereintrug. »Bedienen Sie sich«, sagte sie, nachdem sie es vor ihn hingestellt hatte. »Würden Sie es als unhöflich empfinden, wenn ich Sie noch ein wenig hier allein lasse? Ich sehne mich nach einer Dusche – bei der Hitze! Bin heute noch nicht dazu gekommen. Es dauert keine fünf Minuten.«

Er stand bereits unter Strom. Es juckte ihn kurz, ihr auch sein Bedürfnis nach Abkühlung zu erklären und den Vorschlag zu machen, dass man ja praktischerweise gleich gemeinsam duschen könne. Er beließ es bei: »Aber gerne! Ich sehe solange Ihrer Katze beim Faulenzen zu.«

»Dagobert heißt die Katze, woran Sie erkennen können, dass sie eigentlich ein Er ist. Allerdings seiner Männlichkeit beraubt und deshalb wohl auch so fett geworden.«

Dagobert hatte bei der Erwähnung seines Namens noch einmal den Kopf gehoben. Sie ging hinaus und kurz darauf hörte er das Prasseln des Wassers. Er stellte sich vor, wie sie dieses Kleid abgestreift hatte, wie es sanft an ihr hinabgeglitten war und dabei den Körper noch ein letztes Mal gestreichelt hatte. Zu gerne hätte er selbst es ihr ausgezogen. Ganz abgesehen davon lockte in der Ecke gegenüber ein schweigender Fernsehapparat: Die Fußballberichterstattung war längst in vollem Gange. Aber jetzt nicht abschweifen, dachte er sich. Sein Blick fiel auf eine der Skulpturen: Tatsächlich, ein Phallus! Steif aufgerichtet stand er da, aus einem glatt geschliffenen, grünlich leuchtenden Gestein, ein wenig überdimensioniert.

»Sie haben ihn entdeckt.«

Er erschrak, denn er hatte sie nicht kommen hören. Sie war barfuß und trug jetzt einen blütenweißen Frotteebademantel. Um ihr Haar hatte sie einen Turban aus einem ebenso weißen Handtuch geschlungen.

»Ja. Ich möchte allerdings keinen unqualifizierten Kommentar abgeben. Bin, ehrlich gesagt, Kunstbanause.«

»Macht nichts, ich eigentlich auch. Habe ihn geschenkt bekommen – ein sehr schönes Stück.«

Ihre Finger strichen über die blank polierte Eichel. Er fühlte wieder sein Herz klopfen.

Sie setzte sich ihm gegenüber in das Baumwollsofa. Er bewunderte die grazile Bewegung, die sie dabei ausführte, und mit der sie verhinderte, dass der Bademantel auch nur für einen Sekundenbruchteil irgendeinen Einblick freigab. Ihre Blicke trafen sich und nur der Hauch eines Lächelns erschien auf ihrem Gesicht. Und es war endlich klar, wie die Dinge standen.

Er fühlte sich trotzdem tollkühn, als er aufstand, vor sie hintrat, sich zu ihr hinabbeugte und das Ende der Kordel ergriff, die den Bademantel vorne zusammenhielt. Während er daran zupfte, sah er, dass auch ihr Atem heftiger geworden war. Sie zog ihn zu sich heran, und er ließ sich auf die Knie plumpsen. Während ihre Zungen sich fanden, schob er den Bademantel zur Seite und erlaubte seinen Händen einen ersten, vorsichtigen Spaziergang auf dem fremden Terrain. Es wurden kein Worte mehr gewechselt. Er löste sich von ihren Lippen, küsste ihren Hals und endlich die Brüste. Sie waren nicht zu groß und schon etwas schlaff geworden, was ihn nur noch mehr erregte. Er roch den Duft des Duschgels auf ihrer Haut, küsste den Nabel auf seinem gemächlichen Weg zu dem dunklen Busch darunter. Sie öffnete sich ebenso bedächtig.

Er nahm sie zunächst mit der Zunge. Es gefiel ihr sehr.

* * *

Es war schon seit einiger Zeit dunkel. Halb saß und halb lag er auf dem Sofa, in wohliger Ermattung, zu schlapp zum Reden und Denken, zu schlapp sich wieder anzuziehen oder gar aufzustehen und Licht anzuschalten. Und ihr mochte es wohl genauso gehen. Sie lag auf dem Rücken, den Kopf auf seinem Schoß und ließ die Beine über die Armlehne baumeln. Er hätte nicht sagen können, wie spät es war.

Nicht weit entfernt, im Nachbargarten, wurde geredet und gelacht. Der Grillgeruch, der jetzt von dort ins Zimmer strömte, weckte seine Lebensgeister. »Ich habe Hunger«, stellte er fest.

»Ja«, gab sie bloß zur Antwort.

Er hatte seit über einem Jahr keine Frau mehr gehabt. Nun hatte diese Durststrecke ihren nachträglichen Sinn erhalten, denn dadurch war er gierig genug für sie gewesen. Sie hatte mit dem Bademantel sozusagen auch die Tarnung abgelegt, mit der sie zuvor ihr diesbezügliches Temperament vor ihm verborgen hatte.

Das Telefon klingelte.

»Schade«, seufzte sie und erhob sich langsam.

»Lass doch einfach läuten.«

»Kann ich nicht, ich nehme immer ab.«

Sie huschte auf den Flur hinaus. Das bisschen Licht, das sich von der Grillparty durch das Gesträuch herüber verirrt hatte, verlieh ihren beiden blanken Hinterbacken einen matten Glanz.

»Ja, Silvia Göttle?«, hörte er sie sagen. Dann, nach einer längeren Pause: »Spioniert ihr mir etwa hinterher? Also ... ich wüsste nicht, dass ich euch über meinen Umgang Rechenschaft abzulegen hätte ... Nein! Und ich habe jetzt keine Lust, dieses Gespräch fortzusetzen ... Ja, tschüss!«

Beim Hereinkommen schaltete sie das Licht an. »Kaum zu glauben«, schnaubte sie und griff nach dem Bademantel, der immer noch vor dem Sofa auf dem Fußboden lag.

Mit einem leichten Bedauern sah er zu, wie sie ihn wieder anzog.

»Was ist kaum zu glauben?«

»Der Anruf! Das war mein Vetter«, sie verzog das Gesicht zu einer verächtlichen Grimasse, »er wollte wissen, was ich heute mit dir zu tun hatte und wieso ich mit dir in die Stadt gefahren bin.«

»Was? Wieso? Dein Vetter ...?«

»Tja, da staunst du! Kennst du meine Cousins?«

»Deine Cousins? Warum und woher sollte ich die kennen? Ich fürchte, ich verstehe nicht!«

Sie setzte sich auf das Ledersofa und vollbrachte dabei wieder ganz automatisch die Geschicklichkeitsleistung, den Bademantel blickdicht zu halten. Aus einem Stapel Zeitschriften, welche auf dem Beistelltisch lagen, kramte sie ein Päckchen Gauloises hervor. Während sie sich eine Zigarette ansteckte, wanderte ihr Blick langsam über seinen Körper, hinunter zum Schwanz und von dort wieder hinauf zum Gesicht.

»Ja«, sagte sie, »du hast wirklich keine Ahnung von alledem, das habe ich gleich festgestellt heut' Nachmittag.«

»Keine Ahnung wovon?«

»So wie's scheint, sind meine Cousins sehr beunruhigt wegen dir, beziehungsweise wegen deines Interesses an meinem Vater.«

»Wegen ...? Interesse an deinem Vater? Ich kenne deine Cousins nicht.«

Sie lachte. »Ist mir schon klar, dass du das nicht verstehen kannst. Ich find's ja selbst ziemlich albern. Seit bei meinem Vater die Demenz angefangen hat, sind die aus dem Häuschen. Sind plötzlich so verdächtig besorgt um ihn.«

»Verdächtig?« Es war dieses Wort, das ihn zum ersten Mal neugierig machte. Ein erster und eher beiläufiger Hinweis, den vielleicht nur jemand wahrnehmen konnte, der begierig auf Geheimnisvolles war. So wie er, der in den nackten Tatsachen seiner Alltagswelt den Trost nicht fand, den er bisweilen benötigte.

»Na ja, ich gehe mal davon aus, dass er meinen Cousins kaum näher gestanden hat, als mir. Es muss also einen anderen Grund für die plötzliche Anteilnahme an seinem Schicksal geben.«

»Ich verstehe leider immer noch nicht, was das mit mir zu tun hat.«

Er fischte seine Unterhose vom Boden und schlüpfte hinein. Der Kater Dagobert kam plötzlich zur Verandatür hereingeschlichen, er sprang neben Thomas auf das Sofa und setzte sich dort hin, gerade so, als wolle er sich nun am Gespräch beteiligen.

Silvia rauchte mit langen, tiefen Zügen und überlegte eine Weile, ehe sie antwortete: »Ich nehme an, irgendjemand vom Pflegepersonal informiert meine Cousins über besondere Vorkommnisse, die meinen Vater betreffen. Sie sind seit einiger Zeit beunruhigt wegen dir. Da gäbe es jemanden, der beim Vater herumschnüffle, teilten sie mir mit. Und frag mich jetzt nicht wieder, was das soll! Alles, was ich mir zusammenreimen kann, ist, dass mein Vater noch irgendwelche Informationen oder Unterlagen oder sonst etwas besitzt, das für die Vettern so wichtig ist, dass sie es möglichst nicht in fremde Hände fallen lassen wollen. Jedenfalls gibt ihnen bereits der Umstand, dass da jemand ab und zu den Vater ins Café ausführt, Anlass zur Beunruhigung, und seit einigen Wochen liegen sie mir sogar damit in den Ohren, dass ich ihn in ein anderes Heim verlegen lassen solle – nur wegen dir! Beziehungsweise, wie sie es darstellen, um der Wiko willen.«

»Wiko?«

»Ja, Wiko Elektrotechnik GmbH, mittelständischer Betrieb draußen in Leingarten. Wiko steht für Wilhelm Kolb, das muss der Firmengründer gewesen sein.«

»Ja, ist mir bekannt. Dort hat mein Vater gearbeitet.«

»Tatsächlich? Na, so ein Zufall! Mein Vater war – beziehungsweise ist – Teilhaber, ihm gehören rund 15 Prozent der Wiko. Meine Cousins sind die Brüder Ehrlich, Eduard und Erhard Ehrlich, denen gehört der Rest.«

»Ja da leck mich doch!« Er übertrieb sein Erstaunen. »Da haben wir es also über die Klassengrenzen hinweg getrieben.«

Er erntete ein Stirnrunzeln.

»Ich meine: Dein Vater und mein Vater, Kapitalist und Arbeiter in derselben Firma ...«

»Ich hab's schon kapiert, keine Sorge! Wie steht's übrigens mit deinem Hunger? Mein Kühlschrank gibt, fürchte ich, nicht viel her: Ich habe einiges an Käse da und könnte uns noch einen Salat machen. Ich jedenfalls muss bald etwas essen, nach so viel körperlicher Leistung.«

»Die Grillsteaks deiner Nachbarn wären jetzt genau das Richtige! Aber ich stelle keine übertriebenen Ansprüche.«

Er folgte ihr in die Küche, setzte sich dort an den Tisch und sah ihr dabei zu, wie sie einen Kopfsalat wusch, eine Zwiebel zu Würfeln schnitt und ein Dressing zubereitete. Küchenarbeit passte nicht zu ihr, trotz der routinierten Handgriffe, mit denen sie diese erledigte.

»Ich bin auch nur wegen dir hinausgefahren. Ich meine: Zur Friedrichshöhe. Ich wollte mal die Ursache der Sorgen meiner Cousins in Augenschein nehmen. Hab mich also erkundigt und erfahren, dass du jeden Samstag gegen halb vier dort auftauchst. Die weitere Entwicklung war natürlich so nicht geplant.«

»Tja, wenn der Autoschlüssel nicht abgebrochen wäre ...«

»... dann hätte ich mir was anderes einfallen lassen müssen. Aber so schwach bin ich nun auch wieder nicht, dass ich es nicht schaffe, einen Schlüssel abzubrechen. Guck nicht so! Du hast doch wohl nicht wirklich an ein Missgeschick geglaubt? Hoffentlich weißt du jetzt das Opfer zu schätzen, dass ich gebracht habe – einen ganzen Autoschlüssel immerhin.«

»Ich fühle mich geehrt! Ich ...«

»Hier, iss!«

Sie stellte einen Teller mit Käse vor ihn hin und strich ihm dabei mit der Hand durchs Haar. Eine mütterliche Geste! Der Altersunterschied, den er während der letzten Stunden vergessen hatte, kam ihm wieder zu Bewusstsein. Man wurde von der schönen, reifen Frau gestreichelt und gefüttert, wie sonst vielleicht nur der Kater Dagobert! Er genoss diese Sekunde, so sehr man nur eine Sekunde genießen kann.

Dem Käseteller folgten die Salatschüssel und ein Korb mit Brötchen, die schon ein wenig altbacken waren. Aus dem Kühlschrank förderte sie Senf, Butter, Weintrauben und Mineralwasser zutage.

»Ich muss eigentlich selbst staunen über mich«, sagte sie, während sie Teller, Gläser und Besteck hervorkramte. »Du sollst nicht denken, dass ich mir die Männer immer so schnell aufreiße. Aber besondere Umstände verlangen besondere Maßnahmen. Vielleicht lag's heute ja auch am Wetter.«

Sie setzte sich schließlich zu ihm an den Tisch und füllte ihren Teller mit Salat. Typisch, dachte er, sie halten sich immer an den Salat. Salat macht nicht dick, Mineralwasser macht nicht dick. Er stopfte sich ein großes Stück Leerdamer in den Mund. Sie aßen schweigend, vollkommen damit beschäftigt, ihren Appetit zu befriedigen.

Er musste an Göttle denken. Ein goldiger, alter Tatterkreis auf krummen Beinchen, wie Silvia gesagt hatte: Genau das und nichts weiter war Göttle bis zu diesem Tag für ihn gewesen. Und plötzlich war – wenn auch nur in groben Zügen – die Vergangenheit dieses Männleins sichtbar geworden. Göttle hatte eine Tochter und die Tochter liebte ihren Vater nicht. Göttle war Teilhaber eines in der Region nicht unbedeutenden Unternehmens. Ein Mann, dessen altersbedingte Demenz Anlass zur Beunruhigung gab. Und offenbar kein netter und kein herzlicher Mensch, denn sein Schicksal schien bei denen, die ihm hätten nahe stehen sollen, kein Mitleid und keine Anteilnahme hervorgerufen zu haben. Schon begann er, in dem stets grimmigen und düsteren Blick des Greises den Ausdruck eines entsprechenden Charakters zu sehen, anstatt wie bisher nur eine anrührende und ungewollt komische Äußerung der Hilflosigkeit eines verwirrten und ermüdeten Geistes.

»Ist ja eigentlich ein starkes Stück, die Sache mit deinen Cousins!«

»Wie?« Auch sie war während des Essens in Gedanken versunken.

»Deine Vettern! Dass sie wegen mir besorgt sind. Ich fühle mich ungerecht behandelt! Was gibt es denn von mir schon zu befürchten?«

»Wie gesagt, ich habe keine Ahnung. Meine Vettern sind dem Vater früher ständig in den Arsch gekrochen und seit seiner Einlieferung überschlagen sie sich in ihrer Fürsorge – allein mit seinen fuffzehn Prozent Beteiligung ist das nicht mehr zu erklären. Anfangs war's mir recht: Sie drängten sich regelrecht auf, mir den ganzen bürokratischen Kram abzunehmen. Fällt ja einiges an, wenn so ein Mann plötzlich unmündig wird. Außerdem war er jemand, der sich zeitlebens von keinem in die Karten gucken ließ. Man musste seine Vermögens- und Besitzverhältnisse klären, was praktisch eine mühsame Rekonstruktion bedeutete, denn niemand wusste darüber genau Bescheid, und von ihm war dazu ja nichts mehr zu erfahren. Die Vettern haben das übernommen, die lagen mir schon einige Zeit vor seiner Einlieferung nach Weinsberg damit in den Ohren, dass seinetwegen etwas unternommen werden müsse.«

»Er ist also auch zuerst ins PLK gekommen? Wie mein Großvater.«

»Ja. Die Polizei hat ihn eingeliefert, nachdem er mit einer geladenen Pistole in der Hand versucht hat, seinen Nachbarn zu verhaften.«

»Verhaften? Mit einer geladenen Pistole?« Thomas stellte sich Göttle in dieser Situation vor und musste lachen.

»Er war wohl früher mal so eine Art Polizist.«

»Wie? Was heißt so eine Art Polizist?«

»Das war vor meiner Zeit. Mein Vater war immerhin schon vierzig Jahre alt, als ich zur Welt gekommen bin. Jedenfalls, er war noch keinen ganzen Tag im PLK, da stand mein Cousin Erhard hier auf der Matte und flehte fast schon darum, dass ich ihm eine Vollmacht ausstelle, mit der er den ganzen Aktenkram erledigen könne. Hab sie ihm gerne gegeben, allerdings nur so weit, dass er Einsicht in Konten und etwaige Verfügungen des Vaters nehmen konnte. Ehrlich gesagt: Ich bin mir nicht ganz sicher, dass die Vettern mich nicht über den Tisch ziehen würden, wenn sie mit den Hinterlassenschaften des Vaters schalten und walten könnten, wie es ihnen passt. Es geht schließlich um mein Erbe! Aber anfangs war ich froh, die Arbeit abgenommen zu bekommen. Einen gewissen Ärger gab es dann aber wegen seines Hauses.«

Er hatte mindestens eine Flasche Mineralwasser getrunken und unterbrach sie jetzt mit einem lauten Rülpser, dem er ein fröhliches »Oh, Verzeihung!« folgen ließ.

»Ach, das macht doch gar nichts«, sagte sie mit einem matten Lächeln, »ich bin ja eine reife Frau und weiß, dass bei euch Kerlen die guten Manieren immer nur bis zum Vögeln dauern. Aber bitte behalt deine Fürze bei dir, darauf reagiere ich nämlich allergisch!«

»Okay, schon gut! Ich wollte damit nicht zum Ausdruck bringen, dass mich das langweilt, was du da erzählt hast. Was war also mit dem Haus?«

»Aha! Da haben wir's: Du schnüffelst herum!« Sie zeigte mit dem Finger auf ihn. »Wollen mal hoffen, dass das der Erhard nicht erfährt. Also, mit dem Haus war Folgendes: Die wollten das haben, wollten's mir abkaufen. Das war ja nun wirklich merkwürdig, wo doch jeder von den beiden ein schmuckes Eigenheim besitzt. Aber irgendwie hat's das Haus ihnen angetan, ich musste sogar ein wenig vehement werden, um überhaupt nur die Hausschlüssel wieder zurückzubekommen, die ich ihnen zwecks Aktendurchsicht gegeben hatte. Hab jedenfalls nicht verstanden, welches Interesse sie daran hatten, sie konnten's auch nicht so recht erklären. Von gründlicher Renovierung war die Rede, danach sollte es gemeinnützigen Zwecken dienen, ein kleines Kunstmuseum oder so – Eduard sammelt nämlich Künstler des Unterlands ...«

»Dann kommt wohl der Marmorpimmel im Wohnzimmer von ihm?«

»Um Gottes willen, so was von Erhard Ehrlich! Im Übrigen ist unser verwandtschaftlicher Umgang nicht so eng, dass er mir teure Skulpturen schenken würde. Das Haus haben sie jedenfalls nicht bekommen! Und sie haben sich sehr ins Zeug gelegt, um es mir abzuschwatzen. Das könne doch nur in meinem Interesse liegen, wo ich doch sowieso in der Stadt wohne und mit dem Haus nichts anfangen könne. So hätte ich keine weiteren Scherereien damit und bekäme gutes Geld dafür. Und so weiter. Tatsächlich haben sie einen sehr ordentlichen Preis geboten. Aber wie können sie behaupten, dass ich nichts mit dem Haus anzufangen weiß? Ich habe darin meine ersten zehn Lebensjahre verbracht, dann hat er uns hinausgeworfen, meine Mutter und mich. Hat uns einfach vertrieben! Ich habe mich damals noch lange nach dem Haus zurückgesehnt, nach meinem großen, gemütlichen Zimmer und dem grünen Garten. Nach dem Haus, nicht nach ihm! Das Haus geb ich so schnell nicht her! Eine schöne, alte Villa mit großem Garten, draußen auf dem Land – in Neipperg.«

»Neipperg? Großer Gott, du willst doch nicht etwa dort hinausziehen? Da sagen sich Fuchs und Igel gute Nacht.«

»Also, *so* weit vom Schuss liegt das dann auch wieder nicht! Außerdem finde ich das kleine Örtchen reizvoll – bin schließlich dort aufgewachsen. Ich werde jedenfalls das Haus fürs Erste behalten, ob ich nun dort hinziehe oder nicht. So was findet man nicht an jeder Ecke, ein Haus, in das man vielleicht einmal zurückkehren möchte, ein richtiges Zuhause. Ein Haus, in dem sich eine große Familie mit vielen Kindern wohlfühlen würde ...«

Sie führte den Satz in Gedanken weiter und vielleicht dachte sie jetzt an ihr Alter und dass sie keine Kinder mehr haben würde.

Sie schwiegen einige Zeit lang vor sich hin. Von der Grillparty schallte Musik herüber, das ekelhafte *Mercedes Benz* von Janis Joplin belästigte seine Ohren. Wie viele Stunden hielt er sich eigentlich schon hier in ihrer Wohnung auf? Er drehte sich ostentativ nach der eleganten Küchenuhr um, die über ihm an der Wand hing.

»Sie funktioniert momentan nicht«, sagte Silvia, »aber es muss schon ziemlich spät sein. Ich nehme an, dass du noch etwas vorhast.«

»Ja, ich bin eigentlich noch verabredet«, log er.

»Das ist schon in Ordnung. Ich wäre auch, ehrlich gesagt, gerne noch ein wenig alleine.«

»Tja, dann werde ich wohl mal meine Klamotten zusammensuchen.« Das abrupte Ende des gemeinsamen Abends war ihm peinlich: Er hatte sie gevögelt und sich von ihr verköstigen lassen und jetzt machte er sich davon.

Sie erahnte wohl seine Gedanken, denn nachdem er sich angezogen hatte, legte sie die Hände auf seine Schultern und drückte ihm einen langen Kuss auf die Lippen. »Das war kein schlechter Nachmittag, für mich jedenfalls. Mach's gut!« Noch ein Kuss, dann entließ sie ihn.

Er trat hinaus in die laue Nacht. Der Kater Dagobert begleitete ihn ein Stück weit durch den Garten, bog dann seitwärts ins Gebüsch und verschwand in der Dunkelheit. Als Thomas die Stufen zur Straße hinunterstieg, spürte er seine Knie. Er hatte sie wundgescheuert auf dem Teppich zwischen den beiden Sofas.

Mit dem Autoradio erwischte er die Elf-Uhr-Nachrichten: Kaiserslautern hatte es geschafft!

Die Reue kam noch vor dem Einschlafen, kaum dass er das Licht gelöscht und sich ins Bett gelegt hatte. Er hatte sie im Grunde schon erwartet, hatte sich während des ganzen Abends bereits den Gedanken verboten, auf den er jetzt, da sein Kopf die Eindrücke des Tages erledigt hatte und endlich zur Ruhe kommen wollte, unausweichlich wieder traf: Ungeschützter Geschlechtsverkehr! Er hatte das Risiko einer Aidsinfektion in Kauf genommen, und wie gering dieses auch sein mochte, er würde sich darüber noch Gedanken machen. Gedanken, die die aufkeimende Angst widerlegen sollten und dabei genau das Gegenteil bewirken würden. Er kannte diese Entwicklung hin zur Panik bereits in allen Einzelheiten – er erlebte sie nicht zum ersten Mal und war ihr dennoch ohnmächtig ausgeliefert.

Immerhin setzte er sich zur Wehr, indem er wieder aufstand. Zum Glück fand er zwei Dosen Bier im Kühlschrank, mit denen zumindest die nötige Bettschwere erreicht werden konnte. Bloß nicht schlaflos daliegen! Er schaltete den Fernseher ein und stieß auf den Manager des FC Bayern München, der gerade eine beleidigte Gratulation zur Meisterschaft der Kaiserslauterer hervorbrachte: Die späte Wiederholung des Aktuellen Sportstudios, Fußballberichterstattung – fürs Erste war er gerettet! Er trank das Bier und konzentrierte sich auf das Programm, bis er endlich müde genug war, um sich wieder ins Bett zu wagen.

Am nächsten Morgen ging es dann ohne weiteren Aufschub los: Er verwickelte sich, sofort nach dem Erwachen, in Vermutungen über Silvias sexuelle Gewohnheiten. Sie war eine alleinstehende, unverheiratete Frau in den Vierzigern, attraktiv und selbstsicher – sie konnte viele Männer gehabt haben. Ihn jedenfalls hatte sie regelrecht aufgerissen und vernascht, hatte ihren sexuellen Appetit befriedigt ohne Rücksicht auf irgendwelche Ansteckungsgefahren. Und dass dieser Appetit kein geringer war, hatte er dabei erfahren dürfen ... Er hielt bis zum Nachmittag durch, dann rief er bei ihr an.

»Hallo, mein Kleiner«, sagte sie, nachdem er sich gemeldet hatte, »na, hast du gut geschlafen heute Nacht?«

*Mein Kleiner* – das war ein starkes Stück. Aber er war jetzt nicht empfänglich für solche Neckereien. »Ja ... oder eigentlich nein«, druckste er bloß in den Hörer.

»Was ist denn mit dir los? Du hörst dich nach schlechten Nachrichten an.«

»Ich ... nun ja, das ist mir eigentlich ziemlich peinlich ... ich hab ja gestern schon meine Hypochondrie erwähnt. Also ... äh ... ich mache mir Sorgen, weil wir sozusagen keinen Safer Sex praktiziert ...«

»Ach du lieber Himmel! Es war mir ja schon klar, dass du irgendeinen Knall hast!«

»Kann sein, ja. Es ist mir, wie gesagt, ziemlich ...«

»Also, mein Kleiner, *du* musst dir da gar keine Sorgen machen! Denn du warst seit zwei Jahren mein erster Mann.« Sie sagte es mit einer wärmenden Zärtlichkeit in der Stimme, neben der ihm seine schäbige kleine Erkundigung – denn darum handelte es sich letztendlich: Auszuloten, inwieweit sie als HIV-Überträgerin in Frage kam – noch erbärmlicher erschien. »Und mein Blut ist sauber, das kannst du mir glauben. Ich war nämlich ziemlich krank im letzten Jahr, da haben die mir Unmengen davon abgezapft und so ziemlich jede Untersuchung damit angestellt, die man nur anstellen kann. Du siehst: Wenn hier jemand besorgt sein sollte, dann doch wohl nur ich.«

Er spürte die Erleichterung am ganzen Körper. Er sagte aber nichts, denn er schämte sich nun auch dieser Erleichterung wegen, die ja sozusagen noch ein Teil seiner unausgesprochenen Verdächtigungen ihr gegenüber war.

»Na, was nun? Bist du jetzt beruhigt?«

»Doch, ja, klar!«

»Na, so richtig zufrieden klingt das nicht. Aber mit mehr kann ich nun wirklich nicht dienen. Im Übrigen könnte ich jetzt ja genauso gut mal bei dir nachfragen.«

»Da ist alles in Ordnung. Ich habe ...«

»Langweil mich nicht damit! Nachdem wir nun wohl dieses Thema abgehakt haben, interessiert es dich vielleicht, dass ich heute schon hohen Besuch von meinem lieben Vetter Eduard hatte. Er wollte mich offensichtlich noch einmal aushorchen wegen unserer gestrigen Begegnung. Was auch immer die deinetwegen befürchten, es muss eine ganze Menge sein.«

»Hmm, dass auch mal jemand vor mir Angst hat. Nicht schlecht!«

»Mir gehen die beiden jedenfalls langsam auf den Geist. Bin echt wütend geworden.« Sie kicherte. »Und da hat mich dann der Teufel geritten: Ich hab unser kleines Schäferstündchen erwähnt. Dem ist vielleicht die Klappe runtergefallen! Die Vettern sind ja in der Beziehung ziemlich altbacken.«

»Na, da werden sie jetzt aber nicht gerade beruhigt sein.«

»Ist mir doch egal! Die sollen mich mit ihrem Scheiß in Ruhe lassen. Überhaupt, ich habe andere Sorgen und bin nicht dazu da, mich um deren bekloppte Befürchtungen zu kümmern. Ähnliches gilt übrigens auch für dich und deine Aidshysterie.«

»Ja.« Mehr konnte er darauf nicht erwidern. Er wollte das Thema jetzt schnellstmöglich wieder vergessen.

»So, mein Kleiner ...« Schon wieder! Sie sprach es als Kosenamen aus und schien sich darauf festlegen zu wollen. »Ich muss jetzt unser Gespräch beenden. Bin verabredet. Man könnte ja mal wieder etwas zusammen machen.«

»Das hast du aber schön gesagt: Mal wieder etwas zusammen machen! Ja, das könnte man.«

»Gut so. Das hört sich so an, als ob du deine Ängste bereits überwunden hast. So gefällst du mir besser. Aber ich muss mich jetzt wirklich beeilen. Ich ruf dich wieder an. Bis dahin! Tschüss, mein Kleiner.«

Sie hatte aufgelegt noch ehe er den Gruß erwidern konnte.

Den Sonntagabend verbrachte er in der Laube; dem ehemaligen Vereinsheim der Kleingärtner am Böckinger Neckarufer, jetzt abendliches Refugium derjenigen, die beim Alkoholtrinken gerne laute Rockmusik hörten. An Sommerabenden, wenn die Laube auch noch mit ihrem Biergarten lockte, waren das nicht wenige, und Thomas traf dort immer jemanden, mit dem er anstoßen konnte.

Er hockte zusammen mit Ulrike und Adolf, der eigentlich Detlev hieß und seinen Spitznamen seit jenem Tag in den siebziger Jahren trug, an dem er seine langhaarigen Schulkameraden mit einem Kurzhaarschnitt schockiert hatte. Mit Thomas teilte er das Schicksal des Studienversagers, allerdings hatte ihm danach ein elterlicher Handwerksbetrieb Unterschlupf geboten. Zu Schulzeiten war Thomas in Ulrike einige Jahre lang hartnäckig und erfolglos verliebt gewesen, vielleicht deswegen, weil ihm damals ihr Drogenkonsum Respekt eingeflößt hatte. Inzwischen hatte sie immerhin den Entzug erfolgreich absolviert, seither verdiente sie ihren kargen Lebensunterhalt durch Violinunterricht und lebte gesund und durchschnittlich glücklich mit Adolf zusammen.

Der Gesprächsstoff war ihnen schon bald ausgegangen, und so nahe standen ihm die beiden nun auch wieder nicht, dass er ihnen die Sache mit Silvia unbedingt hätte erzählen müssen. Die laute Musik erlaubte ein wortloses Dasitzen.

Während sein Blick unbewusst an Ulrikes holographischer Armbanduhr hängen geblieben war, rekapitulierte Thomas in Gedanken noch einmal den gestrigen Abend – genüsslich jetzt, nachdem seine Aidsangst besänftigt war. Es hatte ihm gut getan! Ein ausgezeichneter Geschlechtsverkehr, ein erstklassiger Fick! War es nicht das, wofür er letztendlich dahinvegetierte?

Viel mehr fiel ihm dazu nicht ein. Es gelang ihm ja auch kaum noch, sich die Empfindungen zu vergegenwärtigen, die vor dreizehn Jahren Ulrikes Gegenwart in ihm heraufbeschworen hatte. Das Verliebtsein betrachtete er im Grunde nur noch als einen pubertären Geisteszustand, den Erwachsene bloß deswegen immer wieder aufsuchten, weil sie so den unerbittlichen Alterungsprozess zumindest zeitweilig ignorieren konnten.

Er war in dieser Hinsicht vielleicht ein wenig verkorkst, hatte anfangs das Verliebtsein stets maßlos übertrieben und war später dann ins andere Extrem verfallen. Letzten Endes lag es wohl daran, dass er ein ganz und gar untüchtiger Mensch war und sich einstmals irrsinnigerweise vorgestellt hatte, dass die Liebe ein Elixier sein werde, das ihn irgendwie aufrichten und stärken würde. Nachdem er dann den Irrsinn eingesehen hatte, konnte sie ihm nichts mehr bedeuten ... und so weiter und so fort. In Wahrheit allerdings verhielt es sich so: Es hatte da eine Frau gegeben, an die er nun nicht mehr denken durfte. Eine, die er, als sie zu einem Besseren übergelaufen war, mit einem sprachlosen Schulterzucken verabschiedet hatte, weil tatsächlich seine Verzweiflung so groß gewesen war, dass er dafür keinen Ausdruck mehr hatte finden können und ihm nur noch die völlige Verdunkelung aller Gefühle geblieben war. Und die er, wenn er hätte weiterhin an die Liebe glauben wollen, vermutlich noch eine halbe Ewigkeit unglücklich und hoffnungslos hätte lieben müssen, sodass er um seiner seelischen Gesundheit willen den diesbezüglichen Unglauben in beständig wiederholten gedanklichen Exerzitien befestigen musste. Diese jedoch hatte er stets für sich behalten.

Er kehrte mit seinen Gedanken zu Silvia zurück, zu seiner Erkundung ihres aufregenden, leicht angewelkten Körpers: Die kurzen, warmen Stöße ihres Atems an seinem Hals, ihre Arschbäckchen, die sich weich und fest zugleich anfühlten, die kleinen Fettröllchen an ihren Hüften, der salzige Geschmack ihres feuchten Geschlechts, der Schweißtropfen, der zwischen den Brüsten und über den Bauch hinunterlief, um dann im Nabel zu versinken ... all das erregte ihn schon wieder. Er schlug die Beine übereinander, um seine Dreiviertelerektion vor den Blicken der anderen zu verbergen. Er musste unbedingt an etwas anderes denken.

Zum Beispiel an Göttle. Was gab es wohl so Wichtiges zu erschnüffeln bei dem alten Mann, welche Geheimnisse hatte der zu hüten mit seinem wirren Geist? Die Geheimnisse eines mittelständischen Unternehmens, das schien nicht eben viel versprechend. Aber immerhin: Irgendwelche Gebrüder Wichtig sorgten sich, nur weil der Tattergreis hin und wieder ein Stündchen in seiner Obhut war. Das gefiel ihm. Er nahm sich vor, dem Alten in Zukunft ein wenig auf den Zahn zu fühlen.

Später kam Jochen Daub vorbei. Sein guter Freund Jochen. Leider konnten sie nur wenige Worte wechseln, denn Jochen befand sich in Begleitung einer Frau, deren ausdruckslose Miene von vornherein signalisierte, dass irrelevante Drittpersonen jegliche Störung zu unterlassen hatten. Jochen hatte eine merkwürdige Vorliebe für Frauen, die das schwere Schicksal ertrugen, der Mittelpunkt des Universums sein zu müssen. Frauen, die ihren Liebhaber in gut gefüllten Lokalen theatralisch ohrfeigten. Frauen, die in München Ballet studierten. Frauen, die ihm, Thomas, am Arsch vorbeigingen. Und umgekehrt.

Sie begrüßten sich kurz. Man könne ja mal wieder zusammen einen trinken gehen. Klar doch, gerne. Am Dienstagabend, im Nachtcafé. Thomas hatte das Rotlichtlokal mit einem Grinsen vorgeschlagen, den Freund damit zum Spaß brüskierend vor der Begleiterin, die, wenn er es richtig verstanden hatte, von ihren geisteskranken Eltern Chloe getauft worden war.

Eigentlich war auch das Nachtleben der Stadt, d
darauf war, den Rang einer Großstadt gerade eb
zu haben, bloß ein fester Bestandteil der Langewe
Thomas' Zeit verrann. Gleich nach dem Abitur hatte er versucht, ihr zu entfliehen: Er war nach Berlin gezogen und hatte sich dabei gar nicht vorstellen mögen, dass er jemals wieder zurückkehren könnte. Damals war es selbstverständlich gewesen, dass sein Leben ein großes und aufregendes Spektakel werden würde, welches nur in großen und aufregenden Städten stattfinden konnte. Doch alles war schief gelaufen: Sein Leben war scheiße und Berlin war scheiße. Er war kleinlaut zurückgekehrt in die vertrauten Straßen und in die Gesellschaft seiner alten Freunde, von denen nicht wenige genauso versagt hatten wie er selbst. Seine nächtlichen Biere hatte er wieder in den Kneipen der Heimatstadt getrunken und dabei endlich gelernt, die Langeweile hinzunehmen.

Das Nachtcafé war unter den gegebenen Umständen ein einigermaßen aufregender Ort. Beinahe schon am Stadtrand, an der Neckarsulmer Straße oberhalb des Industriegebiets gelegen, teilte es nicht nur den Parkplatz mit dem benachbarten Club Chérie, einem Puff für die Freier mit besserem Haushaltseinkommen, sondern auch den Besitzer: Ede Wolf. Thomas wusste nicht, ob dies ein Spitzname war. Ede Wolf galt als der Oberlude der Stadt, sozusagen als Pate der lokalen Rotlichtszene, von der Kenner behaupteten, sie sei beträchtlich für ein Städtchen dieser Größe. Sie existierte inmitten des soliden bürgerlichen Lebens, inmitten der unauffälligen und sauber verputzten Häuser, in denen die schwäbische Kehrwoche als ehernes Gesetz der Reinlichkeit galt.

Ede Wolf residierte gewöhnlich hinter dem Tresen des Nachtcafés, welches offenbar keine Sperrstunde zu kennen schien und somit seinen Namen zumindest zum einen Teil rechtfertigte. Eine lange Bar, Sitzecken mit bordellroter Lederbespannung und drei Billardtische im Nebenraum.

[illegible] ein eher übertrieben edles Ambiente, das, für sich [illegible] n, bloß lächerlich gewesen wäre, wenn zur Ein[illegible] des Lokals nicht auch die städtische Zuhältergilde, die Nacht für Nacht die Plätze an der Bar belegte, und die Mitarbeiterinnen des Club Chérie, die oft zu vorgerückter Stunde auf ein Glas herüberkamen, gehört hätten. Thomas, obschon ihn Geschlechtsverkehr gegen Bezahlung noch nie gereizt hatte, genoss die Nähe dieser Geschöpfe aus der Rotlichtwelt, ohne sich darüber im Klaren zu sein, worin genau nun dieser Genuss bestand.

Sie hatten sich auf neun Uhr verabredet. Es waren noch kaum Gäste da, als Thomas das Lokal betrat. Ede Wolf hatte sich selbst auf ein Bier eingeladen, er saß auf einem Barhocker, in eine Zeitschrift vertieft. Hinter der Bar stand Micha und grüßte mit einem Kopfnicken.

Michael Würz, Thomas' Klassenkamerad während einiger Jahre auf dem Gymnasium. Er hatte in der elften Klasse das Handtuch geworfen, ein Tunichtgut in den Augen der Lehrer und ein Exot inmitten der Bürgersöhne, mit denen er die Schulbank drücken musste und deren Gesellschaft er ansonsten mied. Man hatte damals nichts Genaueres gewusst, nur so viel: Micha verkehrte in irgendwelchen Proletenkreisen, wo körperliches Durchsetzungsvermögen zählte, und dementsprechend betrieb er fernöstliche Kampfsportarten. Und wenn er mit Mädchen gesehen worden war, dann hatten die stets nach dummgeilen Schlampen ausgesehen, die der eigenen Phantasie eine Erregung verursacht hatten, die man nie zugegeben hätte. Auch hatte er immer viel Geld in der Tasche gehabt – gerüchteweise stammten seine damaligen Einnahmen aus dem Diebstahl von Mofas und Fahrrädern, den er angeblich zusammen mit seinen Kumpanen in professioneller Manier betrieb.

Thomas und Micha hatten sich gut leiden mögen, trotz einer unsichtbaren Grenze zwischen ihnen, die eine Freundschaft verhinderte. Manchmal hatte Thomas davon geträumt, wie Micha zu sein und ihm in seine aufregende Welt zu folgen. Träume, die ihn verunsicherten, nicht nur, weil sie das wenige, was er damals über sich selbst herausgefunden zu haben glaubte, in Frage stellten, sondern auch darum, weil sie ihm nur zeigten, wie schwach er doch im Grunde war. Den Mumm zum Mofadiebstahl hätte er jedenfalls nie aufgebracht! Einige Jahre später hatte er dann Micha wiedergetroffen: Eben im Nachtcafé, wo dieser offenbar als eine Art rechte Hand des Chefs fungierte, inzwischen ein veritables Mitglied der Zuhältergesellschaft, mit Bodybuilderfigur und langem, blondem Haar, das er meist zu einem Pferdeschwanz zusammengebunden trug. Sie wechselten bisweilen noch einige Worte und die Sympathie zwischen ihnen war geblieben, ebenso wie die besagte Grenze.

Thomas mochte schon eine halbe Stunde dagesessen haben, als Jochen endlich eintraf. Er hatte schließlich einen Ruf als notorischer Zuspätkommer zu verteidigen. »Scheiße, bin zu spät«, sagte er und grinste dazu.

»Arsch«, erwiderte Thomas, »ich langweile mich hier zu Tode.«

»Selber Arsch! Hast mich mächtig reingeritten bei Chloe. Der Vorschlag Nachtcafé wäre ja vermutlich noch durchgegangen, aber dein ›wie immer‹ hat sie mir noch am selben Abend aufgetischt.«

Sie saßen lange. Thomas hatte keine Lust, sein Abenteuer mit Silvia zu erzählen. Stattdessen trank er. Er hatte schon das fünfte Glas Bier geleert, als Jochen auf die Uhr sah und sagte: »Hoppla, halb zwölf. Meine Zeit ist abgelaufen, muss morgen schon um sechs raus.«

Das Nachtcafé hatte sich inzwischen gut gefüllt. Um den Tresen lagerte die Halbwelt, an den Billardtischen wurde gespielt. Durch die verräucherte Luft dröhnte *Paradise City* von den Guns'n'Roses, und das Gewicht der Biere drückte

Thomas tief ins Leder seiner Sitzbank. »Geh du nur«, sagte er, »ich bleib noch hocken auf ein Bier.«

Sie verabschiedeten sich, und leicht schwankend verließ Jochen das Nachtcafé. Ein viel zu attraktives Mädchen bediente die Gäste an den Tischen. Thomas ließ sie antanzen und bestellte noch ein Export. Träge starrte er vor sich hin und fühlte sich mit einem Mal einsam. Die Bierschwere drückte bei ihm meistens aufs Gemüt. Eigentlich Zeit, nach Hause zu gehen.

»Hallo, Tommi«, sprach es über ihm. Er sah an der kräftigen Gestalt von Micha hoch. »Na, wie geht's, Alter? Der Ede will dir einen ausgeben, komm doch mit an die Bar.«

Wie? Was? Ede Wolf ließ ihn an die Bar bitten? Der vermeintliche Unterweltkönig der Stadt! Dergleichen war in all den Jahren, in denen er nun im Nachtcafé verkehrte, noch nie vorgekommen. Es war ein ungeschriebenes Gesetz, dass die Plätze am Tresen dem Hofstaat Ede Wolfs gehörten. Jetzt wurde er, Thomas Haas, Mitglied des gemeinen Volks der normalsterblichen Spießer, hinzugebeten? Er sah verblüfft hinüber und begegnete dem kalten, harten Blick Edes, zu dem das Lächeln nicht passte, mit dem er ihn einlud.

Er folgte Micha, und als er bei Ede angekommen war, sagte der: »Guten Tag. Man möchte doch auch die Gäste mal kennen lernen, die einem über eine so lange Zeit die Treue halten. Darf ich dir einen ausgeben? Whisky, oder etwas anderes?«

»Whisky, danke«, brachte Thomas nur heraus, gelähmt in der Beklemmung, die ihm die plötzliche Aufmerksamkeit der versammelten Tresengesellschaft bereitete. Direkt an seiner Seite hockten zwei atemberaubende Frauen; im engen schwarzledernen Minikleid die eine, mit getigertem Leibchen die andere. Sie anzufassen hätte vermutlich die Todesstrafe nach sich gezogen.

»Scotch? Bourbon?«, fragte Ede mit einer Geste zur Getränkeliste.

»Einen Jackie nehm ich«, gab Thomas zur Antwort, darum bemüht, sich ganz unbefangen zu verhalten.

»Recht so!« Ede nickte Zustimmung und goss ihm ein Glas ein. Zwei Eiswürfel klimperten fröhlich darin, als er es vor ihn hinstellte. »Na denn: Prost!« Er hob einen halb ausgetrunkenen Cognacschwenker, der irgendwo hinter der Bar gestanden hatte.

»Prost!« Der erste Schluck stürzte die Kehle hinunter, direkt in die Bierlache in seinem Magen, und es mochte nur Augenblicke gedauert haben, bis der zusätzliche Alkohol in seinem Hirn ankam.

»Ich habe ja erst heute erfahren, dass du der Sohn vom Walter Haas bist. ›Wer ist eigentlich der Typ da, mit dem du dich immer grüßt?‹, frage ich zufällig den Mike, ›er erinnert mich an irgendjemanden.‹ Und als ich deinen Namen höre, da wird's mir klar: Der Sohn von Walter Haas!«

Darauf gleich noch einen Schluck. Sein Vater! Was sollte das nun wieder? Allerdings: Sein Vater hatte oft in Edes Milieu verkehrt, viel zu oft – er war darin umgekommen. Das alles war schon lange her. Thomas dachte gar nicht mehr daran. Diese ganze Geschichte, diese bedrückende und unappetitliche Sache war das Allerletzte, woran er denken wollte!

Aber Ede blieb dabei: »Es ist nämlich so, dass ich damals Geschäftsführer im Eden war. Damals, als das passiert ist, meine ich. Eine tragische Sache.«

Nein, nein, nein! Thomas wollte nicht über das Thema reden. Und schon gar nicht mit Ede Wolf. Und erst recht nicht jetzt, wo der Alkohol ihm bereits die ersten Schwindel verursachte.

»Prost«, sagte Ede.

»Prost!«

»Noch einen?«

Ja ja, her damit, in Gottes Namen! Er hatte sowieso keine Chance mehr zu entkommen. Der brutale und gnadenlose

Blick des Oberluden hatte ihn fest im Griff. Wie konnte ein Schwächling wie er mit Ede Wolf trinken? Alles an Ede war Kraft und Gewalt, unmöglich, es sich an seiner Seite gemütlich zu machen, unmöglich, nicht beunruhigt zu sein neben ihm. Aus dem schwarzen Harley-Davidson-T-Shirt wuchsen zwei Arme, um die sich die Haut genauso straff spannte wie um seinen kahlen, braungebrannten Schädel, und alle seine Bewegungen verrieten die enorme Energie, die in diesem Körper steckte. Ede Wolf, ein Raubtier, nomen est omen. Und er selbst trug den Namen Haas. Wie hatte es nur so weit kommen können, dass er sich hier mit Alkohol abfüllen ließ? Runter damit!

Am Rande seines Gesichtsfelds nahm er etwas wahr. Dort, fünf Barhocker entfernt, saß ein Koloss, ein monströses Muskelgebirge, und grinste vor sich hin. Ein spöttisches Grinsen, das ihm galt? Oft hatte er mit Jochen verstohlene Scherze über diesen Kerl gemacht, über dessen maßlos übertriebene Solariumsbräune und die beschissene Frisur: Blonde Dauerwellenlöckchen fielen auf die breiten Schultern und gaben dem sowieso schon dümmlichen Ausdruck des Gesichts nicht eben einen Hauch von Intellektualität. Vielleicht sollte man noch ein paar trinken auf Edes Kosten und dann hinübergehen und dem Burschen mal vorschlagen, den Friseur zu wechseln!

»Ich hätte das ja gerne verhindert, das kannst du mir ruhig glauben. Keiner von uns hatte auch nur den geringsten Schimmer, wer's getan hat. Wird schon so sein, dass er mit irgendwelchen Kanaken Streit gehabt hat. Persönlich glaub ich, dass ihm einer von den Amis das Messer reingesteckt hat. Die Besatzer waren damals die Hauptkundschaft im Eden und da waren kernige Burschen dabei, das sag ich dir. Und jede Menge Junkies außerdem. Es heißt ja, dass die bald abziehen wollen, da geht uns dann ein schönes Geschäft flöten – womit ich jetzt natürlich nicht die Junkies meine, von Drogen lassen wir hier schließlich die Finger.«

Das Letzte war mit gespielter Eindringlichkeit eher zu den anderen am Tresen gesprochen und rief dort amüsiertes Schmunzeln auf allen Gesichtern hervor.

»Die Scheißwiedervereinigung«, blökte der Koloss mit dem Pudelhaarschnitt, »die Amis gehen und das Ostpack kommt. In den großen Städten gibt's jetzt Ärger mit dem Gesocks vom Balkan.«

»Tjaja, da müssen wir aufpassen«, meinte Ede und wandte sich wieder Thomas zu, »war jedenfalls auch für uns ein Riesenärger damals. Tagelang die Bullen im Haus, ich denke mit Schaudern daran zurück. Noch einen Jack Daniel's?«

Selbstverständlich, wozu saß er sonst hier an der Theke. Zum Saufen und wegen der Erinnerung: Er hatte einmal einen Vater gehabt. Dessen Leben war auch ein Reinfall gewesen. Ständige Alkoholprobleme, soweit Thomas sich zurückerinnerte. Oft blieb er tagelang außer Haus, und wenn er danach wieder auftauchte, dann dauerten die Streitereien mit der Mutter noch mal so lange. Bis zu seinem vierzehnten Lebensjahr hatte Thomas immer geglaubt, es ginge dabei nur um den Suff, dann war das Unglück passiert. Das Ungeheuerliche, die Katastrophe vor allem auch für seine Mutter: Im Hof des Eden-Club, einem üblen Schuppen gleich neben dem Eros-Center in der Sontheimer Straße, war der Vater erstochen aufgefunden worden. Man hatte ihn ausgeraubt, nachdem er sich zuvor im Puff noch einen blasen gelassen hatte. Von letzterem Detail abgesehen, konnte man das alles in der Zeitung nachlesen, und Thomas erfuhr, dass der Vater ständig zu den Huren gegangen war, dass er praktisch sein ganzes Geld für Suff und Sex ausgegeben hatte, während seine Mutter mit ihrer Arbeit die Familie ernährte. Allein schon die Erinnerung an die Beerdigung war peinigend genug: Das kleine, müde Häuflein von Trauergästen, die seiner Mutter pflichtgemäß kondolierten und sich dabei fragten, ob sie nun Trauer empfand oder Scham oder vielleicht gar

Erleichterung darüber, *diesen* Gatten losgeworden zu sein. Solange er lebte, hatte sein Vater es ihm nahezu unmöglich gemacht, ihn zu lieben. Mit seinem Tod und den ganzen abstoßenden Begleitumständen war plötzlich und unerwartet ein Schmerz über Thomas hereingebrochen, wie ihn eigentlich nur der Verlust eines wahrhaft geliebten Menschen verursachen kann. Und während alle Welt in stummem Tadel über diesen Unhold den Kopf schüttelte, zerriss es ihm die Seele, wenn er sich die ganze Traurigkeit dieses verpfuschten Lebens vor Augen führte. Nach der Beerdigung hatte er sich in sein Zimmer eingeschlossen, dort hatte er endlich geweint um den Vater, so lange und so heftig, bis er es nicht mehr aushielt und ihm nichts weiter übrig blieb, als erschöpft die Augen zu schließen und sich zu zwingen, nicht mehr daran zu denken. Dabei war es dann geblieben.

»Ja ja, scheiß drauf«, rief Thomas und kippte sein Glas in einem Zug hinunter. Blöde grinste er die beiden Grazien an seiner Seite an. Die mit dem Lederkleid verzog ein ganz klein wenig die Mundwinkel nach oben, zur Andeutung eines herablassenden Lächelns.

»Hier spielt die Musik«, sagte Ede Wolf und goss sein Glas wieder voll, »du bist heute mein Gast, das bin ich deinem Vater schuldig. War schließlich mein Revier damals, das Eden.« Und redete weiter in einem fort von seinem Vater.

Thomas war voll, und wenn er voll war, dann konnte auch er das Wort nicht mehr halten. So ging es also weiter, es wurde geredet und geprostet und der Nebel in seinem Hirn war zu dicht, als dass er auch nur den Sinn seiner eigenen Worte begriffen hätte. Nur Ede sah er noch vor sich, die Glatze, die bösen Augen, Augen eines Tiers, eines Krokodils vielleicht, dass ihn gleich verschlingen würde. Nebenan die beiden Schnepfen – irgendwann lachten sie lauthals und im Gleichklang. Scheiße, dachte es in Thomas, irgendwo in einem Winkel seines Schädels, den der Alkohol noch nicht erreicht hatte, du baust Scheiße, gleich wirst du richtig Scheiße bauen – und da hatte auch schon der Koloss irgendeine abfällige Bemerkung über ihn gemacht. Irgendetwas hatte er gesagt, was auch immer, jedenfalls eine Unverschämtheit. Nun gut!

»Kann mir eigentlich jemand sagen, welcher Mausfallenhändler dem Elektroneger diese Frisur verkauft hat?«, sprach Thomas' Mund, sehr gegen seinen Willen und doch zur aufrichtigen Freude aller seiner Glieder, die sich vor Lachen ausschütten wollten. Wie noch so manch anderer in der Runde.

Verschwommen sah er, wie der Koloss sich erhob und näher kam. Sein Puls überschlug sich pflichtgemäß, auch ohne die explizite Erkenntnis, dass ihm gleich der Garaus gemacht würde. Doch der Koloss hielt inne und bewegte sich wieder zu seinem Hocker zurück. Einige Worte hatten ihm den Weg verstellt, sie kamen von rechts, von der Theke, aus dem Munde eines guten Freundes, des Oberzuhälters Ede Wolf.

Und weiter ging die Sauferei. Sie endete in völliger Dunkelheit. Zuvor noch war er in sein Bett gefallen. Auf wunderbare Weise war er dorthin gekommen. Er wusste nicht mehr, wie viel und was noch alles geredet worden war, nur eines war ihm noch irgendwie haften geblieben: Irgendwann an diesem Abend war auch der Name Göttle gefallen.

* * *

Der Morgen danach war natürlich hart. Eine Triade aus Kopfschmerz, Schwindel und Mundfäule empfing den Schlummernden, als er gegen elf das Bewusstsein wiedererlangte. Zum Glück hatte er einen freien Vormittag. Er versuchte es mit einer Dusche, die ihn freilich auch nicht ausreichend wiederbelebte. Das Zähneputzen immerhin war eine Wohltat. Er aß drei Aspirin, quälte sich in seine Kleider und machte sich auf den Weg zum Music Planet.

Dort erfreute sich Bernie, sein Boss, der stolze Jungunternehmer und Besitzer des Ladens, an seinem Anblick: »Respekt! Du siehst vielleicht fertig aus! Wie viele Kästen Bier hast du gestern Abend getrunken?«

»Einen zuviel jedenfalls«, brummte Thomas und ließ sich auf den Stuhl hinter der Registrierkasse fallen.

Bernie machte sich aus dem Staub und Thomas versah seinen Dienst, der an diesem Tag kein leichter war. Er hasste alle Kunden, er hasste den Sommer, der ihn heute mit einer gnadenlosen Hitze strafte, und vor allem hasste er sich selbst – dafür, dass er sich so willenlos hatte abfüllen lassen.

War für die anwesende Zuhälterschaft bestimmt ein Riesenspaß gewesen. Was sollte das Ganze eigentlich? Was hatte Ede Wolf von ihm gewollt? Dieses Gerede über den Tod seines Vaters! Es fiel ihm ein, dass ihm nie zuvor jemand aus dem Umfeld, in dem der Mord geschehen war, darüber etwas erzählt hatte. Für dergleichen war die Kriminalpolizei zuständig gewesen, in seiner Familie war das Ganze wie ein tragischer Unfall behandelt worden, niemand wäre auf die Idee gekommen, etwa selbst zum Eden-Club zu gehen und sich nach den Begleitumständen zu erkundigen.

Jemand hatte den Laden betreten. Thomas bemerkte ihn erst, als er schon drei Schritte vor ihm stand.

»Hallo! Na, wie geht's uns denn heute?« Micha grinste ihm ins Gesicht. »Wie's scheint, nicht allzu gut, was ja kein Wunder ist, nach einer guten Flasche Jack Daniel's.«

»Micha! Was führt dich denn hierher?« Es war in der Tat eine Überraschung, er war ihm noch nie hier im Laden begegnet. Überhaupt hatte er Micha während der letzten Jahre ausschließlich im Nachtcafé getroffen.

»Wenn du schon so direkt fragst, dann will ich auch gleich zur Sache kommen: Ich möchte dich warnen! Hab ja keine Ahnung, was da zwischen dir und Ede läuft, aber ich rate dir, auf der Hut zu sein! Dass Ede irgendeinen von *euch* ...«, er betonte das mit einer gewissen Herablassung, »... an die Bar bittet und auf einen Drink einlädt, das kommt nicht gerade jeden Tag vor. Beziehungsweise: Das ist noch nie vorgekommen! Es ist dir doch hoffentlich klar, dass er damit irgendeinen Zweck verfolgt hat? Wie gesagt: Hab selbst keine Ahnung, um was es geht. Aber der hat dich nach allen Regeln der Kunst abgefüllt und ausgehorcht. Und mit der Behauptung, er habe erst gestern erfahren, wer du seiest, hat er gelogen. Hat mich schon früher danach gefragt! Also pass auf dich auf, Alter, mit dem Ede kann man keine Spielchen machen, es sei denn, man gehört in dieselbe Gewichtsklasse – und das trifft bei dir, nimm's mir nicht übel, nicht zu.«

»Ist schon klar, zumindest das hab ich noch mitbekommen, dass das eine komische Geschichte war. Aber ich weiß auch nicht so recht, was eigentlich Sache ist. Geht's um den Tod meines Vaters?« Er zuckte mit den Schultern. »Aber das ist doch alles schon so lange her.«

»Um deinen Vater ging's schon auch. Und später dann um einem gewissen Göttle ...«

»Göttle, ja! Ich erinnere mich kaum noch. Was wollte er denn wissen?«

»Frag mich nicht! Ich weiß es nicht und will es auch nicht wissen. War schließlich ziemlich was los gestern Nacht, und ich habe den Betrieb geschmissen, der Herr Ede Wolf war ja mit dir beschäftigt. Jedenfalls: Sei vorsichtig! Kann sein, dass ich übertreibe, aber ich wollte mich nur mal vergewissern, dass du auch kapiert hast, dass das kein normales Ding war.«

»Okay! Ich danke dir, dass du extra deswegen hergekommen bist.«

»Da gibt's nix zu danken. Wofür auch? Ich hab nix gesagt.« Er zwinkerte ihm zu und ließ einen langen Blick durch den Laden wandern. »So so, hier verdienst du also das Geld, das du abends im Nachtcafé versäufst«, er grinste wieder, »na ja, besser als das Maul voller Reißnägel, sag ich immer.«

Thomas fehlte die Frische, um darauf etwas zu erwidern, er stöhnte nur zur Antwort und fasste sich an die Schläfen, wo ihn nach wie vor der grausame Kopfschmerz plagte.

Micha nickte mit Kennermiene. »Habt ihr auch was von Bon Jovi in dem Laden?«

»Hinten, bei Rock/Pop diverse.«

»Aha, na ja, jetzt nicht. Ich geh dann mal wieder.« Er hob die Hand zum Gruß, ging einen Schritt Richtung Tür und drehte sich noch einmal um: »Ach ja, noch was! Dem Sepp würd ich an deiner Stelle in der nächsten Zeit nicht mehr über den Weg laufen.«

»Sepp?« Thomas ahnte bereits, wer gemeint war.

»Ja, Sepp, der gut gebräunte Kollege mit dem lockigen Haar, der Elektroneger.« Er prustete los. »Elektroneger – klasse! Ich lach mich noch krank!«

Thomas war nicht nach Lachen zumute. »Danke, Micha, ich bin jedenfalls gewarnt.«

Micha winkte ab. »In deiner Haut möcht ich nicht stecken, wenn dich der Sepp in seine Finger kriegt!«

Er ging, immer noch lachend. Thomas sah ihm nach, empfand aber keine rechte Erleichterung angesichts dieser Erheiterung. Micha hatte sich die Mühe gemacht, ihn aufzusuchen um ihn zu warnen. Ede hatte ihn nicht einfach nur aus einer Laune heraus eingeladen und abgefüllt, ein Spaß war das Ganze nicht gewesen. Wer weiß, vielleicht hatte Micha ihn ja im Auftrag Ede Wolfs aufgesucht ...

Doch wie sollte er vorsichtig sein, wenn er keine Ahnung hatte, worum es Ede bei alledem eigentlich ging? Es fiel ihm beim besten Willen nichts ein, was er im Suff hätte ausplaudern können und was für Ede auch nur einziges Glas Whisky wert sein konnte. Sein ganzes bisheriges Erwachsenenalter lang hatte er sich in einer Welt aufgehalten, die bis in ihre hintersten Winkel hinein immer schon von anderen vor ihm erforscht und enthüllt worden war, in der es kein Geheimnis mehr gab, das er hätte entdecken und irgendjemandem verraten können. Das war ja im Grunde das Beschissene an seinem Leben.

Vor fünfzehn Jahren der Tod seines Vaters vor der Bar, deren Geschäftsführer Ede Wolf gewesen war – das war ein Hinweis. Aber einer, aus dem Thomas auch nicht schlauer wurde. Warum war Ede denn ausgerechnet gestern damit gekommen, wenn er schon lange gewusst hatte, wer Thomas war?

Göttle! Darauf lief es hinaus! Spät in der Nacht war es um Göttle gegangen. Der ungewissen empirischen Befundlage zum Trotz behauptete irgendetwas in ihm mit Bestimmtheit, dass Ede Wolf selbst die Sprache auf Göttle gebracht hatte. Man durfte ja wohl davon ausgehen, dass nicht ein anderer, der zufälligerweise denselben Namen trug, gemeint war. Also hatte auch Ede mit dem alten Mann zu tun? Göttle, immer wieder Göttle, seit er mit Silvia gevögelt hatte. Und die hatte ihn nur wegen Göttle kennen lernen wollen, weil er bisweilen mit ihm zu tun hatte und weil deswegen irgendwelche Leute, die er nicht kannte, beunruhigt waren.

Aber nein: Nicht irgendwelche Leute, sondern die Inhaber eines Unternehmens, in dem auch sein Vater jenes Geld verdient hatte, das er dann in den Rotlichtlokalen der Stadt durchbrachte. Na also, da gab es doch so etwas wie eine Verbindungslinie: Göttle, sein Vater, Ede Wolf. Und was weiter?

Vielleicht hatte Ede nur von seinem Vater angefangen, um ihn damit einzuwickeln, um ihm ganz nebenbei den Alkohol aufzuschwatzen, der dafür sorgen sollte, dass ihm später beim Thema Göttle die Zunge locker im Maul saß. Vielleicht gab es also gar keinen Zusammenhang zwischen Göttle und dem Tod seines Vaters. Vielleicht, vielleicht, vielleicht!

Bei Göttle jedenfalls musste es etwas zu entdecken geben. Verhüllt von der klapprigen Gestalt des Pflegeheiminsassen, verborgen im Dunkel seiner Demenz lag die ganze Lebensgeschichte einer Person, mit der es allem Anschein nach etwas auf sich haben musste. Etwas, von dem Thomas noch nicht die geringste Vorstellung besaß, das aber plötzlich, am letzten Samstag in den Erwähnungen Silvias, auf sich aufmerksam gemacht hatte und es seither immer wieder tat. Etwas Außergewöhnliches. Denn darin, dass er gewissermaßen nur noch körperlicher Rest und geistiger Schatten seiner selbst war, unterschied sich Göttle nicht von den anderen Bewohnern der Station M3, die ja alle ein Leben hinter sich hatten, dessen Spuren sowohl in ihren kümmerlichen Körperruinen, als auch in ihren erodierten Erinnerungen bereits verwittert waren. Die rasche Vergessenheit, der diese Männer offenbar stets anheim fielen, nachdem sie ins Heim verbracht worden waren, hatte Thomas immer annehmen lassen, dass ihr Leben ein ganz und gar durchschnittliches gewesen sein musste, denn wer so sang- und klanglos daraus entfernt werden konnte, hatte darin wohl kaum größere Bedeutung entwickelt. Auch sein Großvater war ein einfacher und bescheidener Mann gewesen, mit einem Lebenslauf ohne nennenswerte Höhepunkte, außergewöhnlich nur in seiner überdurchschnittlichen Herzensgüte. Göttle war sozusagen ein Thema für Leute in gehobenen Positionen, und so viel schien jedenfalls nach dem, was Silvia über ihren Vater erzählt hatte, sicher: Er war es nicht etwa deswegen, weil er diesen Leuten ans Herz gewachsen wäre.

Er sah hinaus auf das öde Stück Stadt vor seinem Schaufenster. Mitten in seine Überlegungen hinein klingelte das Telefon. »Hallo, mein Kleiner«, klang es aus dem Hörer, nachdem er sich gemeldet hatte.

»Silvia! Gerade eben hab ich an dich gedacht«, erwiderte er einigermaßen wahrheitsgemäß.

»Tatsächlich? Dann hast du mich also noch nicht vergessen.«

»Hab mir einen Knoten ins Taschentuch gemacht.« Ein matter Scherz aus einem matten Hirn. Mehr war heute nicht drin.

Sie ging nicht weiter darauf ein, sondern fragte an, ob er nicht Lust habe, sich nachher, nach Ladenschluss, mit ihr auf ein Bier im Dach zu treffen. Selbstverständlich hatte er Lust, wenn auch nicht unbedingt auf Bier, nein, auf Bier genauso wenig wie beispielsweise auf Bourbon. Aber das interessierte Silvia sicher nicht.

Er machte sich also daran, die Stunde bis Ladenschluss noch möglichst schnell hinter sich zu bringen, und beschallte zu diesem Zweck das Music Planet mit der LP *The Idiot* von Iggy Pop. Wunderbar trübe klang diese Musik in seinen Ohren und gab ihm einen Vorgeschmack auf die grauen Regentage, die irgendwann wiederkehren und ihn von der ekelhaften Hitze erlösen würden, von der ewigen Scheißsonne, die es beispielsweise heute einfach nicht zuließ, dass er den nächtlichen Suff endgültig hinter sich brachte. Die Sonne war sein Feind und vielleicht war sie auch Iggys Feind gewesen, als er diese Platte aufgenommen hatte, die ja seine allerbeste geworden war, auch wenn das gewöhnliche Kundenpack, die Horde der Sonnenanbeter, nicht zu dieser Einsicht bekehrt werden konnte.

Jetzt aber stand ihm ein weiterer Abend mit Silvia bevor, und das war immerhin wesentlich besser, als zu Hause vor der Glotze zu enden.

* * *

Dass die Bar »Dachgarten« benannt worden war, zeugte von der Einfallslosigkeit ihres Besitzers und erweckte so von vornherein den Argwohn, es könne sich dabei um einen eher langweiligen Ort zum Zeittotschlagen handeln. Und so war's dann auch: Ein Raum, der elegant sein wollte und bloß fad war, mit beigen Sitzecken, die ein gewisses Sodbrennrisiko bargen, da man so tief in sie einsank, dass ein eng geschnallter Gürtel die Eingeweide irgendwie nach oben drückte, wodurch schließlich ein eventuelles Zuviel an Magensäure in den Ösophagus schwappen musste. Die Theke ließ einigen Messingglanz erstrahlen und gab sich vornehm. In ihren frühen Jahren, am Ende der Siebziger, hatte sie vielleicht noch den einen oder anderen Goldkettchenträger beeindruckt. Aber man musste großzügig sein, wenn man das Lokal an einem warmen Sommerabend betrat, musste die Nörgeleien sein lassen und stattdessen unverzüglich auf die Veranda hinausgehen – dort war man dann zufrieden mit der Wahl des Ortes. Denn man saß nun mittendrin und über der Stadt, dort, wo sie am ehesten noch städtisch war, auf erhöhter Position, nämlich einige Stockwerke über Fußgängerzone und Kaiserstraße. Das Dach, wie jeder das Lokal nur nannte, befand sich im Penthouse eines modernen Geschäftsgebäudes, und der eigentliche Dachgarten war seine Attraktion.

Sie mochten wohl eine gute Stunde beinahe wortlos dort oben gesessen haben, von gelegentlichen Alibisätzen abgesehen, die nur gesprochen wurden, damit das Schweigen keinen bösen Ton bekam. Sie hatten sich der angenehmen Trägheit des Feierabends ausgeliefert, auf ihren Bistrostühlen direkt am Geländer, hatten einfach nur dagesessen, während unten alles städtische Getue langsam erlahmte und die Stadt sich für die Nacht wieder in ein Dorf zurückverwandelte. Ein lauer Wind war aufgekommen, hatte die schlimmste Hitze weggeblasen und endlich Thomas' Lebensgeister wiedererweckt. Nachdem er zunächst ein Glas Mineralwasser getrunken hatte, war ihm nun schon wieder nach dem Weizenbier zumute, an dem Silvia ab und zu nippte.

Es gefiel ihm sehr, dass sie sich ein Hefeweizen bestellt hatte. Denn irgendwie erzeugte dieses einen versöhnlichen Kontrast zu dem knöchellangen ungefärbten Baumwollkleid, das sie heute trug. Er war beinahe erschrocken, als er sie darin gesehen hatte: Ein vermutlich ultramodernes Stück Stoff, das jedem unzüchtigen Blick mit seiner formalen Strenge in den Weg trat und die Vorstellung heraufbeschwor, es könne auf der Innenseite mit Schmirgelpapier gefüttert sein, um auch das Objekt solcher Unzucht zu strafen. Das Weizenbier aber milderte nun den abweisenden Eindruck dieser aseptischen Verpackung. Es ließ den Durst erkennen, den der darunter liegende Körper hatte, und die unterdrückten Rülpser erahnen, die es tief aus dem Körperinnern emportreiben würde. Ja, so ein Weizenbier war Arznei gegen die Umtriebe so genannter Modekünstler, es war gewissermaßen das Getränk der schwitzenden, dürstenden und rülpsenden Masse, jener zähen Urgewalt also, gegen die im Grunde alles Modeschaffen ankämpft.

Silvia hatte die Augen geschlossen, den Kopf leicht zurückgelegt und in den Wind gedreht, um die frische Brise zu genießen. Gelegenheit für Thomas, ihr Gesicht ganz unverhohlen und im Detail zu erkunden: Den Kampf gegen die Fältchen – falls sie ihn je geführt hatte – hatte sie verloren, doch sie waren gnädige Sieger, die darauf verzichteten, das eroberte Terrain ganz und gar zu besetzen und zu vernichten. Sie begnügten sich damit, hier und da, rund um Augen- und Mundwinkel, ein paar feine Striche zu ziehen, die dem Gesicht erst Tiefe und Ausdruck verliehen. Und mittendrin leuchteten, mit einem schattigen Rot verziert, zwei appetitliche Lippen. Sie zogen ihn an mit aller Macht, es reizte ihn sehr, sie unverzüglich zu küssen und rücksichtslos hinter sie zu dringen.

Silvia, als ob sie seinen Blick plötzlich gespürt hätte, öffnete die Augen und fragte: »Was ist mit dir? Was schaust du mich so an?«

»Ich bin scharf auf dich.« Er beglückwünschte sich zu dieser knappen und klaren Aussage.

Sie aber schloss wieder die Augen. »Schlag dir das aus dem Kopf, mein Kleiner. Heute läuft nix zwischen uns beiden.«

Er verkniff sich jeden Widerspruch und winkte stattdessen der Bedienung, um sich nun endlich auch sein Weizenbier zu bestellen. Ein rascher Themenwechsel war angesagt: »Woher wissen deine Cousins eigentlich so genau Bescheid?«

»Was?« Jetzt hatte sie die Augen wieder offen.

»Ich meine zum Beispiel den Anruf am Samstagabend: Woher wussten die, dass ich bei dir war?«

»Wieso kommst du denn jetzt plötzlich darauf? Also, die haben nicht gewusst, dass du bei mir warst, die wussten bloß, dass wir in deinem Fiat in die Stadt gefahren sind.«

»Aber woher konnten sie das wissen?«

»Na woher wohl? Irgendjemand vom Pflegepersonal wird sie verständigt haben. Hab ich dir das nicht schon einmal gesagt? Die haben dort jemand, der sie über alles informiert, was meinen Vater betrifft. Das nehme ich zumindest an. Die wissen immer, was dort vorgeht.«

»Hm.« Dem war tatsächlich nichts hinzuzufügen. Wenn der alte Mann so wichtig für die Brüder Ehrlich war, dann war anzunehmen, dass sie auf der Friedrichshöhe einen Aufpasser hatten. Wer mochte es wohl sein? Doch wohl nicht die gutherzige Pflegerin Helga! Es fiel ihm aber plötzlich etwas ganz anderes ein: »Er ist Polizist gewesen?«

»Was? Wie? Deine Gedanken sind heute etwas sprunghaft, wie mir scheint.« Sie blinzelte ihm zu. »Vielleicht liegt's daran, dass mein Kleiner nicht so ganz auf der Höhe ist, vielleicht als Folge von Alkoholeinwirkung. Oder täusche ich mich in diesem Punkt?«

Er zuckte mit den Schultern: »Frag mich bloß nicht! Ich sprach von deinem Vater. Du hast gesagt, er sei Polizist gewesen.«

»Jetzt interessierst du dich also doch für ihn, am Ende haben die Vettern Recht mit dir.«

»Natürlich interessiert er mich, jetzt, da sich deine Vettern nur wegen ihm so sehr *für mich* interessieren.«

Sie schüttelte den Kopf und winkte ab: »Ich hab jetzt aber wirklich keine Lust, über meinen Vater zu reden. Und ich kann dir sowieso keine rechte Antwort geben. Ich weiß selber kaum, was mein Vater alles gewesen ist, Polizist oder etwas Ähnliches jedenfalls, damals im Dritten Reich.«

»Im Dritten Reich!« Die Sache wurde wirklich interessant.

Aber sie verbot sich alle weiteren Fragen mit einer Handbewegung. Das Thema war für heute erledigt, ebenso wie jedes andere Thema, das ihn hätte interessieren können, inklusive Geschlechtsverkehr. Wozu also saß man noch hier? Damit sie Gesellschaft hatte bei ihrem Weizenbier, damit jemand bei ihr am Tisch saß, ohne dass sie sich über Themen unterhalten musste, die ihr in dieser Stunde ganz und gar fern lagen. Thomas hatte es also schon weit gebracht bei Silvia!

Sie hatte ihr Bier gerade leer getrunken, als ihm seines gebracht wurde. »Ich gehe nach Hause«, sagte sie, »tut mir Leid, wenn du dir mehr von dem Abend versprochen hast, aber ich bin zu schlapp heute. Bist du mir böse, wenn ich dich einfach hier hocken lasse?«

Selbstverständlich war er's nicht. Das Nicht-böse-Sein ist eine Geste, die alle Frauen schätzen, ganz im Gegensatz zum Böse-Sein. Sie erhob sich deshalb, beugte sich zu ihm hinüber und drückte ihm endlich den ersten Kuss an diesem Abend auf den Mund. Ein sehr schmackhaftes Appetithäppchen – doch leider auch bereits ihr Abschied.

»Wir sehen uns – vielleicht am Wochenende, wenn's dir recht ist«, sagte sie und war auch schon weg.

Thomas betrachtete mürrisch sein Bierglas, das er gerade noch hatte antrinken können, bevor sie gegangen war.

Den großen Rest musste er ohne sie hinunterschütten und das war nicht gerecht, denn schließlich hatten nur ihr Beispiel und ihre Gesellschaft ihn dazu animiert, es zu bestellen. Ganz ähnlich verhielt es sich übrigens mit seiner Erregung.

Er zwang sich dazu, mit seinen Gedanken zu Göttle zurückzukehren. ›Polizist oder etwas Ähnliches‹, hatte sie gesagt – im Dritten Reich! Und was wohl sonst noch alles? Er wusste ja im Grunde kaum etwas über ihn, aber das konnte sich schnell ändern: Er würde schon noch herausbekommen, was es mit Göttle auf sich und ob dieses gar mit dem Tod des Vaters zu tun hatte. Wenn man schon mit so viel Nachdruck auf die Geschichte des Männchens hingewiesen wurde, dann würde man sich die keinesfalls entgehen lassen!

Für einige Augenblicke ergriff ihn bei diesem Gedanken eine Art von Euphorie: War sein Leben nicht plötzlich um einen Hauch abenteuerlicher und aufregender geworden? Da hockten sie an den Nebentischen und schwafelten mit wichtigen Mienen: Was konnten sie schon zu erzählen haben? Er jedoch hatte vor wenigen Stunden eine Warnung vor dem berüchtigten Unterweltsboss Ede Wolf erhalten! Er sah hinunter auf die Fußgängerzone, die jetzt öde und verlassen dalag, durch den Ladenschluss ihrer Funktion beraubt. Die wenigen Flaneure trödelten entspannt darin herum, mit der beruhigenden Gewissheit, dass es nichts zu sehen gab, was man zuvor nicht schon gesehen hatte und auch noch morgen oder übermorgen würde sehen können. Auch fürchteten sie nicht die Dunkelheit, die ja dort unten vollständig ausgeleuchtet wurde. Hatte es irgendwann in diesen Gassen Mord und Totschlag gegeben, in einer wer weiß wie weit entfernten Vergangenheit? Hatten die Menschen damals in den Nächten um zwielichtige Ecken und düstere Winkel einen

Bogen geschlagen? Die Fußgängerzone jedenfalls war ein ganz und gar sicherer Ort ohne Zwielicht und Düsternis. Warum also empfand er – und zumindest darin war er sich mit vielen anderen einig – ausgerechnet die Fußgängerzone bei Nacht als besonders trostlos?

Er schlürfte die letzte schale Pfütze aus dem Bierglas und machte, dass er selbst hinunter kam.

Sein Entschluss stand fest.

## II. Alte Geschichten

Bisweilen fragte er sich, wie wohl sein Leben verlaufen wäre ohne die Musik, die er hörte. Denn die, so kam es ihm vor, war ihm zum Schicksal geworden, zu derjenigen Macht, die vor allem anderen sein Leben vorantrieb, im Guten wie im Schlechten. Meist ganz einfache Rockmusik: Sie lockte ihn mit ihren abwegigen Sehnsüchten, mit ihren mutwilligen Verstimmungen und ihrem unbändigen Trotz, und gab damit ausgerechnet all dem in ihm Recht, was ihn letztendlich zum willensschwachen, antriebslosen Durchhänger machte. Doch lag auch gerade darin ihre eigentümliche Kraft, von der er zehrte und die ihm die Stärke gab, das resultierende Nullsummenleben durchzuhalten. Vielleicht hätte es nur geringfügig veränderter Lebensumstände während seiner Pubertät bedurft, damit sich sein diesbezüglicher Geschmack ganz anders entwickelt und er beispielsweise die Musik mögen gelernt hätte, die die rechtschaffenen Leute seines Alters bevorzugten. Die hörten all das lieblos zusammengeflickte Popgebrunze, das tagein tagaus aus den Radios träufelte und den unschätzbaren Vorteil besaß, dass es kaum sonderlich ergriff und somit auch nicht zu unleidigen Gefühlen ermunterte.

Am liebsten hörte er Musik beim Umherfahren mit dem Auto. Dann rauschte die Welt draußen vorbei im Klang seiner jeweiligen Lieblingsstücke, die er immer wieder auf Musikkassetten kompilierte, und er sah das Vorbeirauschende mit den Blicken derer, die da sangen und spielten. Meist waren es ungnädige Blicke, meist fanden sie das alles lächerlich oder schlicht sinnlos oder zumindest nebensächlich. Er aber fühlte sich dabei frei!

So war er auch am Freitagabend in sein Auto gestiegen und losgefahren, raus aus der Stadt und kreuz und quer übers Land. Er hatte bereits eineinhalb Kassetten geschafft, als er schließlich in Neipperg ankam.

Thomas hielt an und stieg aus. Er sah zur Burg hinauf, die über dem Nest thronte und ihm den Namen gegeben hatte. Gleich zwei mächtige Bergfriede ragten dort in den Abendhimmel, vor Zeiten erbaut von Menschen, für die vermutlich bereits das Gebiet hinter dem nahen Stromberg in sagenumwobener Ferne lag. Vielleicht hatten sie die Türme in der Hoffnung hochgezogen, von ihren Plattformen aus ein wenig mehr von jenen unbekannten Gefilden erhaschen zu können. Ihre Nachfahren hatten es in dieser Hinsicht leichter, sie waren allesamt mit Fernsehapparaten ausgestattet, von denen sie jetzt, zu friedlicher Abendstunde und bei allseits geöffneten Fenstern, reichlich Gebrauch machten. Kein Mensch war auf der Straße.

Wo war Göttles Villa? Zwei Straßen weiter kam eine Gestalt um die Ecke gebogen, eine hochschwangere Frau. Sie spazierte in seine Richtung und ihre Augen musterten ihn neugierig, als sie näher kam. Ein freundliches und irgendwie schelmisches Gesicht, umrahmt von einer uneitlen und zerzausten Kurzhaarfrisur. Sie mochte noch keine fünfundzwanzig sein. Ihr Blick schien geradezu darauf zu warten, dass er sie um irgendeine Auskunft bat.

»Entschuldigung«, sagte er also, »können Sie mir sagen, wo ich hier die Villa des alten Herrn Göttle finde?«

»Göttle? Da lang!« Sie nickte in südliche Richtung. »Aber die steht zur Zeit leer, der Göttle ist krank oder so. Alzheimer, glaub ich.«

»Ja ja, weiß ich, er steckt auf der Friedrichshöhe bei Eichelberg.« Ob sie nicht misstrauisch wurde, wenn hier ein Fremder sich nach der leer stehenden Villa erkundigte?

Nein, wurde sie nicht: »Komm, ich zeig's dir, hab eh grad nix zu tun.« Dass sie ihn duzte, überraschte ihn eigentlich nicht, denn längst hatte er von der Nachlässigkeit ihres Äußeren auf ihren Umgangston geschlossen: Ihr kugelrundes Bäuchlein steckte in einer Latzhose aus abgewetztem Jeansstoff, deren Beine sie knapp über dem Knie abgeschnitten hatte. Darunter trug sie ein graues, ärmelloses Herrenunterhemd aus Doppelripp, in das vielleicht der fette Bundeskanzler gerade noch gepasst hätte, und bei jedem ihrer Schritte schien es, als wolle zumindest eine ihrer wabbeligen Brüste seitlich heraushüpfen. Das Ganze sah sehr schlampig aus – und sehr sexy, schon immer hatte Thomas schwangere Frauen sexuell attraktiv gefunden, was ihm selbst bisweilen eine wenig peinlich gewesen war.

Er folgte ihr also, als sie mit leichtem Watschelgang ihren Weg fortsetzte.

»Kommst aus der Stadt, oder? Ich kenn dich vom Sehen«, sagte sie, »aus der Laube in Böckingen, da war ich schon oft – bevor das da passiert ist.« Sie klopfte mit der flachen Hand auf ihren Bauch. »Jetzt hocke ich den ganzen Tag in Neipperg, das ist vielleicht langweilig, kann ich dir sagen.«

»Ja, ich hab mir auch sofort gedacht, dass ich dich von irgendwoher kenne«, log Thomas und hoffte, dass sie ihm nun nicht gleich ihre ganze Lebensgeschichte auftischen würde.

»Was willst' denn von dem Göttle?«

»Ich kenn ihn von der Friedrichshöhe, dort steckt er mit meinem Opa in einem Zimmer. Außerdem kenne ich auch seine Tochter. Mich interessiert halt einfach seine Geschichte, und da lag's doch nahe, hier mal anzuhalten, wo ich gerade auf der Durchreise war.« Konnte sie das als logische Erklärung akzeptieren? Sie machte nicht den Eindruck, als ob sie es mit der Logik allzu genau nähme.

Sie beharrte auch gar nicht auf dem Thema: »Ich bin übrigens die Andrea, und du?«

»Thomas. Thomas Haas.«

»Hihi, witziger Name.«

Was daran witzig sein sollte, vermochte er beim besten Willen nicht zu erkennen.

»Dort hinten, das ist Göttles Haus«, sagte sie schließlich und zeigte auf das Grundstück am Ende der Straße.

Er besah sich also Göttles Villa aus der Nähe: Ein sandsteinfarbenes, zweigeschossiges Gebäude mit einem hohen, spitz zulaufenden Walmdach. Die grün gestrichenen Fensterläden waren verschlossen und zeigten damit, dass es zur Zeit nicht bewohnt war. Mit seiner schmucklosen, kaum untergliederten Fassade ein ziemlich schlichtes Gebäude, wenn man es mit den verspielten alten Bürgervillen in der Stadt verglich. Es erinnerte eher an Amtsgebäude des vorigen Jahrhunderts, an ein altes Schulhaus oder ein Bürgermeisteramt.

So ganz konnte er Silvias Begeisterung dafür nicht nachvollziehen. Zum Teil immerhin schien sie durch den großen Garten gerechtfertigt: Hohe Bäume und Hecken zu den Nachbargrundstücken hin gaben Schatten und dem Ganzen einen parkähnlichen Eindruck. Unter den wuchernden Rasen hatte sich allerlei Unkraut gemogelt, sodass er, wenn sich auch weiterhin niemand darum kümmerte, zur veritablen Wiese verkommen würde. Der angenehme Eindruck wurde allerdings empfindlich gestört durch einen hässlichen, kleinen Schuppen links neben dem Haus, den man aus Wellblech und Teerpappe zusammengezimmert hatte, und durch einen Hundezwinger gleich daneben, einem großen Metallkäfig auf einem Betonsockel, mit einer hölzernen Hundehütte darin. Ein Schild am Gartentor sprach die dazu passende »Warnung vor dem Hunde« aus.

»Tja, das ist es also«, sagte Andrea, »da drin hat der Göttle gewohnt.«

»Und der Hund?«, fragte Thomas und deutete auf das Schild, »wo ist der Hund geblieben?«

Ein Schulterzucken war die Antwort. »Früher hatte er so einen rabenschwarzen, scharfen Rottweiler, ein fürchterliches Vieh.«

»Ja! So langsam habe ich den Eindruck, dass das zu ihm passt. Was war er denn überhaupt für einer? War er beliebt hier im Dorf?«

Noch ein Schulterzucken. »So genau hab ich den nicht gekannt. Beliebt war er jedenfalls nicht.«

»Na, ich hab geglaubt, in so einem kleinen Dorf kennt jeder jeden. Mich würde halt interessieren, was er früher so gemacht hat. Er selber kann's nicht mehr erzählen, scheint alles vergessen zu haben.«

»Früher?«

»Ja, ich meine: Ganz früher, als junger Mann und so.«

Sie schüttelte den Kopf. »Keine Ahnung! Aber wenn dich das so interessiert, dann geh doch einfach zu meinem Onkel Artur – wenn dir überhaupt jemand etwas über den Göttle erzählen kann, dann der. War nach dem Krieg der Bürgermeister, bis wir eingemeindet wurden. Der ist unser Lokalhistoriker, der weiß alles, was ...« Sie beendete den Satz nicht und nickte stattdessen einige Male mit dem Kopf, so, als ob es ihr erst nach und nach bewusst würde, wie gut dieser so rasch hinausgeplapperte Einfall war. »Genau, zum Onkel Artur musst du! Wenn du Lust hast, dann stell ich dich ihm gleich vor. Der hockt jetzt bestimmt drüben im Lamm und spielt Doppelkopf.«

Was kümmerte sie eigentlich sein Interesse an Göttle? Falls es sich um bloße Hilfsbereitschaft handelte, dann schien die jedenfalls reichlich übertrieben. Überhaupt, die Neipperger Langeweile musste schon sehr groß sein, wenn die Frau sich so bereitwillig die Zeit stehlen ließ. Verrücktes Huhn! Thomas' erster Impuls war, ihr Angebot dankend abzulehnen, und natürlich folgte er ihm nicht: »Im Lamm? Das hört sich nach dem frischen Bierchen an, das ich jetzt vertragen könnte. Also wenn dir das wirklich nix ausmacht ...«

»No problem! Hab nix zu tun hier – außer auf das Kind zu warten. Mir nach, Thomas Haas.«

Sie trotteten wieder die Dorfstraße entlang, zur Mitte hin, wo das Gasthaus Zum Lamm auf sie wartete, mit irgendeinem Onkel Artur darin, der vielleicht alles wusste über Göttle. Thomas ging gerne in Dorfwirtschaften, er mochte die angejahrten und schon leicht gebeugten Häuser, in denen sie sich oft befanden, und die Patina der angegammelten Schankräume, wo das schlichte Zechvergnügen einer vergangenen Welt noch zu ahnen war. Sie waren allerdings selten geworden, in der Regel betrat man auf dem Lande tadellos renovierte Gaststuben, in denen der echte Staub der alten Zeiten sorgfältig entfernt und durch hygienisch einwandfreie Pseudoantiquitäten aus industrieller Fertigung ersetzt war.

Das Lamm aber war in Ordnung: Die brusthohe Holztäfelung an den Wänden hatte schon viele verräucherte Nächte hinter sich gebracht, und ein ehrlicher Gilb zierte den Deckenputz. An der Wand ein mächtiges Hirschgeweih, ein Zwölfender vielleicht. Der Wirt, ein schmerbäuchiger und kurzgewachsener Mittfünfziger mit Halbglatze, nickte bei ihrem Eintreten einen knappen Gruß ohne übertriebene Freundlichkeit. Schwabenbräu im Ausschank – nun ja, warum auch nicht. Die Fenster zur Straße hin standen offen und ließen den Abendwind herein. Sehr angenehm, das Lokal.

Nur einer der sechs Tische war besetzt, von einer vierköpfigen Gruppe älterer Männer.

»Hallo, Onkel Artur!«, rief Andrea in den Raum, worauf sämtliche Köpfe sich zu den Eintretenden drehten.

Einer davon antwortete: »Ach du liebste Zeit, die Andi!«

Man hatte es eindeutig mit der idealtypischen Verkörperung des Gemütsschwaben zu tun, Willy Reichert ließ grüßen. Seine Bewegungen waren ebenso bedächtig wie seine Aussprache, und zweifelsohne war das Viertelliter-Henkelglas vor ihm mit süßlichem Trollinger gefüllt, der den Neipperger Hängen entstammte. Jedoch funkelte aus den vom Lächeln zusammengekniffenen Äuglein eine Gescheitheit, mit der man rechnen musste. Onkel Artur mochte um die siebzig sein. Er war von kleiner, untersetzter Statur. Sein schlohweißes Haupthaar war schütter, aber immerhin noch lückenlos über den Schädel verteilt, und auf sein Gesicht hatte viel Sonne gebrannt und mancher raue Wind geblasen. Er trug ein hellblaues, kurzärmeliges Herrenhemd mit Brusttaschen. In der linken Hand hielt er sein Doppelkopfblatt, und vor ihm lagen, zu einem kleinen Kartenhäuflein getürmt, die Stiche, die er gerade vor ihrem Eintritt gemacht hatte.

»Grüß Gott, Onkel«, sagte sie, während sie ihm die Hand gab, »darf ich dir Thomas Haas vorstellen?«

»Grüß Gott«, sagte Thomas in die Runde und gab dazu dem Onkel die Hand.

»Grüß Gott«, erwiderte nun auch der. Er musterte Thomas ganz unverhohlen mit der Selbstverständlichkeit einer lokalen Respektsperson, deren Urteil von Belang war. Unmöglich zu sagen, zu welchem Ergebnis er dabei kam.

Andrea fiel gleich mit der Tür ins Haus: »Er interessiert sich für den alten Göttle, den sie im letzten Jahr weggebracht haben. Er kennt ihn vom Pflegeheim her. Ich hab mir gedacht, dass er da beim Onkel Artur an der richtigen Adresse ist, weil, unser alter Bürgermeister weiß doch Bescheid über alles hier.« Sie legte einen naiven Jungmädchencharme in ihren Tonfall. Vermutlich der Klang, der alte Männer zu gönnerhaften Wunscherfüllungen verleitet.

Hier allerdings schien es nicht zu funktionieren. Der Onkel zögerte einige Augenblicke, ehe er ihr das Doppelkopfblatt unter die Nase hielt und erwiderte: »Aber meine liebe Andi, ich bin doch grade mitten im Spiel!« Die anderen am Tisch nickten Zustimmung. »Und über den Göttle soll ich was erzählen? Der Herr Haas muss ja den Eindruck haben, ich sei eine Tratschtante.«

Andrea wurde kleinlaut: »Na ja, du bist halt der, den man fragt in solchen Fällen.«

Er gab ein gutmütiges Abwinken zur Antwort. »Vielleicht ein andermal. Aber jetzt muss ich hier weiterspielen. Lasst ihn halt in Ruhe sterben, den alten Göttle.« Und damit wandte er sich wieder seiner Doppelkopfrunde zu.

Mit einem resignierenden Augenaufschlag gab sie Thomas zu verstehen, dass weitere Versuche zwecklos waren. Sie standen einige Sekunden unschlüssig herum.

»Kann ich dich auf ein Bier einladen?«, fragte Thomas halbherzig, denn er hatte keine rechte Lust, mit ihr noch zusammenzuhocken. Im Grunde war ihre Art ihm unangenehm: Sie ließ ihn an einen streunenden Hund denken, der verzweifelt nach einem Herrchen Ausschau hält. Er wollte sie keinesfalls näher kennen lernen.

Aber vermutlich schätzte er sie falsch ein, denn immerhin überraschte ihn ihre Ablehnung: »Sorry, aber ich muss mich langsam mal auf die Socken machen. Und Bier darf ich vorerst sowieso nicht.« Sie klopfte sich wieder auf den Bauch. »Also sag ich jetzt tschüss. Vielleicht läuft man sich ja mal wieder über den Weg, dann können wir das Bier nachholen.«

»Tschüss – und danke«, sagte Thomas. Sie gaben sich die Hand und weg war sie. Der Einfall, Telefonnummern auszutauschen, hatte gar nicht mehr aufkommen können.

Nachdem es ihn nun einmal ins Lamm verschlagen hatte, setzte er sich an einen der Tische. Vom rustikalen Ambiente inspiriert, bestellte er ein so genanntes Herrengedeck. Er schüttete sich den Klaren noch vor dem Bier hinein und bereute sogleich seinen Übermut, denn der Schnaps brannte bis in die Zehennägel hinunter. So hockte er eine ganze Weile da und sah den Kartenspielern zu.

Es ergriff ihn eine gewisse Sehnsucht dabei: Er sah die ungetrübte Gemütlichkeit ihres Zusammensitzens, verfolgte ihr Vergnügen im Auf und Ab des Spielglücks. Ruhig und gelassen ging es zu, bisweilen erblühte eine Miene in kindischer Freude über einen guten Stich und zwischen den

Spielen, wenn die Punktzahlen aufsummiert wurden, stand in die Gesichter der Gewinner eine wohlige Zufriedenheit geschrieben, die sich selbst den Schluck Wein aus tiefstem Herzen gönnte. Wie konnten sie nur so einfach dahocken, so unbeschwert und ganz und gar ihrem Spiel ergeben? Vielleicht lag es an ihrem fortgeschrittenen Alter, vielleicht daran, dass sie am letzten Ziel angelangt waren, nämlich hier im Lamm bei Trollinger und Doppelkopf. Auf dem Weg hierher hatten sie alle fast ein ganzes Leben hinter sich gebracht und jetzt, wo sie angekommen waren, machte es wahrscheinlich keinen Unterschied mehr, ob es nun gut oder schlecht gelaufen war.

Er dachte an seinen Großvater, der solches Glück nicht mehr erleben durfte. Der schlicht vergessen hatte, dass er alt geworden war. Der dazu verurteilt war, bis zu seinem physischen Ende orientierungslos durch Erinnerungsruinen zu irren, ohne jede Chance, jemals den Ausweg in die Gemütlichkeit von Doppelkopfspielen und Trollingergläsern zu finden. Nur vermittels einer gewissen Angst vor dem Sterben, die hin und wieder durch seine Worte hindurch zu hören war, schien sein Alter sich ihm selbst bemerkbar zu machen.

Der Anblick eines Tellers Wurstsalat riss Thomas aus seinen Betrachtungen. Der Wirt servierte ihn einem feisten Kerl, der vorhin hereingekommen war und solche Nahrung am allerwenigsten nötig zu haben schien, sie aber dennoch mit der Gier eines Halbverhungerten verschlang.

Wurstsalat! Thomas liebte Wurstsalat. Er bestellte sich auch einen. Als der ihm gebracht wurde, da hatte der Dicke den seinen bereits ganz und gar in sich hineingestopft, dazu hatte er zwei Bier in jeweils einem Zug ausgetrunken und schließlich mit derselben Hast die Zeche bezahlt und das Lokal verlassen.

Thomas dagegen aß bedächtig, so wie es ihm hier im Lamm angemessen schien. Er führte gerade mit leichtem Bedauern den letzten Bissen zum Mund, da kam Bewegung in die Doppelkopfrunde: Der Wirt wurde zum Bezahlen herbeigewunken, die Gläser vollends geleert, die Karten eingesammelt und eingesteckt. Der Onkel, der mit dem Rücken zu Thomas saß, drehte sich um. »Ja da schau her, der Herr Haas ist ja immer noch da«, sagte er und nickte dazu, ganz so, als ob er nichts anderes erwartet hätte.

Thomas wusste darauf nichts zu erwidern, denn die anderen erhoben sich jetzt mit einigem Gepolter von ihren Plätzen und versicherten sich mit vielen Worten gegenseitig, dass sie nun alle nach Hause gehen würden. Der Onkel Artur aber blieb hocken und wartete das Ende der Verabschiedungszeremonie ab. Dann lud er Thomas mit einer Geste ein, sich zu ihm zu setzen.

»Sag, Eugen, macht's was aus, wenn ich mit dem jungen Herrn noch auf ein Viertel bleibe?«, fragte er, mit Blick auf seine Armbanduhr, den Wirt, der darauf nur mit einem Schulterzucken antwortete. »Er macht normalerweise jetzt bald zu«, erklärte er Thomas. »Es überrascht mich, dass Sie nicht mit meiner Nichte gegangen sind.«

»Ehrlich gesagt kenne ich Ihre Nichte gar nicht, hab sie erst vorhin draußen getroffen.«

»Aha! Das ist dann ja mal wieder typisch Andi. Ist mir, ehrlich gesagt, auch lieber so. Sie ist ja ein nettes Mädchen, aber ...« Er ließ den Satz offen stehen und beschränkte seine weiteren Erläuterungen auf ein bedeutungsschweres Stirnrunzeln.

»Hm, ja«, brummelte Thomas, der dazu nichts beizusteuern wusste.

»Trinken Sie ein Viertel mit?«

»Ein Bier wär mir lieber. Ein kleines, ich muss noch fahren.«

Er winkte dem Wirt, der in stillem Trotz damit begonnen hatte, an den anderen Tischen die Stühle hochzustellen: »Eugen! Noch ein Viertel und für den Herrn Haas ein kleines Pils.«

»Ich will Ihnen ja damit nicht auf die Nerven gehen«, ergriff Thomas nun die Gelegenheit, »aber ich wäre immer noch an dem interessiert, was Sie mir über den Herrn Göttle erzählen könnten.«

»Ja ja, ich hab's mir schon gedacht. Sie scheinen ja ein großes Interesse an dem Mann zu haben. Darf man fragen, weshalb?«

Was sollte er darauf eigentlich antworten? »Wie Ihre Nichte schon gesagt hat, kenne ich ihn vom Pflegeheim her, wo er mit meinem Opa zusammen untergebracht ist. Die beiden stecken viel zusammen und so interessiert er mich halt. Aber er selbst kann mir seine Geschichte nicht mehr erzählen.«

»So so, seine Geschichte wollen Sie hören. Es ist mir schon klar, dass Sie meiner Frage ein wenig ausgewichen sind«, er tippte sich an die Stirn, »so ein alter Esel wie ich kriegt noch so manches mit! Also was genau wollen Sie denn nun wissen?«

Recht so, die Frage hatte kommen müssen! Sie förderte die ganze Unüberlegtheit, mit der er seiner Neugier folgte, offen zu Tage. »Ich weiß ja nur so wenig über ihn«, wand er sich also, »nämlich dass er hier gewohnt hat und Teilhaber der Wiko-Elektrotechnik in Leingarten war.«

»Na, da wissen Sie doch fast schon alles über den Mann! Wollen Sie noch hören, dass er kaum Freunde hier hatte, dass er nach dem Krieg aus der Stadt hier herausgezogen ist? Eine Frau und eine Tochter hat er gehabt, die haben ihn schon Mitte der sechziger Jahre verlassen, wenn ich's noch recht erinnere.«

»Er soll mal bei der Polizei gewesen sein, hab ich gehört.«

»Aha, ich schätze jetzt kommen wir der Sache näher! *Solche* Geschichten wollen Sie hören!« Er nahm einen tiefen Schluck aus seinem Glas. »Ich weiß nicht, ob man hier wirklich von Polizei reden sollte: Der Mann war bei der Gestapo.«

Gestapo! Genau danach hatte es sich angehört, als Silvia gesagt hatte, ihr Vater sei so eine Art Polizist im Dritten Reich gewesen. Und doch hatte Thomas Derartiges nicht vermuten wollen, so, als ob es sich bei der Vorstellung, ein leibhaftiges Mitglied der Gestapo könne die eigene Alltagswelt bevölkern, um eine Art von schmutzigem Gedanken handelte.

»Nun gucken Sie doch nicht so«, sagte der Onkel, der Thomas' Gedanken zu erraten schien, »die Gestapo hat's gegeben und zwar auch hier bei uns im schönen Ländle. Und also gibt's hier auch noch ehemalige Gestapo-Leute. Oder glauben Sie, die seien nach Fünfundvierzig vom Erdboden verschluckt worden. Wahrscheinlich ist eher das Gegenteil wahr – wofür unser Herr Göttle ein deutliches Beispiel gibt.«

»Ein Beispiel? Was heißt denn das?«

»Jahaha! Es gibt da schon Geschichten zu erzählen! Aber ein junger Mann in ihrem Alter sollte sich nicht den Geist verwirren mit den Tratschereien und Vermutungen aus längst vergangenen Zeiten.«

Er sah Thomas an, als habe er eine Frage gestellt und warte nun auf Antwort. Als sie ausblieb fuhr er fort: »Haben Sie sich schon Göttles Haus angesehen?«

»Ja, heute Abend. Andrea hat's mir gezeigt.«

»Das ist ein schönes altes Haus, nicht wahr? Es hat Wilhelm Kolb gehört, dem Mann, der das Wiko-Werk in Leingarten – damals noch Großgartach – gegründet hat. Ein Tüftler und Ingenieur, ein Mann, der großes Ansehen genoss in der Region. 1939 ist er gestorben, noch keine sechzig Jahre alt. Krebs.«

»Und Göttle hat von ihm geerbt?«

»Sie denken mit, junger Mann! Schon sind wir beim Kern dessen, was ich Ihnen erzählen möchte. Göttle nämlich war weder verwandt noch verschwägert mit Wilhelm Kolb, das steht fest. Wilhelm Kolb starb ohne biologische Erben, er selbst war Waise und er hat nie geheiratet. Und sein Lebenswandel galt als untadelig, womit ich sagen will, dass der Mann wohl auch sonst keine Weibergeschichten hatte. Also keine Verwandtschaft, die hätte erben können. Es gab aber einen Prokuristen in seinem Betrieb, einen tüchtigen jungen

Mann namens Heinz Ehrlich, der war praktisch in allem seine rechte Hand, als ihm die Krankheit immer mehr zu schaffen machte. Heinz Ehrlich, so wurde allgemein angenommen und so hatte es wohl Wilhelm Kolb auch selbst oft durchblicken lassen, sollte sein Erbe werden. Und so kam es dann auch: Heinz Ehrlich erbte alles, was Wilhelm Kolb hinterließ.«

Pause. Der Onkel lutschte genüsslich an seinem Trollinger.

»Ich fürchte, ich habe jetzt die Pointe verpasst«, sagte Thomas, der dieses als das Ende der Erzählung missverstanden hatte.

»Geduld, es geht ja noch weiter! Und trinken Sie nicht so schnell, Ihr Glas ist ja schon wieder leer. Bestellen Sie sich noch eins, darauf wird's nun auch nicht mehr ankommen, bei einer Polizeikontrolle ist Ihr Lappen wahrscheinlich sowieso weg.« Ohne Thomas' Antwort abzuwarten, gab er dem Wirt das Zeichen, noch ein Bier zu bringen. »Wilhelm Kolbs Testament war bei seinem Anwalt in Schwaigern hinterlegt, bei einem Doktor Mannheimer. Der hatte damals gewisse Schwierigkeiten, allein schon wegen seines Namens, der ja jüdisch klingt. Nun ja, so war das halt damals. Den Ariernachweis hat er wohl erbracht, aber dann war der auch noch religiös. Freikirchlich oder so, das weiß ich nun nicht genau. Jedenfalls hat sich im Frühjahr Neununddreißig, als Wilhelm Kolb schon schwer krank im Sterben lag, etwas ereignet, über das die Leute hinter vorgehaltener Hand natürlich noch lange geredet haben: Die Gestapo hat eine Hausdurchsuchung bei Mannheimer gemacht, und dabei wurde er ›auf der Flucht erschossen‹, wie es hieß. Die Gestapo – na, sagt Ihnen das nun etwas?«

»Göttle?«

Er zuckte mit den Schultern. »Jetzt begeben wir uns ins Reich der Fabeln und Gerüchte. Diese nämlich besagten, dass Göttle diese Aktion geleitet habe. Denn der war wohl nicht das niedrigste Tier in der Gestapodienststelle drinnen bei euch in der Stadt. Aber das kann natürlich auch der Phantasie der Leute entsprungen sein, die dieser Vorfall ja sehr beschäftigte. Man kannte nämlich Göttle, weil er hier oft mit seinem Freund und zukünftigen Schwager in den Wirtschaften beisammen hockte, welcher wiederum allgemein sehr bekannt war. Der Freund hieß, und jetzt kommt Ihre Pointe, Heinz Ehrlich.«

Wieder eine Kunstpause, ein Trollingerschluck. Thomas beschränkte sich diesmal aufs Glotzen, vollauf damit beschäftigt, den Erzählungen des Onkels zu lauschen.

»Tja, Heinz Ehrlich war mit Göttles Schwester verlobt und bald darauf heirateten die beiden. Also Sie sehen: Viel Stoff für die Gerüchteküche. Eigentlich konnte es gar nicht ausbleiben, dass man hier und da auch gehört haben wollte, wie wiederum andere gehört hätten, wie eine Nachbarin des Anwalts über jene Nacht, in der die Gestapo kam, geplaudert habe, und zwar selbstverständlich nichts anderes, als dass sie Göttle erkannt habe. Ein unbestätigtes Gerücht nur! Nach dem Krieg hat es eine gerichtliche Untersuchung zum Tod des Anwalts gegeben. Anzeige von Unbekannt gegen Unbekannt! Es ist nichts dabei rausgekommen. Die Gestapoakten fehlten, angeblich beim Bombenangriff 1944 vernichtet. Keine Zeugin, die Göttle oder sonst irgendjemanden gesehen hätte! Man hat auch ihn damals in der Sache verhört: Er wusste von nichts. Konnte sich nicht erinnern, ob er bei der Verhaftung Mannheimers dabei war. Mein Gott, wie soll sich der Mann an jede Verhaftung erinnern können, bei der jemand auf der Flucht erschossen wurde? Unser ehemaliger Herr Ministerpräsident hat sich ja auch nicht an jedes Todesurteil erinnern können, das er damals als Marinerichter verhängt hat.« Mit einem gewissen Grimm trank nun auch er sein Glas leer. »Jedenfalls ist es Göttle bestens ergangen nach dem Krieg – und das ist *meine* Pointe bei der Geschichte.«

»Mannomann!«, sagte Thomas, nur um auch was zu sagen. »Sie meinen also, er hat irgendetwas gedreht beim Testament von Wilhelm Kolb?«

»Sehen Sie, schon spinnen auch Sie sich irgendetwas zusammen! Ich will gar nichts gemeint haben. Heinz Ehrlich hat damals geerbt, so wie es allgemein erwartet wurde und wie es, für sich genommen, niemanden weiter verwundert hätte. Göttle wurde dann irgendwie sein Teilhaber nach dem Krieg und er hat ihm Kolbs Haus abgekauft. Ist es wirklich wichtig, wie es dabei zugegangen ist? Auch wenn Göttle nichts mit dem Tod Mannheimers zu tun hatte: Mit sauberen Händen wird er nach Fünfundvierzig nicht dagestanden haben!« Er winkte ab. »Ich sag's Ihnen frei heraus: Ich habe den Göttle nicht leiden können. Ein böser Mensch! Dass er jetzt weg ist, ist kein Verlust für unser Dorf!«

Thomas überlegte laut: »Aber Ihre Geschichte deutet doch an ...«

»Schluss damit, genug für heute! Im Übrigen habe ich das damals gar nicht direkt mitbekommen, denn ich war da schon zur Wehrmacht eingezogen und bald darauf ging ja der ganze Tanz los, da hatten die Leute dann andere Sorgen. Nach dem Krieg bin ich hier Ortsvorsteher geworden und da erfährt man dann manches.«

»Ja, Ihre Nichte hat behauptet, dass Sie sozusagen der Chronist von Neipperg seien.«

»Ja ja«, er winkte wieder ab, »die alten Geschichten sind gewissermaßen mein Hobby. Wie Sie wahrscheinlich inzwischen durchschaut haben, erzähle ich sie im Grunde ja nicht ungern, wenn sich mal ein Junger dafür interessiert.« Er schmunzelte dazu.

Thomas trank das Bier, das der Wirt gerade eben erst gebracht hatte, in einem Zug. Er fand den alten Mann sehr sympathisch.

»Ich schätze«, sagte der schließlich, »dass der Eugen langsam schließen möchte, und für mich wird's auch Zeit.«

»Ja«, Thomas sah auf die Uhr, »dreiviertel zwölf. Ich bedanke mich jedenfalls für die spannende Geschichte.«

»Na ja, Sie müssen selber wissen, in welche Angelegenheiten Sie ihre Nase stecken, schließlich sind Sie ja alt genug. Ich möchte mich übrigens dafür entschuldigen, dass ich anfangs etwas schroff war. Dafür sind Sie jetzt mein Gast.«

»Aber nicht doch ...«

»Kein Widerrede!« Er erhob sich und zog seinen Geldbeutel aus der Hosentasche. »Wissen Sie, als Sie hier auftauchten und etwas über Göttle hören wollten, da hatte ich ein ganz eigenartiges Gefühl. Da war doch was, sagte mir dieses Gefühl. Hat mich ganz durcheinander gebracht beim Doppelkopf, ich alter Simpel habe mir glatt meinen Fuchs fangen lassen. Und dann ist's mir wieder eingefallen: Es ist schon ziemlich lang her, zehn Jahre mindestens, da kam ein anderer aus der Stadt hier ins Lamm herein, der sich für Göttle interessierte. Wurde mir deswegen von irgendjemandem vorgestellt, genauso wie Sie heute Abend von der Andrea. Und wenn ich mich recht erinnere, sehen Sie ihm sogar etwas ähnlich. Sehr merkwürdig, finden Sie nicht?« Und mit einem Ruck, als habe er sich in diesem Augenblick besonnen, das Gespräch nicht weiter ausufern zu lassen, reichte er Thomas die Hand: »Nun fahren Sie nach Hause und leben Sie wohl. Und verschwenden Sie um Gottes willen Ihre Zeit nicht an den Göttle!«

* * *

Die fette Birgit hatte ihn heute hereingelassen. Er mochte sie von allen Pflegerinnen der Station M3 am wenigsten, wegen ihres ewig missmutigen Gesichts und des barschen Tons, mit dem sie ihre Schützlinge befehligte. Natürlich war er ungerecht. Wie auch hätte sie ein herzliches oder zumindest freundliches Betragen erlernen sollen? Eingesperrt in eine semiamorphe Fleischhülle, ein unbeholfen auf wässrig aufgedunsenen Haxen watschelndes Trumm, dessen Anblick unweigerlich unangenehme Gefühle heraufbeschwor. Ihr Leben war vermutlich ein einziges Sich-Wappnen gegen die ununterbrochenen Angriffe durch die Blicke, die auf sie eindroschen und ihre Seele unter Dauerbeschuss hielten. Hinzu kam, dass sie ganz offensichtlich ziemlich dumm war und insofern natürlich doppelt gestraft von ihrem Gott, den sie dafür übrigens umso mehr zu fürchten schien. Nein, sie hatte wahrlich keinen Grund zur Herzensgüte, und Thomas hätte wohl besser daran getan sie zu bemitleiden.

»Wo ist der Stolz?«, bellte sie in die Station hinein, an den Zivildienstleistenden gerichtet, der am Ende des Flurs mit einem gut gefüllten, blauen Müllsack auf die Ankunft des Aufzugs wartete. Sie achtete wohl sehr darauf, dass es ihm unter ihrem Kommando nicht wohler wurde, als unter dem eines Bundeswehrfeldwebels. Recht hatte sie, schließlich sah er gut aus und hatte Abitur.

»Dein Opa sitzt auf dem Balkon in der Sonne«, sagte Sven, so hieß der Bursche, zu Thomas, der mit ihm schon das eine oder andere Schwätzchen über beiderseitige Zivildiensterfahrungen gehalten hatte. Er sprach mit der sanften Stimme eines Duldsamen, der selbst eine Pflegerin Birgit zu ertragen bereit war. Und der dem baldigen Schichtende entgegensah; dem Samstagabend mit Bier und Marihuana.

Der Großvater saß ganz in sich gekehrt da, die Hände entspannt auf den Armlehnen des Plastikstuhls, den Blick ins Nichts unmittelbar vor sich gerichtet. Er hatte die Socken ausgezogen und sich im Nacken ins Hemd gesteckt – eine Marotte seit einigen Wochen, von der er nicht abzubringen war. Erst als Thomas direkt vor ihm stehen blieb, sah er auf und sagte: »Grüß dich Gott!«

Hatte er ihn nun erkannt oder bloß mechanisch reagiert?

»Grüß Gott, Opa, ich bin's, Thomas.«

»Das weiß ich«, gab er beinahe ärgerlich zur Antwort, »ich werd dich doch noch kennen!«

Thomas setzte sich zu ihm.

»Schöne Bescherung«, sagte der Großvater, fast schon flüsternd. Seit seiner Einlieferung, so schien es, zeigte seine allmählich schwächer werdende Stimme ein langsames Schwinden aller Lebenskraft an.

»Na, Opa, was ist denn los? Schlechte Laune an einem so schönen, warmen Tag?« Er sprach laut und deutlich, so wie man eben spricht, wenn man nicht sicher ist, ob der Angesprochene einen versteht.

»Na, du stellst Fragen, Hans«, murmelte der Großvater mit einem Kopfnicken über Thomas' Schulter hinweg, wo noch einige andere M3-Insassen regungslos herumhockten, »guck dich doch mal um: Niemand arbeitet! Streik! Das kann ja noch heiter werden.«

»Ach so, verstehe«, gab Thomas nur zur Antwort und räkelte sich, dem Beispiel der Streikenden folgend, in der Sonne.

Göttle hatte er noch nicht zu Gesicht bekommen. Er fühlte nun beinahe so etwas wie Erleichterung deswegen, denn er hatte bei der Vorstellung, ihn wie gewohnt auf der Station M3 anzutreffen, ein gewisses Unbehagen empfunden, er ahnte, dass die Gefühle, mit denen er ihm jetzt gegenübertreten würde, nicht mehr von derselben unbefangenen Rührung beherrscht sein konnten, wie noch vor einer Woche. Der bellende Ton, die grimmige Miene des Tattergreises, sie würden nicht länger Anlass zu wohlwollender Belustigung geben, sie waren bereits die Charakteristika jenes bösen Menschen geworden, den er in den Erzählungen des Onkel Artur kennen gelernt hatte. Eines Mannes, den selbst die eigene Tochter nicht mochte; eines Gestapoverbrechers, eines Mörders – so oder so, ob er nun am Tod des Anwalts Mannheimer beteiligt gewesen war oder nicht. Eine regelrechte Drecksau war das alte Männchen gewesen!

Natürlich spukten ihm seit der gestrigen Nacht die Neipperger Geschichten durch den Kopf. Mord-und-Totschlag-Geschichten. Onkel Artur, so viel war sicher, glaubte an einen Zusammenhang zwischen der Gestapoaktion gegen den Anwalt Mannheimer und der Tatsache, dass jener das Testament des im Sterben liegenden Wilhelm Kolb verwahrt hatte. Warum sonst hatte er die Geschichte erzählt? Göttle konnte, wenn er die Aktion inszeniert und Mannheimer selbst ermordet hatte, das echte Testament durch ein gefälschtes ersetzt haben – das war es doch wohl, was der Onkel angedeutet hatte. Vielleicht hatte Wilhelm Kolb seinen Besitz doch nicht seinem Prokuristen vererben wollen, vielleicht hatte der das gewusst und mit Göttle gemeinsame Sache gemacht, um doch noch der Herr des Wiko-Werks zu werden ... so weit reimte es sich in Thomas' Phantasie zusammen. Weiter allerdings nicht!

Aber mehr noch als die Geschichte mit dem Testament, beschäftigte ihn der Hinweis, den der Onkel zuletzt noch hatte fallen lassen: Ein anderer hatte sich für Göttle interessiert, einer der ihm, Thomas, ähnlich sah. Sein Vater natürlich! Ohne den Dienstagabend im Nachtcafé, ohne Ede Wolf, der den Vater und Göttle sozusagen in einem Atemzug erwähnt und damit bereits eine gewisse Verbindung zwischen den beiden hergestellt hatte, hätte sich wohl diese Schlussfolgerung nicht ohne weiteres ergeben. So aber erschien es Thomas ganz klar, dass jener andere sein Vater gewesen sein musste. Der Onkel hatte es, nach dieser letzten Erwähnung, eilig gehabt, nach Hause zu kommen, so viel jedoch hatte ihm Thomas beim Verlassen der Gaststätte noch entlocken können: Es war ein kräftiger Mann so um die vierzig gewesen, bei dem einiges auf erhöhten Alkoholkonsum hatte schließen lassen. Es passte also bestens!

Hatte sich sein Vater demnach für Göttle interessiert? Als Arbeiter der Wiko hatte er ihn ja gekannt, aber das allein erklärte noch nicht viel. Was wusste er, Thomas, schon von seinem Vater! Die meiste Zeit hatte der sich sonst wo herumgetrieben und Thomas hatte kaum eine Vorstellung von dem, was er dort gemacht hatte. Und noch weniger hatte er verstanden, was ihn bewegte und beschäftigte. Er hatte ihn nur mit dem begrenzten Verstand des Kindes betrachten können, sehnsuchtsvoll bisweilen und meistens furchtsam. Vielleicht also war dieser ihm fast fremde Mann irgendwie auf die Vorgeschichte Göttles gestoßen, vielleicht hatte ausgerechnet er, den alle Welt für einen ausgemachten Tunichtgut hielt, begonnen, in diesem Schmutz zu wühlen und den Staub aufzuwirbeln, der sich auf die alten Geschichten gelegt hatte. Wie und warum auch immer. Jedenfalls war sein Vater eines gewaltsamen Todes gestorben.

»Ach, Hans«, sagte der Großvater plötzlich, »ich hab gar keine Freude mehr am Leben.«

»Aber wieso denn? Es scheint doch so schön die Sonne heute«, beeilte sich Thomas darauf zu antworten. Dummes Geschwätz! Das war vielleicht das Schlimmste an seiner Erkrankung, dass man ihm im Grunde nur noch mit dummem Geschwätz antworten konnte. Hin und wieder kamen diese depressiven Äußerungen aus dem Munde des Großvaters und jedes Mal schien es so, als wolle er damit Thomas zu Hilfe rufen. Doch er konnte sie ihm nicht geben, seine Möglichkeiten endeten an der Schwelle zu jenem Bezirk der Verwirrung, aus dem heraus der Ruf erklang. In solchen Momenten konnte Thomas feuchte Augen bekommen.

»Ja ja, hast schon Recht«, flüsterte der Großvater und verstummte wieder.

»Wirst schon sehen, Opa, bald geht's bergauf!« Wie gesagt: Dummes Geschwätz.

Drüben, im Drogentherapiekomplex der Friedrichshöhe, wurde Fußball gespielt. Kickende Junkies mit miserabler Ballbehandlung. Immer dann, wenn ein Ruf oder ein Lacher bis zu ihnen drang, hoben die Alten die Köpfe und spähten neugierig hinüber, aber sie schienen dort nichts zu erkennen, denn ihr Interesse erlosch genauso schnell wieder, wie es sich entzündet hatte. Kaputte Jugend dort und kaputtes Alter hier. Was war eigentlich schlimmer? Vom Balkon herab betrachtet, schienen Thomas die Junkies im Vorteil.

Wo war eigentlich Göttle heute? Er wird doch nicht krank sein und wegsterben, dachte Thomas. Vielleicht konnte man dem Mann ja doch noch die eine oder andere sinnvolle Enthüllung entlocken. Sein Verstand jedenfalls war nicht mehr in der Lage, die Geheimnisse zu bewachen, die er angehäuft hatte, vermutlich aber hatte er diese zusammen mit dem Verstand verloren. Man musste weiterhin andere befragen.

Silvia zum Beispiel. Sie hatte ihn angerufen, vorhin, kurz vor der Abfahrt zur Friedrichshöhe: »Hallo, mein Kleiner! Na, wieder auf dem Sprung hinaus zum Opa?« Sie hatte ihn für den Abend zum Essen eingeladen, ins Latasch, das vermutlich teuerste Lokal der Stadt, wo dem Vernehmen nach der lokale Geldadel sich mit Haute-Cuisine abspeisen ließ.

»Ach so«, meldete sich der Großvater wieder zu Wort, ohne dass klar war, worauf er sich bezog.

»Ja ja, genau!« Zur Not, so hatte Thomas es sich angewöhnt, redete er irgendetwas, auch wenn es gar keinen Sinn ergab. Es kam letztendlich nur noch darauf an, dem Großvater überhaupt irgendwelche Worte zuzuwerfen, die dieser sowieso stets ohne Rücksicht auf ihren Sinn oder Unsinn aufnahm.

»Richtig! Hast du schon im Winkel nachgesehen?«, antwortete er denn auch prompt.

»Im Winkel? Mach ich gleich noch.«

»Ja? Na, dann kann nichts mehr schief gehen.« Er verstummte wieder.

Thomas sah ihn an: Wie klein und zerbrechlich er wirkte, zusammengeschrumpft auf ein faltiges und fleckiges

Körperbündel, in dem das Leben sich noch mit einer gewissen Zähigkeit behauptete. Einst hatten diese Schultern Thomas getragen, irgendwo und durch die Nacht, dieses war das Früheste, woran er sich erinnern konnte. Es waren kräftige Schultern gewesen, geformt von harter körperlicher Arbeit. Sie würden niemanden mehr tragen. Unten, aus der hässlichen durchfallbraunen Hose, in die sie ihn heute gesteckt hatten, lugten die nackten Füße heraus. Wie zwei knorrige und vertrocknete Wurzeln, die man aus der fruchtbaren Erde gerissen hatte.

Es hielt ihn nicht länger auf der Station M3. Er stand auf und gab dem Großvater die Hand: »Ich muss leider schon wieder weiter, Opa.«

Der machte heute keine Anstalten mitzukommen, reichte ihm nur folgsam die Hand und sagte: »Bis heute Abend, Hans.«

»Ja, bis dann.« Er verließ eilig den Balkon.

Drinnen warf ihm die Pflegerin Birgit einen Blick zu, der ihn einfach zwang, genauso angewidert zurückzugucken. Dann kam Göttle um eine Ecke getrippelt.

Da war er also, direkt vor ihm, beinahe hätte er ihn über den Haufen gerannt.

»Hallo, Herrgöttle«, sagte er laut und mit der üblichen Freundlichkeit.

Der gab ihm brummelnd die Hand und nickte dazu mit dem allmählich skelettierenden Schädel. Unter den zerzausten Büscheln seiner Augenbrauen tastete sich der gewohnt düstere Blick hervor.

Mir kannst du nichts mehr anhaben, du altes Arschloch, dachte Thomas, während er dem Männchen ein Lächeln schenkte.

Natürlich betrat Thomas das Latasch zum ersten Mal. Nicht seine Preisklasse der Laden.

Er hatte sich, dem eleganten Rahmen und dem vergnüglichen Anlass sowie aller Lebensfreude, Schönheit und letztendlich der ganzen Welt zum Trotz, in Grau gewandet. Graue Herrenanzugshose vom Flohmarkt und ein Hemd, welches dem genauen Betrachter eine streng regelmäßige Anordnung winzigster dunkelgrauer, rhombischer Zentren offenbarte, die jeweils in ihre Umgebung hinein so ins Mittelgraue ausliefen, dass diese Zerfließungen sich schließlich wechselseitig zu hellgrauen, biomorphen Strukturen vereinten, die zusammengenommen ein dezentes Gitternetz bildeten, das den gesamten Oberleib umfing und ihm Tiefe verlieh.

Welch irrwitziger Geist auch immer diesen Stoff entworfen haben mochte, er hatte Silvia damit beeindruckt. Sie hatte, als er vorhin aus der Haustür getreten war, schon bereitgestanden, ihn mit einem Küsschen zu begrüßen, war dann aber gut und gerne drei Zentimeter zurückgezuckt, hatte das Hemd bestaunt und nur noch verblüfft ausrufen können: »Respekt!«

Genau so hatte es sein sollen.

Jetzt also folgte er ihr als grauer Schatten in die edlen Gemächer des so genannten Feinschmeckerrestaurants. Ein devoter Wicht mit gezwirbeltem Schnurrbart und einer Krawatte, die mit Walt-Disney-Figuren bedruckt war, nahm sich ihrer an. Seine von luftiger Bundfaltenhose umflatterten X-Beinchen wuselten vor ihnen her auf dem Weg zu jenem Tisch, den er für sie erwählt hatte, und seine gepflegten Hände hatten der Dame schon den Stuhl zum Draufsetzten zurechtgerückt, da stutzte diese plötzlich.

»Hab ich doch schon befürchtet, dass der heute auch hier ist«, sagte sie zu sich selbst und, in Richtung Mickey-Mouse-Schlips: »Einen Moment bitte, ich entdecke dort gerade Bekannte, die wir kurz begrüßen möchten.« Mit einem Wink gebot sie Thomas, ihr zu folgen.

In einer abgeschiedenen Ecke des Lokals, den Blicken Eintretender verborgen, saßen vier Menschen an einem Tisch, auf den Silvia zielstrebig zusteuerte.

»Guten Abend, Erhard«, sagte sie zu einem Mann von vielleicht fünfzig Jahren, der nicht gerade in Begeisterung ausgebrochen war, als er sie hatte kommen sehen. »So ein Zufall, dass man euch hier trifft.« Sie schenkte der Frau neben ihm, einer verkniffen dreinschauenden Blondine, die sich die solariumsgeschädigte Lederhaut mit reichlich Make-up eingegipst hatte, einen wimpernschlagkurzen Blick, der die Erinnerung an eiskalte Winternächte heraufbeschwor.

»Guten Abend, Silvia«, erwiderte der Mann unwillig. Längst hatte sich sein Blick an ihr vorbei zu Thomas gestohlen.

»Der junge Mann hier«, erklärte Silvia, »ist übrigens der, der dir so viele Sorgen bereitet. Darf ich vorstellen: Thomas Haas.« Und zu Thomas, mit einem kurzen Augenzwinkern: »Thomas, dies ist Erhard Ehrlich, mein Cousin, der es gar nicht gerne sieht, wenn du meinem Vater Kaffee und Kuchen spendierst.«

»Wir machen uns wenigstens Sorgen um deinen Vater«, sagte Erhard Ehrlich, dem zuvor Silvias Vorstellung die Andeutung eines Nickens in Thomas' Richtung entlockt hatte. Natürlich konnte er nicht freundlich sein. Er wollte ungestört mit seiner einbalsamierten Frau und den anderen beiden Gestalten, die man getrost übersehen durfte, speisen, wollte in Ruhe das fünfmarkstückgroße Filetstück genießen, das noch unberührt vor ihm auf dem Teller wartete. Keineswegs jedoch wollte er jetzt von Silvia bespöttelt werden, hier, vor den anderen, wo er sich nicht so recht zur Wehr setzen konnte.

»Er war übrigens heute Nachmittag wieder draußen auf der Friedrichshöhe. Wer weiß, welche Betriebsgeheimnisse er heute wieder von meinem wehrlosen Vater erschlichen hat!«

»Ich bitte dich, Silvia, sei nicht kindisch! Das passt nun wirklich nicht mehr zu deinem Alter.« Er genehmigte sich eine halbe Sekunde hämischen Grinsens.

Auch die mutmaßliche Gattin frohlockte unter ihrer Spachtelmasse über diesen Hieb. Die wechselseitige Abneigung zwischen ihr und Silvia war unübersehbar. Letztere jedoch zuckte nur mit den Schultern zum Zeichen, dass der Schuss sie gar nicht getroffen habe.

»Ich möchte aber«, wandte sich Ehrlich plötzlich an Thomas, »wenn ich Sie schon mal so zufällig treffe, gerne die Gelegenheit nutzen und Sie fragen, welches Interesse Sie eigentlich an meinem Onkel haben?«

Die Frage überraschte Thomas so sehr, dass es ihm für einen Moment die Sprache verschlug. Er glotzte den Mann nur an, staunend darüber, dass ausgerechnet der so unverblümt hatte fragen können. Denn in seinem Betragen lag eine gewisse schleimscheißerische Unverbindlichkeit, zu der solche Direktheit ganz und gar nicht passen wollte. Eigentlich wirkte Erhard Ehrlich wie einer, der normalerweise die offene Aussprache vermied, und zwar nicht aufgrund von Zaghaftigkeit, sondern weil er in leidenschaftsloser Abwägung erkannt hat, dass die Mühe nicht lohnte beziehungsweise die durch eine eventuelle Brüskierung des Gegenübers hervorgerufenen Folgekosten zu hoch sein könnten. »Nun ja«, stotterte Thomas schließlich, »er ist halt einer der Leidensgenossen meines Großvaters, draußen auf der Friedrichshöhe.«

»So so! Ein zufälliges Zusammentreffen gewissermaßen. Und jetzt haben Sie sich sogar noch mit meiner Cousine angefreundet.«

Was wollte die Arschgeige eigentlich von ihm? Thomas, auf der Suche nach einer möglichst kühlen Erwiderung, sah ihm in die Augen – und es überfiel ihn urplötzlich die Gewissheit: Erhard Ehrlich hatte kein reines Gewissen. Und Erhard Ehrlich schleppte deswegen einige Befürchtungen mit sich herum. Sie galten, unter anderem vielleicht, ihm, Thomas. Ja, der Mann befürchtete, dass er sich für die schmutzigen Geschichten Göttles interessierte, in welche somit auch Erhard Ehrlich verwickelt sein musste. Genau so war es, ohne jeden Zweifel!

Thomas hätte die Ursache der Bestimmtheit, mit der ihm dieses mit einem Male feststand, wohl kaum benennen können, aber er fragte jetzt auch nicht danach. Er ließ stattdessen dem Übermut freien Lauf, der dem Hochgefühl entsprang, Ehrlich durchschaut zu haben: »Nun, das scheint wohl das Schicksal unserer Familien zu sein, ihre Wege kreuzen sich immer wieder.«

»Ich fürchte, ich verstehe nicht, was Sie damit meinen«, sagte Ehrlich mit gerunzelter Stirn, und Thomas bildete sich ein, dass diesen Worten sozusagen ein kurzes innerliches Zusammenzucken vorausgegangen war.

Es gefiel ihm einfach, sich solches einzubilden. Er antwortete mit einem Grinsen: »Nun ja, mein Großvater steckt mit dem Herrn Göttle zusammen auf der Friedrichshöhe und mein Vater hat in Ihrer Firma gearbeitet.«

»So so. Er arbeitet also nicht mehr bei uns, nehme ich an. Allerdings haben wir wohl mehrere Beschäftigte mit dem Namen Haas, der ist ja nicht gerade selten in unserer Region.«

»Nein, er arbeitet überhaupt nicht mehr, er ist verstorben.«

»Nun, das tut mir Leid.«

Ach! Es tat ihm also Leid. Thomas nahm die Worte nicht leichten Herzens hin. Vielmehr klang blanker Hohn in seinen Ohren, als er sie vernahm: Bestimmt wusste Ehrlich ganz genau, was mit seinem Vater geschehen war, und vermutlich war das Einzige, was er im Zusammenhang mit dessen Tod wirklich bedauerlich fand, der Umstand, dass nun ein lebendiger Sohn des Verstorbenen aufgetaucht war.

Noch bevor er etwas erwidern konnte, ergriff wieder Silvia das Wort. »Ich jedenfalls finde, dass die Verbindung unserer Familien durchaus angenehme Seiten hat«, sagte sie und gab dazu Thomas einen leichten Klaps auf den Hintern. Es fehlte nicht viel, und sie hätte ihrer Widersacherin am Tisch frech zugeblinzelt.

Jene verzog den Mund nur ein klein wenig, ihre Abscheu vor so viel Vulgarität mühsam unterdrückend. Auch Erhard Ehrlich wandte sich indigniert ab und gänzlich seiner Mahlzeit zu. »Mein Essen wird kalt«, sagte er nur noch.

Thomas gefiel es überhaupt nicht, auf diese Weise präsentiert zu werden.

Silvia aber war jetzt zufrieden mit ihrem Auftritt: »Ich will nun auch nicht weiter stören und wünsche einen guten Appetit.« Sie schenkte der Tischgesellschaft zum Abschied ihr freundlichstes Lächeln.

»Danke gleichfalls«, klang es wenig herzlich unter der Kosmetikkruste hervor.

Sie kehrten also endlich zurück zu ihrem Tisch und vertieften sich dort in die Speisekarten, blätterten gewissermaßen im Evangelium des Hauses, das in großkotzig verschnörkelten Lettern auf schwerem Bütten geschrieben stand und Hoffnungen weckte, die den kritischen Geist neckten. Folglich witzelte Thomas etwas vom Zigeunerschnitzel, das er auf seiner Karte nicht finden könne, was Silvia zu der ganz ernst gemeinten Ermahnung veranlasste, er möge sich bei seiner Auswahl nicht durch den Umstand gehemmt fühlen, dass sie ihn eingeladen habe. Er habe, so Thomas darauf, sowieso vor, einfach nach dem Preis zu bestellen, nämlich selbstverständlich nur das Teuerste, das der Laden im Angebot habe. Silvia grinste: Kein Problem für sie, wenn er es ihr im Laufe des Abends noch anderweitig vergelte, so zahle sie den Preis nur zu gerne. Und so weiter.

Sie war also heute zu neckischen Scherzchen aufgelegt, das ließ einiges erhoffen für die Stunden nach dem Essen. Und überhaupt alles an ihr verkündete die Absicht, es später noch mit ihm zu treiben. Jeder Blick in ihre Augen, die ihm unentwegt über den Tisch hinweg zusahen, als beobachte sie ihre Beute, den Fang genüsslich hinauszögernd, erregte ihn, ebenso wie ihr Körper ihn sofort erregt hatte, als er vorhin aus der Haustür getreten war. Sie trug Bluse und Rock, beides schwarz und dünn, lediglich ein gesetzeskonformer Blickschutz, der dem warmen, weichen Körper darunter keinen Widerstand bot.

»Wieso heißt der Laden eigentlich Latasch?«, fragte Thomas.

»Der Besitzer heißt so«, erklärte Silvia, »scheint aber heute nicht da zu sein.«

Sie brachten schließlich eine Bestellung zu Wege. Der Zwirbelschnurrbart nahm sie höchstpersönlich entgegen, mit der wichtigen Miene einer Kapazität auf dem Gebiete der Lokalspeisekarte. Sein wohlwollendes Nicken beendete die Konsultation, man durfte dem Mahl beruhigt entgegensehen.

Thomas überlegte, ob das Latasch nun dem Klischee einer Nobelgaststätte entsprach. Gegen die Einrichtung war jedenfalls nicht allzu viel einzuwenden: Unaufdringlich, hell und irgendwie so, dass man nicht das Gefühl haben musste, die Zeiten zwängen zum Sparen. Angeblich hatte sogar schon Rex Gildo hier gegessen.

Viele Minuten Plauderei, weiterhin garniert mit ihrem Blick, der nicht von Thomas ließ. Eine Flasche Merlot wurde gebracht, fachgerecht geöffnet und eingeschenkt. Dann eine Vorspeise, die er im Nu hinuntergeschlungen hatte (ein Feldsalat mit kleinen Maultäschchen – kein schlechter Einfall, das durfte man ruhig zugeben). Das Herbeibringen lag übrigens nicht mehr im Zuständigkeitsbereich des Zwirbelschnurrbarts, sondern wurde von einer hübschen weiblichen Bediensteten geleistet, die sich dazu eine makellos weiße Bluse angezogen hatte.

Während sie auf den Hauptgang warteten, verließ Erhard Ehrlich mit seinem Anhang das Lokal. Die Abschiedsgrüße fielen sparsam aus.

»Wir könnten uns, nachdem wir gut gegessen haben, ein wenig sexuell betätigen«, sagte Sylvia, während sie einen letzten hämischen Blick auf Ehrlichs Frau warf, »schließlich waren wir die Woche über enthaltsam – ich jedenfalls.«

»Und ich erst! Habe mich gewissermaßen aufgespart.«

Das Nahen der Serviererin beendete diese Unterhaltung vorerst. Sie brachte den Hauptgang auf einem Wägelchen, und Thomas verlor einige Sekunden damit, die professionelle Geschicklichkeit der Handgriffe, mit denen sie ihnen auftischte, zu bewundern.

Die Mahlzeit schließlich, sorgfältigst zubereitet, verlor sich ein wenig in den Weiten des abortdeckelgroßen Tellers. Bald war er leer.

»Und nun?«, fragte Silvia, nachdem auch sie gegessen hatte, »um auf vorhin zurückzukommen: Wie wär's mit ein wenig Sex?«

»Verstehe! Du willst dich um die Nachspeise drücken. Meinetwegen lass uns gleich abhauen und ein lauschiges Plätzchen suchen.«

»Aber wo bleibt denn deine Phantasie, mein Kleiner?« Sie schüttelte den Kopf mit einem sehr unanständigen Grinsen. »Von Abhauen war nicht die Rede. Ich dachte mehr daran, uns gleich hier zu vergnügen. Und hinterher nehmen wir in aller Ruhe noch einen Nachtisch.«

Thomas verstand nicht sofort. Sie erklärte ihm jedoch ohne weitere Umschweife, dass sie bereits den ganzen Abend nichts anderes vorgehabt hatte, als direkt hier, innerhalb der Mauern des Latasch, mit ihm zu vögeln, und zwar auf der Damentoilette, welche ein luxuriöses und von ihr als sinnlich empfundenes Ambiente biete, das dafür wie geschaffen sei. Dieses war, so konnte er ihren knappen Darlegungen entnehmen, eine ihrer heimlichen Lieblingsphantasien, die sie schon lange mit sich trug und noch nie ausgelebt hatte. Die Unanständigkeit, es an einem solchen Ort zu treiben, gepaart mit dem Nervenkitzel der Gefahr, ertappt zu werden, der schon bei der bloßen Vorstellung spürbar wurde ... musste sie es ihm etwa erklären? So, wie sie ihn kennen gelernt hatte, rechnete sie jedenfalls fest damit, dass er dem kleinen Abenteuer nicht abgeneigt sei.

Thomas beschränkte seinen Kommentar auf ein komplizenhaftes Lächeln. Jedes Zögern wäre wohl als Feigheit gewertet worden. Und ihre Lust hatte ihn durchaus infiziert, während er andererseits jedoch ahnte, dass die Furcht vor der peinlichen Entdeckung letztendlich derselben eher abträglich sein würde.

Sie beschäftigte sich nicht weiter mit seiner Reaktion, sondern erhob sich und bedeutete ihm, ihr in ungefähr einer Minute möglichst unauffällig zu folgen. Derzeit seien, soweit sie es überblicke, alle weiblichen Gäste auf ihren Plätzen, sodass in der Damentoilette wohl die Luft rein sei.

»Das hoffe ich doch sehr«, sagte Thomas, die Redensart absichtlich wörtlich nehmend, »infernalischer Kotgestank erregt mich ganz und gar nicht.« Als sie weg war, sah er sich verstohlen um: Der Zwirbelschnurrbart trieb sich bei der Registrierkasse neben dem Eingang herum, aufmerksam genug, um auf den geringsten Wink sofort herbeieilen zu können. Thomas behagte diese Aufmerksamkeit überhaupt nicht: Musste es ihm nicht auffallen, wenn sie beide gleichzeitig zur Toilette gingen? Ach was, bei den Preisen in seinem Laden hatte ihm nichts aufzufallen. Thomas machte sich also auf dem Weg. Sein Blick überflog die weibliche Kundschaft an den Tischen: Kein Anzeichen von Blasenschwäche. Die Toiletten lagen im Untergeschoss, zu erreichen über helle Sandsteintreppenstufen und einen Gang, an dessen Wänden gerahmte Reproduktionen impressionistischer Meisterwerke hingen. Er gab sich einen letzten Ruck und betrat das Frauenklo.

Ein großer Raum, mannshoch mit rötlichem Marmor verkleidet. Linker Hand reihten sich fünf Toilettenkabinen aneinander, ihnen gegenüber, entlang der rechten Längsseite, fünf große Waschbecken aus Messing, eingelassen in eine breite marmorne Ablage, zu der die Wand dort in Hüfthöhe abknickte. Gekrönt wurde das Ganze von fünf überdimensionalen Spiegeln, die hinter den glänzenden Wasserhähnen bis zur Decke empor reichten und jeweils von rötlichen Neonröhren umrahmt wurden, welche dem Raum ein Licht gaben, das Silvias Phantasien vielleicht erst ausgelöst hatte.

Bei seinem Eintreten stand sie vor einem der Waschbecken und betrachtete sich im Spiegel. Sie zog etwas aus ihrer Handtasche: »Den hab ich schon mal ausgezogen.« Sie streckte ihm ihren Zeigefinger entgegen, an dem ein blauer Damenslip baumelte.

Sie setzte sich zwischen zwei Waschbecken und erwartete ihn. Zum Glück war er schon vorher hart geworden, denn nun beschäftigte ihn die Vorstellung des Anblicks, den er, in heruntergelassen Hosen, aus denen oben das vermutlich picklige Gesäß herausschaute, einer zufällig jetzt gerade Hereintretenden bieten würde. Er beeilte sich, die Sache zu erledigen. Silvia immerhin gab sich ihrer Lust mit lautem Getöse hin.

Später, beim Nachtisch, streichelte sie seine Hand und sagte: »Das war klasse!«

Er enthielt sich jeden Kommentars. Letztendlich drängte es ihn nicht zur Wiederholung, wenngleich er vermutete, dass mit wachsender zeitlicher Distanz die Erinnerung das Ereignis verklären würde.

Die Rechnung, die sie für das ganze Vergnügen bezahlte, war beeindruckend. Der Zwirbelschnurrbart schaute ganz peinlich berührt drein, als er sie auf einem silbrigen Tellerchen präsentierte.

* * *

Der letzte Rest des Samstagabends hatte sich im Krokodil abgespielt. Sie waren eigentlich ohne Ziel vom Latasch aus in die laue Nacht hineinspaziert und dann in das Gravitationsfeld des Menschenknäuels geraten, welches sich in der kleinen Kneipe drängte, hatten sich schwitzend dazugezwängt, anstatt die Annehmlichkeiten des Gehens zu genießen. Das Krokodil, gleich hinter dem Rathaus in der Lammgasse gelegen, war gewissermaßen der Kompromiss unter den Kneipen der Stadt: Zwar folgte es dem Zeitgeist, jedoch stets mit einigem Respekt, sodass sich der Kreis derer, die sich hier gut aufgehoben fühlen konnten, nicht bloß auf die jeweils jüngste Generation der Vergnügungswilligen beschränkte.

Also noch zwei, drei Bier, als ob zuvor der teure Wein nicht schon genügt hätte. Man hatte verschiedenen Bekannten zuzunicken. Jochen Daub kam kurz vorbei, sah Silvia und wusste Bescheid. Er war wiederum damit beschäftigt, Chloe Beistand zu leisten in ihrem Ringen um einen Gesichtsausdruck.

Thomas' Stimmung hatte sich zusehends verdüstert, ohne dass er dafür einen Grund hätte nennen können. Er hatte schließlich mit einer gewissen Rücksichtslosigkeit versucht, Silvia noch weiter über ihren Vater auszufragen: Ob sie Bescheid wisse, über dessen Funktion in der Wiko, über seine sonstigen Aktivitäten nach dem Krieg, ob sie nicht doch eine Ahnung habe, warum ihren Cousins so viel an Göttle liege, und so weiter. Er war ihr damit auf die Nerven gefallen, es war nicht der rechte Zeitpunkt für solche Fragen gewesen. Es war nie der rechte Zeitpunkt dafür, denn sie wusste wohl wirklich nicht viel über ihren Vater. Sie interessierte sich einfach nicht besonders für ihn. Wenn Thomas also unbedingt das alles wissen musste, so könne er ja ihre Mutter verhören, schließlich habe die den Mann ja irgendwann einmal geheiratet. Die bewohne ein kleines Appartement im Cäcilienstift und freue sich bestimmt über Besuch.

Keine gemeinsame Nacht! Gegen halb zwei waren sie auseinandergegangen, bei nunmehr beiderseitiger Verstimmung. Am nächsten Morgen hatte dann Silvia bei ihm angerufen, und nach einem Viertelstündchen Geplauder war zwischen ihnen wieder alles gut gewesen.

Trotzdem: Er verbrachte den Sonntag in trüben Gedanken, die nun nicht mehr aufzuhalten waren, seit ihrem ersten Ausbruch in der Nacht. Mochte die Sonne noch so hell vom blauen Himmel strahlen, mochten draußen die Vögel noch so fröhlich singen und die Menschen unten auf dem Kiliansplatz noch so entspannt im Eiscafé sitzen – ihn berührte das alles nicht, ihn hatte eine Niedergeschlagenheit ergriffen, gegen die selbst die geballte Sommersonntagsstimmung nichts half. Sie kamen von Zeit zu Zeit, diese Anfälle depressiver Verstimmung, entwickelten sich praktisch ohne sein Zutun, wüteten in ihm so lange, bis sie sich selbst erschöpft hatten. Ihr Thema war sein Leben im Ganzen, dieses wacklige und marode Gebäude, dessen morsche Fundamente auf weichem Grund errichtet waren und das ernsthaften Erschütterungen und Unwettern wohl kaum standhalten konnte. Und es bot noch nicht einmal besonderen Komfort. Welch eine Aussicht, darin alt zu werden!

Am Nachmittag spazierte er nach Böckingen hinüber, um seine Familie zu besuchen. Mutter und Großmutter hatten ihre Wohnungen in demselben Mietshaus, und auch die Schwester wohnte nur einen Block entfernt – sie lebten noch alle beisammen, eine richtige Familie eben. Nur er hatte sich entfernt, darin seinem Vater ähnlich, und nun war er genauso unglücklich und einsam, wie jener es vermutlich gewesen war.

War es nicht immerhin tröstlich, dass man dorthin zurückkehren konnte? Die Mutter hatte seine Entfernung sowieso stets ignoriert, sie betrachtete ihn einfach weiterhin als Mitglied ihres Haushalts und hatte beispielsweise sein Jugendzimmer unangetastet gelassen, im Gegensatz zu dem der Schwester, das nach deren Hochzeit einer anderen Verwendung zugeführt worden war. Tröstlich? Im Gegenteil. Die Mutter hatte ja lediglich erkannt, wie schwach die Beinchen waren, auf denen er durchs Leben ging, dass es nicht viel bräuchte, um ihn zu Fall zu bringen und dass außer ihr niemand da war, ihm dann wieder aufzuhelfen.

Seine Schwester war ihm von Jahr zu Jahr fremder geworden. Sie war dem Kerl, mit dem sie nun schon vier Jahre verheiratet war, auf seinem Weg der Vernunft gefolgt. Jetzt mühten sie sich, die Eigentumswohnung abzuzahlen und das Neugeborene gedeihen zu lassen. Die Tage der Schwester besaßen Struktur und Inhalt und in ihren Nächten atmete ein Mensch an ihrer Seite. Ob die beiden es bisweilen auf Nobelgasthaustoiletten miteinander trieben? Oder davon träumten? Wohl kaum, sie hatten das nicht nötig.

Die Mutter hatte sein Kommen vorausgesehen und für ihn mitgekocht. Rindsrouladen und hausgemachte Spätzle, eigentlich ein ernsthafter Grund zur Hochstimmung, denn mit zunehmendem Alter mochte er die einheimische Küche immer mehr, nachdem er sie sich um exotischer Genüsse willen beinahe schon abgewöhnt hatte. Inzwischen jedoch waren solche Gerichte zur seltenen Leckerei geworden, deren Zubereitung er selbst nicht beherrschte und die er sonst kaum bekam, da sie den gewöhnlichen Restaurants zu aufwendig und den gehobenen zu gewöhnlich waren. Thomas aß also – Depression hin, Depression her – mit dem allerbesten Hunger, unter den zufriedenen Blicken der Mutter, die seinen Appetit als Zeichen nahm, dass es ihm nicht schlecht gehen könne.

* * *

Das Cäcilienstift, so schien es Thomas, war nicht der übelste Ort für die letzten Lebensjahre. Ein Bau aus den zwanziger Jahren, anheimelnde Architektur in ruhiger, idyllischer Waldrandlage und doch nicht allzu fern vom städtischen Leben. Thomas hatte sich bereits vom Music Planet aus telefonisch bei Johanna Göttle angemeldet, hatte sich als

Bekannten der Tochter ausgegeben und sich auf deren Empfehlung berufen. Entgegen seinen Befürchtungen hatte sie offenbar überhaupt nichts dabei gefunden, dass er Auskunft über ihren Exgemahl einholen wollte, und ihn im Gegenteil auf das Herzlichste eingeladen, bei ihr vorbeizuschauen.

Gleich hinter dem Haupteingang ein winziges Kabuff: Die Portierloge, in der ein ausgemergelter Zivildienstleistender die Zeit mit dem Studium eines semipornographischen Comicalbums totschlug. Er war von Frau Göttle bereits über Thomas' Besuch in Kenntnis gesetzt und wies ihm ohne weiteres den Weg. Erster Stock, Appartement 36, im rechten Seitenflügel.

In der Erwartung einer um dreißig Jahre gealterten Silvia sah er sich getäuscht, denn die Frau, die auf sein Klopfen öffnete, ließ zumindest auf den ersten Blick nicht die geringste Familienähnlichkeit zur Tochter erkennen: Eine übergewichtige alte Dame mit sorgfältig frisierten, grauen Haaren und rosigen Pausbäcklein, Haut und Augen mit der durchsichtigen Helligkeit einer ehemals Blonden. Tatsächlich hatte Silvia ganz und gar das Gesicht ihres Vaters geerbt. Der körperliche Verfall mochte Letzteres so weit ruiniert haben, dass die Übereinstimmung nicht mehr unmittelbar ins Auge sprang, umso deutlicher fiel sie ihm jetzt, beim Anblick der so unähnlichen Mutter, auf. Die Entdeckung beschäftigte ihn zwei Sekunden, sodass er den freundlichen Begrüßungsworten der alten Frau nur ein zerstreutes »Ja ja« antworten konnte. Sie hatte ihn gebeten, Platz zu nehmen, was er nun auch unverzüglich tat.

Ob sie ihm denn etwas anbieten dürfe, fragte ihn das freundliche Stimmchen, in dem eine gewisse Freude darüber mitzuschwingen schien, dass der Besuch eines jungen Herren mit seltsamen Interessen den vermutlich einigermaßen langweiligen Cäcilienstiftalltag unterbrach. Längst hatte sie Kekse auf einem Porzellantellerchen drapiert, welches sie nun aus der Kochnische hervorholte, die in einer Ecke ihres Appartements eingebaut war.

»Nun denn, Herr Haas, was führt Sie also zu mir?«, fragte sie endlich, nachdem sie noch eine Flasche Sherry nebst den passenden Gläsern hervorgezaubert hatte.

»Nun ja ... äh ... es handelt sich, wie ich ja schon am Telefon sagte, um Ihren ... um Silvias Vater.« Es erschien ihm, während er nach den rechten Worten suchte, sein Anliegen nun immer befremdlicher. Wie kam er denn eigentlich dazu, so einfach in den persönlichsten Erinnerungen dieser ihm fremden Frau herumzustochern? »Ich habe ihn im Pflegeheim Friedrichshöhe bei Eichelberg kennen gelernt, wo auch mein Großvater untergebracht ist. Und auf diesem Weg wurde ich auch mit ihrer Tochter bekannt. Es scheint nun so, als hätten mein verstorbener Vater und Ihr geschiedener Mann miteinander zu tun gehabt ... nun ja, das ist eine komplizierte Geschichte, die ich vielleicht jetzt nicht lang und breit erklären sollte. Jedenfalls interessiere ich mich nun ein wenig dafür, was für ein Mensch der Herr Göttle eigentlich gewesen ist und was er früher so gemacht hat. Und da hat mich Silvia an Sie verwiesen, es scheint so, als wisse sie selbst gar nicht so viel über ihren Vater.«

Ein gemütliches und altersweises Nicken war ihre Reaktion auf diese Eröffnung. Zwar verstand Thomas nicht so recht, was genau es ihm sagen sollte, jedoch war immerhin klar, dass darin nicht die Spur irgendeiner Missbilligung lag. Sie ließ sich einige Pulsschläge lang Zeit damit, hängte noch einen tiefen Seufzer hintendran und beendete schließlich die solchermaßen in die Länge gezogene Nachdenkphase mit: »Er war gar kein guter Mensch! Da ist es wohl im Nachhinein kaum noch zu verstehen, wie ich den heiraten konnte.«

Und sie holte ganz weit aus! Thomas hatte eine Erzählung haben wollen und er bekam sie. Denn ihre Ehe mit Göttle war nicht nur nicht mit wenigen Sätzen zu bewältigen, sie konnte überhaupt nicht herausgelöst aus der Ganzheit ihrer eigenen Lebensgeschichte betrachtet werden. Ganz abgesehen davon, dass aus letzterer ja auch wiederum und ganz naturgemäß diejenige ihrer Tochter sich ergab, an welcher Thomas ja ein selbstverständliches Interesse haben musste. Begann man also mit der Heirat, so musste man zunächst die besonderen Umstände des Hochzeitsjahres 1949 berücksichtigen und durfte auch den Altersunterschied zwischen Göttle und ihr nicht ganz außer Betracht lassen. Die weitere Erklärung führte dann unweigerlich zu den Verhältnissen, denen sie entstammte, und der Erziehung, die sie darin erhalten hatte. Und und und! Sie hatte Thomas nicht Sherry und Kekse dargeboten, damit der sich nach einigen Auskünften über Göttle gleich wieder aus dem Staub machte, sie ergriff die vermutlich seltene Gelegenheit beim Schopfe, die sein Interesse ihr bot, und erzählte, was sie zu erzählen hatte.

Sie hatte also, kaum zwanzigjährig, nach dem Krieg Göttle kennen gelernt, der anfangs ihrem Ideal eines Ehegatten bestens zu entsprechen schien, sodass sie, als er um ihre Hand anhielt, mit Freuden eingewilligt hatte. Schon bald nach der Hochzeit – und erst recht nach der Geburt Silvias – folgte jedoch eine fortschreitende Ernüchterung. Hinter der Fassade seiner korrekten Umgangsformen trat eine gewisse Gefühlskälte zu Tage, und es zeigte sich eine Unnahbarkeit und Verschlossenheit, die auch die eigene Ehefrau nicht ausnahm. Auch ertrug er Widerspruch nur schwer, und die Herrschsucht, die er so offenbarte, war im Grunde die einzige Spur von Leidenschaftlichkeit, die sie an ihm hatte erkennen können. Im ehelichen Zusammenleben hatte sie sich somit schließlich auf die Funktion einer Haushälterin reduziert gefunden, und es war ihr letztendlich unklar geblieben, warum Göttle sie überhaupt mit einem Trauschein ausgestattet hatte. Für seine Tochter hatte er sich übrigens kaum interessiert, sein Beitrag zu deren Erziehung hatte darin bestanden, dass er das Kind einige Male schlug – eine seiner Reaktionen, die für sie ganz und gar unberechenbar auftraten. Überhaupt hatte sie, alles in allem, den Mann niemals verstanden. Er war für sie ein Fremder geblieben, mit dem sie Tisch und Bett teilte.

Das Scheitern der Ehe war also unvermeidlich gewesen, hier allerdings war eine Grenze ihres Mitteilungsdranges erreicht, sodass Thomas über die näheren Umstände der Trennung nichts erfuhr. Und ebenso wenig über die beruflichen und sonstigen Machenschaften Göttles. So, wie die Dinge lagen, hatte Göttle ihr wohl kaum irgendwelche diesbezüglichen Einblicke gewährt. Stattdessen erfuhr Thomas ganz nebenbei, dass Silvia im Alter von fünfundzwanzig versucht hatte, sich das Leben zu nehmen. Nur durch Zufall hatte sie überlebt und war danach für mehrere Monate »nach Weinsberg gekommen«. Was sie zu dieser Tat getrieben hatte, wusste die Mutter nicht, Silvia hatte ihr nie eine Erklärung geliefert.

»Ihr Exgemahl war vor fünfundvierzig bei der Gestapo, nicht wahr?«

Thomas hatte die Frage mit einer Prise Boshaftigkeit in den gemächlich plätschernden Fluss ihrer Erzählung geworfen. Auf die alte Frau wirkte sie ungefähr so anregend, wie ein schmutziger Witz auf eine gehobene Abendgesellschaft: Ein regelrechtes Zusammenzucken, das Rosa ihrer Wangen verdunkelte sich kurz zu einem echten Rot. Mit kleinlaut gesenkter Stimme antwortete sie schließlich: »Ja, da haben Sie Recht. Ich habe das damals schon gewusst, er war auch bis siebenundvierzig in amerikanischer Entnazifizierungshaft gewesen. Damals wurde das ja noch nicht so sehr als ein Makel angesehen wie heutzutage ... und ich junges Ding, ich bin doch praktisch im Dritten Reich aufgewachsen!«

»Hat er denn davon erzählt?« Eine überflüssige Frage, sozusagen nur der Vollständigkeit halber gestellt.

»Nein, niemals«, lautete denn auch die erwartete Antwort.

»Und von seiner Tätigkeit bei der Wiko? Ich meine: Was genau war dort eigentlich seine Aufgabe? Und wie ist er dort überhaupt Teilhaber geworden?«

Sie zuckte bloß mit den Schultern, mit einem Ausdruck der Untröstlichkeit, der ihm zu verstehen geben sollte, wie peinlich ihr die eigene Ahnungslosigkeit war. Dann plötzlich war ihr etwas eingefallen, sie erhob sich aus ihrem Sessel und ging zur Anbauwand.

Ein Schuhkarton wurde hervorgeholt. »Ich habe ja noch einige Photos aus jener Zeit«, erklärte sie und stellte die Schachtel vor ihm auf das Tischchen. Sie enthielt Kuverts, in denen Fotografien steckten. Mit schnörkeliger Schönschrift hatte sie Jahreszahlen und knappe Stichworte auf die Umschläge gemalt, sodass sie nicht lange zu suchen brauchte, um das zu finden, was sie ihm zeigen wollte: »Hier, unser Hochzeitsfoto.«

Thomas tarnte ein Stöhnen als Ausatmen und tat so interessiert, wie er nur konnte. Immerhin sah er Göttle zum ersten Mal nicht als dementen Tattergreis und verfiel insofern in Erstaunen, als dieser ihm nun tatsächlich als ein männliches Ebenbild Silvias vor Augen stand. Jedoch, es fehlte der ausdruckslos ernsten Miene, die aus dem Foto herausstarrte, ganz und gar dasjenige, was Thomas im Gesicht der Tochter anziehend gefunden hatte: die Spur einer Seele oder was sonst immer es auch sein mochte. Neben Göttle ein kerngesundes Mädchen in Brautklamotten, dessen Bäckchen selbst in Schwarz-Weiß noch rosig erschienen und die einem Schönheitsideal entsprochen haben mochte, das jedenfalls nicht dasjenige von Thomas war.

Es folgten weitere Fotografien. Ein Haufen Mist, dachte Thomas bei sich. Das Ergebnis eines stinknormalen Lebens, so wie auch seine eigene Fotosammlung im Grunde nur Müll enthielt, blödsinnige Bildchen, die niemals mehr jemanden interessieren würden.

Es mochten ungefähr dreißig Bilder gewesen sein, aus denen der fotografische Nachlass ihrer Ehe bestand, und Thomas hatte auf ein jedes seinen lustlosen Blick geworfen. Jetzt aber, als sie sie wieder in das Kuvert zurückstecken wollte, hielt er sie zurück. Etwas hatte er doch gesehen, was ihm nun einen zweiten Blick Wert schien. Etwas, das sozusagen unterhalb des Bewusstseins seine Aufmerksamkeit angestachelt hatte. »Bitte, könnte ich noch einmal ...« sagte er darum und ergriff, da sie es ihm bereitwillig hinhielt, selbst das Bündel Fotografien.

Es handelte sich um eines der Bilder, die im Neipperger Garten aufgenommen waren: Die Familie vor dem Eingangsportal, Silvia als vielleicht Vierjährige, in einem Kinderkleidchen, das an eine Kittelschürze denken ließ, dazu die zwei Rottweiler, die auch auf einigen anderen Fotos zu sehen waren, und, in der Bildmitte neben Göttle, ein etwa gleichaltriger Mann. Er war es, der Thomas hatte aufmerken lassen.

Thomas betrachtete ihn lange. So wenig, wie er das Gesicht wiederzuerkennen vermochte, so wenig konnte er sich damit zufrieden geben, dass es ihm gänzlich unbekannt sei. Er sah es an und wartete darauf, dass es sich zu einem Gesicht entwickeln würde, das in seinem Gedächtnis archiviert war, versehen mit einer Umgebung oder einer Situation, in der es ihm schon einmal begegnet war.

»Der da«, sagte er und deutete auf den Mann, »wer ist denn das?«

Johanna Göttle nickte mit Kennermiene: »Wahrscheinlich der einzige Freund, den er je hatte. Vitus Bauditsch. Von dem könnten Sie wohl viel mehr über meinen Exgemahl erfahren als von mir und von sonst jemandem. Ich nehme an, dass er sein einziger Vertrauter war, wenn er denn überhaupt einen

Vertrauten hatte.« Sie räusperte sich. »Die waren, so viel ich weiß, schon bei der Gestapo zusammen, da war Bauditsch wohl unter seinem Kommando. An jenem Nachmittag, als das Foto aufgenommen wurde – der einzige Besuch von Bauditsch bei uns zu Hause –, da haben die beiden miteinander geredet wie uralte Freunde. Wie gesagt, so etwas hat es sonst bei ihm nie gegeben.«

Vitus Bauditsch. Der Name sagte ihm nichts. Ein leichter Silberblick starrte aus den eng beisammen stehenden Augenhöhlen hervor. Augen, in die man stets mit einem unangenehmen Gefühl blicken würde. Vielleicht waren sie es, die so hartnäckig an seine Erinnerung appellierten. Er hatte Bauditsch schon irgendwann einmal gesehen, leibhaftig vor sich und nicht nur als stumme Figur auf einer Fotografie. Dieses wusste er ganz sicher, auch wenn er jetzt beim besten Willen keinen Hinweis fand, mit dem er diese Sicherheit hätte begründen können.

»Lebt der Mann noch?«

»Ich weiß es nicht. Mir ist nicht zu Ohren gekommen, dass er verstorben wäre. Schauen sie doch mal im Telefonbuch nach, ob er noch drin steht, er hat jedenfalls damals in der Stadt gewohnt.«

Gar keine schlechte Idee, dachte Thomas. Vitus Bauditsch, der einzige Freund Göttles! Ein ungewöhnlicher Name, wenn er noch irgendwo lebte, dann würde man ihn doch wohl aufspüren können.

»Tja«, er sah demonstrativ auf seine Armbanduhr, »so langsam wird's auch wieder Zeit für mich.«

»Sie müssen schon wieder weiter?« Sie übertrieb das Bedauern, und ein trauriger Blick auf die Kuverts im Schuhkarton verriet ihm, wie gerne sie ihm noch mehr gezeigt hätte. »Na ja, so ist es halt, in der Jugend hat man immer was zu tun.«

Er zuckte mit den Schultern und bedankte sich in aller Ausführlichkeit für die freundliche Aufnahme.

Keine Ursache, es sei ihr ein Vergnügen gewesen. Er solle doch wieder einmal hereinsehen. Und so weiter, und so fort.

Als Thomas aus dem Appartement 36 trat, kam ein Grüppchen alter Damen den Flur entlanggetippelt, und die Neugier, mit der sie ihn musterten, ließ das Getratsche ahnen, dass sich an diesem Abend im Cäcilienstift um den Herrenbesuch der Frau Göttle drehen würde.

* * *

Unter den vielen Kneipen der Stadt, in denen Thomas schon einmal ein Bier getrunken hatte, war der Bayerische Hof die trostloseste und unwirtlichste, und im Grunde hatte man sie in jungen Jahren nur zum Beweis betreten, dass man solchem Ambiente die Stirn bieten konnte. Als er sie jetzt – zum ersten Mal seit mindestens einem Jahrzehnt – wieder betrat, konnte er zunächst einmal feststellen, dass sich praktisch überhaupt nichts verändert hatte. Selbst die Gäste machten den Eindruck, als wären sie während all der Jahre ununterbrochen auf denselben schäbigen Stühlen festgesessen, in einem zeitlosen Paralleluniversum gefangen, in dem nichts weiter geschah, als dass ab und zu ein Bier verdunstete und durch ein neues ersetzt wurde. Dann fiel sein Blick auf Petra und damit auf den lebenden Beweis dafür, dass selbst im Bayerischen Hof die Zeit nicht stillgestanden hatte. Zwar gab sie immer noch die Rolle der Wirtin zum Besten, doch wenn man bereits damals gemutmaßt hatte, dass ihr Gesichtsalter dem biologischen um mindestens ein Jahrzehnt voraus sei, so mochte ersteres inzwischen noch schneller fortgeschritten sein als letzteres, denn auf dem ungefähr fünfzigjährigen Körper saß nun das faltige Gesicht einer Greisin.

Er ging direkt zum Tresen, und Petra ließ ihn ein Weilchen dort stehen, ehe sie ihn ganz zufällig entdeckte, als sie ihre Blickrichtung mal wieder neu adjustierte. Sie schenkte ihm ein bezauberndes Charles-Bronson-Lächeln, das ihn dazu einlud, sich sein Bier zu bestellen und die Schnauze zu halten, und als sie die Einladung noch mit einem »Ja?« bekräftigte, da konnte Thomas vermuten, dass sie im Nebenberuf auch Charles Bronsons Synchronsprecherin gewesen war.

»Großes Pils«, sagte Thomas genauso freundlich, denn er wollte nicht für einen Schwächling gehalten werden.

Der Bayerische Hof existierte sozusagen im Verbund mit den Freizeiteinrichtungen der Nachbarschaft: Gegenüber das Eros-Center und die Pigalle-Bar und direkt nebenan der Eden-Club, dessen bunte Lichter eine »Life-Show« ankündigten und die Animierdamen verschwiegen, die dem Vernehmen nach dort warteten. Thomas hatte noch nie einen Fuß ins Eden gesetzt. Schon die wuchtige, dunkelblaumetallic lackierte Tür mit dem winzigen Guckfenster war ihm immer als bedrohlich erschienen – was daran liegen mochte, dass es die Tür war, durch die sein Vater getreten sein musste, bevor er abgestochen wurde.

Er wartete noch das Bier ab, ehe er seine Frage stellte. Die Befürchtung, dass Petra sie als Belästigung empfinden würde, war ihm bereits bei ihrem bloßen Anblick zur Gewissheit geworden, umso mehr drängte es ihn nun, die Sache hinter sich zu bringen. Er hatte sowieso nicht vorgehabt, sich unnötig lange im Bayerischen Hof zu verlustieren. Aber es war einfach so, dass nach all den Fragen, die er in den letzten Tagen zu stellen begonnen hatte, nun auch diese einmal hier gefragt werden musste, obwohl er im Grunde gar nicht damit rechnete, eine Antwort zu bekommen.

Er griff sich also den Humpen, schüttete eine ordentliche Ladung rein und sagte gerade so laut, dass sie es nicht überhören konnte:

»Mein Name ist Haas, Thomas Haas, bin der Sohn von Walter Haas, der 1974 dort draußen im Hof erstochen wurde.«

Petra schenkte ihm einen zweiten Blick: »So so.«

»Ja. War früher ab und zu auch mal hier, sie werden sich wohl kaum an mich erinnern.«

»Stimmt.« Das Bierzapfen forderte ihre ganze Konzentration.

»Ums kurz zu machen: Bin gekommen, um Sie zu fragen, was Sie eigentlich damals von der Sache mitbekommen haben. Vom Mord an meinem Vater, meine ich. Sie waren schließlich, soviel ich weiß, auch damals bereits hier ... äh ... beschäftigt, Sie müssen doch was mitbekommen haben. Wird ja schließlich nicht alle Tage einer erstochen.«

Jetzt hatte er sie ganz durcheinandergebracht, sie musste ihre hochkomplizierte Tätigkeit unterbrechen und ihn für eine lange Sekunde mit halb geöffnetem Mund anglotzen: Heute schon ihr dritter Blick auf ihn, der ihm ein Geheimnis verriet, nämlich, dass Petra schlicht doof war, eine brunzdumme Person, die nur darum Respekt einflößte, weil die Kneipe, über die sie herrschte, ein Ort war, den man als bürgerliches Wesen mit einer gewissen Ängstlichkeit betrat. »Mitbekommen?«, bellte sie, als sie die Fassung wiedergewonnen hatte, »was soll ich denn mitbekommen haben?«

Tja, was eigentlich? Immerhin versammelten sich Bayerischer Hof und Eden-Club um denselben Innenhof, vom Tresen aus waren es kaum fünf Schritte zu dem Hinterausgang, der dorthin führte. Die Vorstellung, dass das Personal des Bayerischen Hofs mitbekam, was dort geschah, war jedenfalls nicht ganz und gar abwegig. »Na, Sie könnten zum Beispiel gesehen haben, wie's passiert ist.«

»Sag mal, willst du hier vielleicht Ärger machen oder was?« Der zornige Ausdruck machte ihr ramponiertes Antlitz nicht gerade ansehnlicher. Nur blöder! »Sieht das hier so aus, als hätte ich die Zeit, ständig in den Hof rauszugucken? Wenn ich was gesehen hätte, dann hätt ich es schon der Polizei gesagt damals! Überhaupt, das ist ja schon ewig her, kann mich kaum noch erinnern, hier passiert schließlich schon mal ab und zu was.« Der letzte Satz hatte einen drohenden Ton und sollte ihn wohl auch haben, als Überleitung zum nächsten, der vermutlich dem Standardrepertoire ihrer langjährigen Betriebsroutine entstammte: »Und jetzt trink dein Bier leer und dann mach, dass du rauskommst.«

Da stand noch ein anderer am Tresen, ein laufender Meter mit jenem Habitus, den der Volksmund gerne dem ausgestorbenen Beruf des Schiffschaukelbremsers zuordnete. Thomas registrierte seinen streitlustigen Blick: Vorsicht bei Kurzgewachsenen, die konnten bekanntermaßen besonders giftig sein! »Tja, schade, hätte doch noch ein gemütlicher Abend hier werden können«, sagte er trotzdem und grinste kurz zur Zwergnase hinüber, schließlich sollte die sich nicht einbilden, dass er sich wegen eines Gnoms in die Hosen schiss. »Dann erfahre ich von Ihnen also gar nichts über den Tod meines Vaters?«

»Genau so ist das! Frag doch den Ede Wolf, du triffst ihn im Nachtcafé. Der war damals Geschäftsführer drüben.« Damit war die Sache für sie endgültig erledigt, sie widmete sich wieder dem Zapfhahn.

»Hab ich schon, wir haben einen zusammen getrunken«, sagte Thomas in der Annahme, dass zumindest dieses noch ein wenig Eindruck schinden würde.

Und so war's auch: Er erntete einen letzten Blick. Aber mehr auch nicht. Er saugte das Bierglas leer, legte ein Fünfmarkstück daneben und ging um den Tresen herum direkt zu der Tür, die in den Hof hinaus und zum Eden-Club führte.

Da stand er nun: An der Stelle, an der sein Vater gestorben war. Dieser düstere Ort, der jetzt nur durch ein wenig Licht von der Straße und aus der Tür zum Lokal, die Thomas hatte offen stehen lassen, spärlich beleuchtet wurde, hatte dem Vater den allerletzten Sinneseindruck geliefert: Vielleicht die schmutzige Backsteinfassade des Bayerischen Hofs oder des Eden-Clubs, mit den heruntergelassenen Rollläden. Oder irgendwelche Pfützen auf dem Asphaltbelag, denn es hatte an jenem Tag geregnet, daran erinnerte sich Thomas noch. Von der finsteren Rückseite angezogen, ging Thomas einige Schritte in Richtung der Mauer, die den Hinterhof zu den Nachbargrundstücken hin abgrenzte, erkannte einen bulligen BMW, einen Porsche und zwei Harley-Davidsons, die hinter dem Eden geparkt waren, das dort durch einen Hintereingang betreten werden konnte. Wie war es möglich, dass er während der ganzen Zeit, in der er nicht selten draußen auf der Straße vorbeigegangen oder im Bayerischen Hof eingekehrt war, es immer vermieden hatte, auch nur einen Blick hierher zu werfen, geschweige denn einen Fuß in diesen Hof zu setzen?

»Ja, wen haben wir denn da?«, erklang es plötzlich hinter ihm.

Thomas erkannte zunächst die Stimme nicht, doch leider dann das dazugehörige Gesicht. Es war immer noch von vielen künstlichen Löckchen umrahmt und bei Tageslicht vermutlich noch genauso braungebrannt, wie letzte Woche im Nachtcafé.

»So sieht man sich wieder«, sagte der Mann, den Micha Sepp genannt hatte, und er sagte es so, dass Thomas jenes unbedachte Wort vom Elektroneger, das Sepp noch nicht vergessen zu haben schien, in diesem Augenblick erstmals aufrichtig bedauerte.

Sepp befand sich in Begleitung eines südländisch aussehenden Kerls in Thomas' Alter, der, die Hände in den Hosentaschen, schweigsam und mit versteinerter Miene draußen auf dem Gehsteig wartete, während der Koloss auf Thomas zukam. Thomas machte daraufhin instinktiv einen Schritt zurück – zu wenig, um außerhalb der Reichweite des Zuhälters zu bleiben. Und der hielt sich nicht mit weiteren Einleitungen auf: Thomas hatte kaum die Luft geholt, die er gebraucht hätte, um irgendein Bedauern wegen des »Elektronegers« zu stammeln, als bereits die wuchtige Pranke des Zuhälters mit Überschallgeschwindigkeit herangeflogen kam. Eine Ohrfeige nur, die jedoch mit solcher Wucht auf Thomas' linke Wange krachte, dass es ihm schien, sein Schädel würde dabei aus seiner Verankerung am Rumpf gerissen. Noch in derselben Sekunde wurde ihm der Boden unter den Füßen weggezogen. Vor Jahren, als er einmal für ein halbes Jahr an einem Anfängerkurs in Karate teilgenommen hatte, hatte Thomas diese Technik kennen- und mit einer japanischen Bezeichnung zu benennen gelernt, welche er längst nicht mehr wusste. Darauf kam's nun aber auch nicht mehr an. Er schlug hart mit dem Steißbein auf, und dem Schmerz des Aufpralls blieb kaum Zeit, ehe er durch die Druckwelle des Fußtritts erstickt wurde, der mitten in der weichen Masse seiner Magengrube explodierte. Vermutlich war es der Trägheit dieser Masse zu verdanken, dass sie nicht in tausende Teile zerbarst, die man später gar nicht mehr alle würde einsammeln können... »Na Arschloch, wer hat jetzt seinen Spaß?«, fragte die Ludenstimme aus dem Dunkeln über ihm, und er fühlte sich von den kräftigen Händen gepackt, hochgezerrt und fortgeschleift, ein paar Schritte weit, bis zu einem Etwas aus Plastik, das er als Müllcontainer erkannte, als er kopfüber in die stinkenden Abfälle gestopft wurde. »So, jetzt haben wir alles dort, wo's hingehört«, sprach Sepp und ließ ihn los.

Sofort zog es Thomas Füße zurück zum Boden, wohin sie ja auch gehörten, also kippte er mitsamt dem Container auf den Asphalt und der Müll ergoss sich über ihn.

»Räum gefälligst die Scheiße wieder in die Tonne, bevor du verschwindest«, sagte Sepp noch, »und dann lass dich nie wieder hier blicken!«

Thomas hörte ihn weggehen, und das war in diesem Moment das Beste, was er hören konnte. Er wischte sich irgendwelchen schmierigen Unrat aus dem Gesicht. Ein

Brechreiz, sei es durch den Tritt in die Eingeweide oder durch den Ekel hervorgerufen, wollte ihn übermannen, doch er fing sich wieder und schaffte es aufzustehen. Er wankte zur Straße, vorbei an der Tür zum Bayerischen Hof, die immer noch offen stand. Als er hineinsah, traf sein Blick auf den von Petra. Sie stand dort drinnen, rauchte eine Zigarette und glotzte ihn an. Nach wie vor zeigte ihre Miene keine Regung. Saudumm, dachte Thomas, einfach nur saudumm!

* * *

Den Müllgestank hatte er weggeduscht und das Gefühl der Demütigung weggeschlafen, die Schmerzen waren kaum mehr der Rede wert, als er am nächsten Morgen aus dem Bett kroch. Ein imposantes Hämatom funkelte auf seiner Bauchdecke, eine in Blau- und Rottönen marmorierte Trophäe, die nur der *ganze Kerl* gewinnen konnte, der es wagte, einen zentnerschweren Rotlichtochsen auf modische Defizite aufmerksam zu machen. Oder so ähnlich ... jedenfalls war Thomas erstaunlich leicht über den Vorfall hinweggekommen, wozu auch der Umstand beitrug, dass Sepp sich wohl auf das fachlich einwandfreie Zusammenschlagen verstand, denn es waren keine körperlichen Beschädigungen zu verzeichnen, die weiterer medizinischer Pflege bedurft hätten. Man hatte ja schon miterleben müssen, wie gute Freunde von den Skinheads verdroschen wurden, und danach hatte das Ausheilen der Knochenbrüche immer seine Zeit gebraucht!

Also Schwamm drüber und ab ins Music Planet. Dort hatte man Zeit zum Nachdenken. Zum Beispiel darüber, was der Besuch im Bayerischen Hof sonst noch eingebracht hatte. Nämlich gar nichts. Immerhin war er endlich mal dort gewesen, an der Stelle, die er eineinhalb Jahrzehnte lang mit einer Art Wahrnehmungstabu belegt hatte. Es fehlte nur noch die Kranzniederlegung.

Zu erfahren gab's dort jedenfalls nichts mehr. In dieser Hinsicht schien ihm aber immer noch vor allem Bauditsch interessant. Thomas hatte noch vorgestern Abend, gleich nach dem Besuch bei der alten Frau Göttle, im Telefonbuch nachgesehen und den Eintrag gefunden: Vitus Bauditsch, Armesündersteige 15. Gute Wohnlage, oben am Galgenberg, direkt bei den Weinbergen. Dass es sonst noch jemanden mit diesem Namen gab, war ja wohl kaum anzunehmen – es sei denn, es handelte sich um den Sohn, der nach dem Vater benannt worden war. Thomas hatte einen langen Fußmarsch dort hinauf unternommen: Eine großzügige und unauffällige Villa neuerer Bauart, in dem jeder einigermaßen anständige Bürger hätte wohnen können, sofern er es zu einigem Wohlstand gebracht hatte ... Jetzt hatte er also zumindest Bauditschs Haus gesehen. Eine Erleuchtung hatte es ihm nicht gebracht.

Konnte man also einfach zu ihm hingehen und ihn über Göttle befragen? Der Besuch bei Silvias Mutter war nicht schwer gefallen, nun aber gab es etwas, das Thomas zögern ließ, es bei Bauditsch genauso zu machen. Vielleicht war es die unangenehme Art, wie ihn Bauditschs Konterfei berührt hatte. Andererseits trieb ihn allein schon diese Berührung zu einer Begegnung mit dem Mann. Sie weckte ganz unabhängig von allen Fragen, die Göttle betrafen, seine Neugier auf das Woher dieser eigentümlich unzugänglichen Erinnerung. Aber wie sollte er es anstellen, mit welchen Worten sich vorstellen und wie sein Interesse begründen?

Thomas hatte einen Vormittag lang Zeit für solche Überlegungen, denn er musste bis halb zwei im Music Planet ausharren. Auch hatte ihm Silvia zu denken gegeben, als sie ihm am Telefon offenbarte, dass sie am Wochenende für drei Wochen in den Süden fliege. Die Malediven! Das Problem dabei sei, wie bei jedem ihrer Urlaube, die Versorgung des Katers Dagobert und der sensiblen Zimmerpflanzen ... kurzum, sie hatte schließlich etwas verlegen angefragt, ob nicht vielleicht er sich darum kümmern könne. Und auch für den Transport zum Flughafen hatte sie noch keinen Chauffeur gefunden. Natürlich hatte Thomas sich verpflichten lassen – wie hätte er auch ablehnen können? Jetzt missfiel ihm diese Verpflichtung ein wenig: War man etwa bereits in eine Art fester Beziehung hineingeraten? Hatte sie nicht schon vorher fest damit gerechnet, dass er für solche Aufgaben zur Verfügung stehe? Es verwandte schließlich seine begrenzten Energien darauf, einem traurig dreinblickenden Teenagermädchen den Kauf einer Joy-Division-Platte aufzuschwatzen.

Später nahm er dann das Auto und fuhr zur Armsündersteige hinauf. Er parkte in einigem Abstand zur Nummer 15 und war noch immer nicht entschlossen, wie er nun vorgehen solle. Er stieg aus und spazierte an dem Haus vorbei. Durch ein geöffnetes Fenster drang Musik nach draußen, eine Operettenschnulze, die Thomas noch aus der Kinderzeit bekannt war, wo er sie zu Hause bei den Großeltern des öfteren im Radiowunschkonzert gehört hatte: »Es steht ein Soldat am Wolgastrand, hält Wache für sein Vaterland ...« Er ging zu seinem Wagen zurück, setzte sich hinters Steuer und wartete – vielleicht darauf, dass ihn endlich eine gewisse Entschlusskraft überkäme und dazu befähige, entweder bei Bauditsch zu klingeln oder unverrichteter Dinge wieder zurückzufahren. Einstweilen eine Kassette, Lou Reed mit »Underneath The Bottle«, »Coney Island Baby« und so weiter.

Er mochte eine Dreiviertelstunde so dagesessen haben, als sich etwas bewegte in der Nummer 15: Aus den Nadelgewächsen des Vorgartens trat eine Gestalt heraus auf die Straße, ein untersetzter, alter Mann, der einen krummbeinigen Dackel an der Leine mit sich führte. Thomas erkannte auch aus der Entfernung sofort, dass es Bauditsch war, *der* Bauditsch, den er tags zuvor noch als Mann in besten Jahren gesehen hatte. Er trug Weiß: Weiße Lederslipper, weiße Socken, weiße

Hosen und einen weißen Tennispullover mit V-Ausschnitt, aus dem ein weißer Hemdkragen herausschaute.

Bauditsch hatte sich talwärts gewandt, kam mit müden und gemächlichen Schritten näher, und jetzt, da Thomas den Mann immer deutlicher vor sich sehen konnte, da er in ein lebendiges Antlitz blickte, anstatt nur auf die erstarrte Grimasse auf einer vergilbten Fotografie, da plötzlich überfiel ihn die Erinnerung an dieses Gesicht, an die längst vergangene Szene, in der es ihm vor Augen gestanden und Angst eingeflößt hatte. Er konnte damals höchstens fünf Jahre alt gewesen sein. Es war in irgendeiner schummrigen Kneipe. Sein Vater hatte ihn dorthin mitgenommen, so wie man ein Gepäckstück mitnimmt, das man sonst nirgendwo hat deponieren können. Thomas wusste nicht mehr, wie es dazu gekommen war, niemals sonst war er während seiner Kinderzeit mit den Orten in Berührung gekommen, an denen sich das zweite, außerfamiliäre Leben seines Vaters abspielte. Lediglich daran, dass man zuvor mit dem Auto über Land gefahren war, erinnerte er sich noch undeutlich. Jedenfalls hatte der Vater sich einen Rausch angetrunken und irgendwann war eine bedrohliche Stimmung aufgekommen in dem Lokal, in dem so viele Furcht einflößende Männer hockten und laut durcheinander schrien und immer wieder den kleinen Jungen beäugten. Vielleicht war der Vater ausfällig geworden – Thomas konnte es nicht wissen, er war noch zu klein gewesen, um das Verhalten der Erwachsenen dort in dieser Kaschemme zu verstehen. Er hatte nur die Trunkenheit des Vaters als solche erkannt, da er sie zuvor schon als periodisch wiederkehrende Katastrophe seiner kindlichen Welt erlebt hatte, und er hatte instinktiv die latente Gewaltandrohung gespürt, die schließlich im Raum lag. Er hatte beides – den fortschreitenden väterlichen Rausch und die aufkommende Gefahr – nur in hilfloser und stummer Verzweiflung erleben können, und vermutlich war es diese

Verdichtung beinahe schon traumatischer Empfindungen, die diese Szene davor bewahrt hatte, endgültig aus seinem Gedächtnis zu verschwinden. Jedenfalls war schließlich ein Mann hinter der Theke hervor zu ihrem Tisch gekommen. Von diesem Mann war die Gefahr ausgegangen. Er hatte sich vor dem Vater aufgebaut, hatte mit leiser Stimme etwas gesagt, und hatte ihn, Thomas, mit einem langen und bösen Blick gemustert. Und gestern Abend, auf dem Erinnerungsfoto der Frau Göttle, hatte Thomas diesen Blick wiedererkannt.

Von der unverhofften Erinnerung beflügelt, stieg Thomas gerade in dem Moment aus dem Wagen, als Bauditsch daran vorbeigehen wollte. »Herr Bauditsch?«, sprach er ihn an und stellte sich ihm in den Weg.

Bauditsch erschrak nur für einen Sekundenbruchteil, dann taxierte er Thomas ohne jedes Anzeichen von Unruhe. »Was wollen Sie?«, fragte er in einem Ton, der Thomas gerade so unfreundlich erschien, wie man ihn aus dem Munde eines alten Mannes erwarten konnte, der sich von einem Unbekannten gestört fühlte.

»Nun ja, ähm, eigentlich möchte ich Sie etwas fragen«, antwortete Thomas recht zögerlich, denn er fühlte jetzt den unsicheren Grund, auf dem er mit seinem voreiligen Schritt in Bauditschs Weg gelandet war. Mit dem unguten Gefühl, Törichtes zu tun, plapperte er drauflos: »Ich würde Sie gerne zu dem Herrn Göttle befragen. Ich bin nämlich ein Bekannter seiner Tochter und weiß von seiner geschiedenen Frau, dass Sie sein bester Freund gewesen sind. Herr Göttle ist zusammen mit meinem Großvater im Pflegeheim Friedrichshöhe bei Eichelberg untergebracht, und mein Interesse, das Ihnen vielleicht etwas komisch ...«

»Hauen Sie ab, aber schnell!«, unterbrach Bauditsch seinen Redeschwall.

Und Thomas verschlug es die Sprache. Wie konnte der alte Sack es wagen, ihn so frontal anzublaffen? Wieso hatte er keinen Respekt vor der körperlichen Überlegenheit des Jüngeren? Zuvor hatte er an Thomas vorbei die Straße hinunter gespäht, als habe er dort etwas entdeckt, was ihm diese Sicherheit gab. Tatsächlich: Als nun Thomas dem Blick folgte, sah er, dass sie nicht allein waren, denn dort, in der Begrünung der Robert-Mayer-Straße, saß jemand auf einer Bank; ein Mann in Jeans und Kurzarmhemd. In einem Ausdruck völligen Wohlgefühls, die Beine entspannt von sich gestreckt und die Arme lässig über die Rückenlehne baumelnd, reckte er das Kinn der Sonne entgegen. Ach so, dachte Thomas, er fühlt sich sicher, weil noch Leute in der Nähe sind. Der Gedanke gab nun wiederum ihm seine Selbstsicherheit zurück, die schon an der Befürchtung, von Bauditsch bis auf den Grund durchschaut und als harmlos und ungefährlich entlarvt zu sein, zu zerschellen drohte.

»Na na!«, entgegnete er also, »nun machen Sie mir bloß keine Angst, hab schon ganz weiche Knie. Ich deute Ihre Reaktion wohl nicht unrichtig als Ausdruck Ihrer Weigerung, mit mir über Göttle zu reden?« Ja, so gefiel er sich ganz gut.

Bauditsch aber antwortete mit einem eiskalten Lächeln, mit einer höhnischen Verrenkung der Mundwinkel, die Thomas aufs Neue erschütterte. »Spiel dich nicht auf, du kleiner Scheißer!«, kam es aus dem Munde des greisen Kotzbrockens, derweil sein Dackel nach nervösem Beschnuppern der angrenzenden Gartenmauer sich endlich zum Urinieren entschlossen und das Bein gehoben hatte. »So ist's brav, Schlingel, bist ein guter Hund«, lobte Bauditsch wie zur Demonstration, dass es noch nicht einmal seine ganze Aufmerksamkeit erforderte, mit Thomas fertig zu werden.

Thomas wollte Gleiches mit Gleichem vergelten, wollte ihm drohen und ihn beleidigen – jedoch, er brachte es nicht mehr zu Stande. Bauditsch hatte gewonnen, hatte es geschafft, in ihm eine Verzagtheit wachzurütteln, die ihm wohl noch von dem kindlichen Erlebnis geblieben war. Jedenfalls fiel ihm nichts mehr darauf ein, er war überrumpelt von der Kaltschnäuzigkeit des Mannes.

»Nun pass mal gut auf«, sagte der, »ich habe eine besondere Begabung, ich vergesse niemals ein Gesicht! Und deines kenne ich, und zwar von früher her, von einem Kerl namens Walter Haas. Kann mir also denken, wen ich vor mir habe! Verzieh dich und belästige mich nie mehr, sonst könntest du ernsthaften Ärger bekommen. Ich mag nicht mehr der Jüngste sein, aber ich habe durchaus noch meine Möglichkeiten, also Abmarsch jetzt! Und lass dich besser nie mehr in der Nähe meines Hauses blicken!«

Und damit machte er kehrt, trottete zurück zu seinem Haus, ohne Thomas noch eines weiteren Blickes zu würdigen. Schlingel hatte sein Geschäft verrichtet.

»Du altes, dummes Arschloch!«, rief ihm Thomas noch hinterher. Aber auch das half nichts mehr.

* * *

Immerhin, das alte Arschloch hatte einigermaßen allergisch reagiert auf die Frage nach Göttle. Und hatte den Namen des Vaters ausgespuckt. Schon wieder der Vater, ständig fand man seine Spuren dort, wo man die Spuren Göttles suchte. Es schien immer klarer, dass der Vater in die Sache verwickelt gewesen war.

Aber in welche Sache eigentlich? Die Sache mit dem Testament Wilhelm Kolbs, oder sonst irgendeine? Immerhin, die Begegnung mit Bauditsch schien gewissermaßen zwei Endglieder einer Kette zusammenzufügen, nämlich die beiden bislang nur schwer miteinander in Verbindung zu bringenden Seiten, die so plötzlich ein seltsames Interesse an ihm, Thomas, gezeigt hatten. Denn Bauditsch war damals, in jener frühkindlichen Kneipenszene, hinter dem Tresen hervorgekommen und deshalb wahrscheinlich kein Gast, sondern eher der Wirt des Lokals gewesen. Möglicherweise Rotlichtmilieu? Hatte also Bauditsch der regionalen Halb- oder Unterwelt angehört? Die gediegenen Wohlstandsvillen an der Armsündersteige, der krummbeinige Dackel namens Schlingel, der alte Mann im Habitus eines Chefarztes außer Diensten – das alles wollte dazu nicht passen, aber was wusste Thomas schon davon, wie ehemalige Zuhälter ihren Lebensabend verbrachten. Ganz gut passte dagegen die nach wie vor Furcht einflößende Aggressivität seiner Reaktion auf Thomas' Erscheinen. Und somit ergab sich eine mögliche Verbindung, die Kette: die Gebrüder Ehlich, deren Onkel Göttle, dessen Freund Bauditsch und dessen »Kollege« Ede Wolf.

Thomas wusste freilich nichts Rechtes mit dieser Entdeckung anzufangen. In unbeholfenen und ahnungslosen Bildern malte er sich einen Komplex verborgener Machenschaften aus: Wiko-GmbH, Rotlichtmilieu, Gestapo – alles in einem Topf, alles ein einziger Haufen Unrat, ein Knäuel aus Heimtücke und Gier, das man fand, wenn man die Vergangenheit des Herrgöttle suchte. Der Herr Göttle, der kleine Herrgott! dachte Thomas, wer weiß, was das zu bedeuten hat.

Nach der Begegnung mit Bauditsch fuhr Thomas kurzentschlossen zur Friedrichshöhe. Lust auf mehr, sozusagen, nach der aufschlussreichen Abfuhr. Was lag näher, als den angebrochenen Nachmittag zu nutzen und dem kleinen Herrgott einmal selbst auf den Zahn zu fühlen. Das war es doch wohl, was die Ehrlich-Brüder fürchteten: Dass er den alten Mann aushorchen, seinem ruinierten und wehrlosen Verstand brisante Erinnerungsfragmente, die ja möglicherweise dort noch lagerten, entlocken könnte. Wer konnte schon vorhersagen, was er eigentlich aus seinem Munde herausplappern würde, wenn man ihm bestimmte Namen und Fragen hinwarf?

Sie tischten gerade das Abendessen auf. Die Mahlzeiten waren die hektischen Höhepunkte im alltäglichen Betrieb der

Station M3: Fast vierzig verwirrte Männer mussten an ihre Plätze im Speisesaal gesetzt und ein jeder mit dem ihm zugedachten Abendessen versorgt werden, welches, wohl vor allem infolge ärztlicher Anordnungen, nicht in jedem Fall das gleiche war. Mancher bedurfte der Fütterung durch eine helfende Hand und manche hielt es nicht auf ihren Plätzen. Einer vergaß das Essen über lauten Verwünschungen, die er gegen einen Unsichtbaren ausstieß, und ein anderer begehrte unentwegt, zur Toilette gebracht zu werden ... viel zu tun für zwei Pflegerinnen und zwei Zivildienstleistende, weshalb die seltenen Besucher, wenn sie auch noch ausgerechnet während der Essenzeiten ankamen, kaum gnädige Aufnahme fanden und in der Regel gebeten wurden, bis nach den Essen draußen zu warten. Dass man es Thomas erlaubte, sich zu dem Großvater an den Tisch zu setzen, war ein Privileg, das er der Häufigkeit seiner Besuche und der daraus resultierenden Beliebtheit verdankte.

Er nahm also Platz im Speisesaal, einem großen und hellen Raum, dessen einziger Schmuck aus großformatigen Kalenderblättern mit Landschaftsaufnahmen bestand, die irgendjemand an die Wände geklebt hatte. Die Tische, dank einer hellbeigen Kunststoffbeschichtung pflegeleicht abwaschbar, bogen sich nicht gerade unter der Last erlesener Gaumenfreuden. Für die meisten bestand das Abendmahl aus zwei mit Wurst oder Käse belegten Graubrotschnitten, einer Gewürzgurke und drei Radieschen, dazu Pfefferminztee. Andere wurden mit Zwieback abgespeist und wieder andere mit breiiger Kost, die wenig einladend aus grauen Plastiknäpfen herauslugte. Es roch, wie stets auf der Station, nicht nach Essen, sondern nach einem Gemisch, in dem sich der Inhalt der Windeln gegen die Reinigungschemikalien durchgesetzt hatte. Thomas saß rechts neben dem Großvater und somit – infolge einer festgelegten Verteilung der Essplätze – auch zur Linken Göttles.

Der Großvater aß mit der letzten Lust seines Lebens. Allerdings fiel ihm ständig der Belag vom Brot, er hob ihn dann, ohne sich dadurch im gemächlichen Rhythmus seines Kauens stören zu lassen, einfach auf und schob ihn sich am Stück in den Mund hinein. Göttle hatte es besser, ihm hatte die Pflegerin Helga das Brot in mundgerechte Stücke geschnitten, die er ohne Mühe handhaben konnte. Sie waren beide nicht gesprächig während des Essens, nur einmal sah ihm der Großvater plötzlich ins Gesicht und stellte die nicht ganz unpassende Frage: »Ja, Hans, willst du denn heute gar nichts essen?« Und bot ihm sogleich von seinem Käsebrot an.

Thomas lehnte dankend ab und sah ihm weiter beim Essen zu. Und wieder ergriff ihn die Liebe zu diesem Menschen, zu seinem Opa, der immer da gewesen war und den er doch nicht ein einziges Mal in seinem gesamten Leben hatte ängstlich ansehen müssen. Mit dünnen Graubrotscheiben mühten sich jetzt die knorpeligen Händchen, die früher ganze Schweinshaxen zum Mund geführt hatten. Bald würden sie gar nichts mehr zum Munde führen und es würde nicht einmal mehr die Fahrten hierher auf die Friedrichshöhe geben. Und einmal mehr erkannte Thomas, dass diese Liebe überhaupt das Beste in seinem ganzen bisherigen Leben, dass sie unter all seinen Gefühlen stets das glücklichste gewesen war. Der Großvater würde sterben und er, Thomas, würde an seiner statt alt werden und es war kein Enkel in Sicht, mit dem er sich dann in derselben Weise innigst verbunden fühlen konnte. Fast hatte er also das Beste schon hinter sich, es würde sich alles nur noch quälend in die Länge ziehen.

Derweil grunzte Göttle beim Verschlingen eines Wurstbrotbissens und gab damit Thomas den Anstoß, sich wieder auf seine Neugier zu besinnen.

»Na, Herrgöttle«, sagte er also, »erinnerst du dich noch an den Doktor Mannheimer, den Anwalt von Wilhelm Kolb?«

Nichts! Lediglich das Erklingen seines eigenen Namens hatte Göttle kurz Nicken lassen, ansonsten erschien keine Reaktion auf seiner wie gewohnt grimmigen Miene.

»Mannheimer, Dr. Mannheimer!«, versuchte es Thomas mit deutlicherer Aussprache, »Wilhelm Kolb, das Testament!« Und: »Haas! Walter Haas, den hast du doch gekannt?«

»Hahaha«, meinte Göttle, ohne ein entsprechendes Lachen im Gesicht, »ja ja, der Bimbo.« Er nickte, ganz in sich gekehrt. »Bimbo! Bimbo!«

Vergebens, dachte Thomas, nichts als Unsinn. Wenn Göttle überhaupt den Mund auftat, dann fiel meistens auch das Wort Bimbo, das ihn auf irgendeine Art zu begeistern schien. Jedenfalls hatte Thomas es ihn schon oft genug brabbeln hören, um es auch jetzt nicht als sinnhaltige Antwort auf eine seiner Vorgaben zu missdeuten. Bimbo – der Ausdruck war ja im Grunde aus der Mode geraten. Noch während seiner Kindheitsjahre hatte kaum jemand Anstoß daran genommen, man gebrauchte ihn genauso, wie den Begriff Neger, was nicht etwa daran lag, dass sein Klang kein geringschätziger gewesen wäre, sondern dass der Rassismus selbst, der in ihm zum Ausdruck kam, Bestandteil der ganz normalen Alltagsweisheiten war, die sie alle mit sich herumschleppten.

»Jaaauuaaahaha!«, schrie plötzlich lauthals einer am Tisch, ein Mann, der Würschtle gerufen wurde, noch kaum sechzig Jahre alt und ein besonders schwerer Fall der Alzheimerschen Demenz.

»Würschtle, benimm dich, wir haben Gäste!«, rief in ihrem gutmütigen Ton die Pflegerin Helga und kam zu ihm. »Was hast du denn heute bloß? Washabenwirheutfüreinemieselaune?«

Sie streichelte ihm übers Haar und mit glückseligem Lächeln kuschelte Würschtle sein Haupt in ihren weichen Torso.

Niemand außer Thomas war erschrocken, die Reaktion des Großvaters hatte in einem ernsten Blick auf den Mann bestanden. Jetzt fragte er Thomas, mit dem Kopf kurz auf Würschtle deutend: »Wie war das? Wie heißt der Hund? Maus? Beckenmaus?«

Welcher Hund? wollte Thomas gegenfragen, ließ es dann aber doch lieber bleiben und begnügte sich mit Schulterzucken und einem: »Vielleicht Beckenbauer.«

»Ach so, einen Tausender hat das alles gekostet!«, meinte dazu der Großvater und widmete sich der Pfefferminzteetasse.

Thomas aber startete, da Helga sich wieder entfernt hatte, einen letzten Versuch in Richtung Göttle: »Gestapo, Herrgöttle, wie war's denn so bei der *Gestapo*?«

Wieder nichts! Göttle würdigte ihn diesmal keines Blickes und schlürfte, im Gleichklang mit dem Großvater, Pfefferminztee in sich hinein.

* * *

Das Angenehme mit dem Nützlichen verbinden, dachte sich Thomas, als er wieder von der Friedrichshöhe herunter und dem landwärts strömenden Feierabendverkehr entgegenfuhr, und beschloss, sein begonnenes Besuchsprogramm um einen Abstecher zu Jochen Daub zu erweitern. Denn der Tag neigte sich seinem Ende entgegen und war möglicherweise mit irgendeinem Bier in Gesellschaft des Freundes am besten zu beschließen – und außerdem war es Thomas eingefallen, dass ja vielleicht im Hause Daub noch einiges über Bauditsch und Göttle zu erfahren war. Also machte er dort Halt, in der Haller Straße, kaum einen Altherrenspaziergang entfernt von Bauditschs Ruheständlervilla.

Torsten Daub, der jüngere Bruder, öffnete auf Thomas' Klingeln und ließ sich von dessen Anblick ein schläfriges »Hallo« entlocken. Mit einer wortlosen Kopfbewegung verwies er Thomas in Jochens Zimmer. Der lag, gerade von der Arbeit gekommen und noch in Hemd und Anzughose, mit gelockerter Krawatte auf seinem Bett und rauchte eine Rothändle. Man begrüßte sich mit leiser Freude und einem wechselseitigen »Servus«. Thomas nahm, da sonst keine Sitzgelegenheit in dem Raum war, auf dem Boden Platz.

»Ich hoffe, ich störe nicht, so direkt nach dem harten Arbeitstag«, begann Thomas.

»Nicht der Rede wert, war eh nix los heute. Ich freu mich sehr, dich hier hereinkommen zu sehen, denn ich hab bei deinem Klingeln schon befürchtet, es könne Chloe sein!«

»Chloe? War das nicht die mit diesen schrecklichen Riesenbrustwarzenhöfen?«

»Keine Ahnung«, lachte Jochen, »auf so was achte ich ja nie!«

Die Freundschaft zwischen den beiden war für Dritte kaum wahrnehmbar, denn man sah sie nur selten zusammenhocken, und wenn sie in größerem Kreise aufeinander trafen, so blieb ihre Unterhaltung meist auf wenige Belanglosigkeiten beschränkt. Zudem hätte der Gegensatz ihrer beruflichen Karrieren nicht größer sein können: Vor einigen Monaten war Jochen, der juristisches Staatsexamen und anschließende Promotion jeweils mit Bestnote absolviert hatte, in die vermutlich angesehenste Anwaltssozietät der Stadt eingetreten. Dass es den dynamischen Junganwalt immer noch in der Gesellschaft schwerfälliger Jugendfreunde hielt, wurde entweder als Zeichen guten Charakters, oder schlicht als Verschrobenheit gewertet, wobei letztere Interpretation noch dadurch gestützt wurde, dass er nach dem Studium auch einfach wieder zu Hause bei seinen Eltern eingezogen war und sich trotz eines beträchtlichen Einkommens mit den fünfzehn Quadratmetern seines Jugendzimmers begnügte. Niemand, außer Thomas, hatte erkannt, dass der Erfolg Jochen im Grunde gleichgültig war, dass er ihn sozusagen hinnahm als unvermeidliche Begleiterscheinung eines Programms, das er absolvierte, weil er schon früh erkannt hatte, dass er nichts finden würde, wenn er sich auf die Suche nach der so genannten sinnerfüllten Existenz begäbe, und dass er dabei nur Komplikationen ernten würde, die vielleicht seine Kräfte überforderten. Entgegen allem äußeren Anschein lagen Jochen und Thomas somit schlicht auf derselben Wellenlänge, und dieses empfand Thomas immer wieder besonders deutlich hier, in Jochens Zimmer, aus dem der alle Möbel, außer Bett und Kleiderschrank, entfernt hatte, sodass Platz war für die Berge von zerlesenen Illustrierten und Kriminalromanen, die auf dem Boden herumlagen – ein Zustand, den seine Mutter zu akzeptieren gelernt hatte, denn sie war eine Frau von Kultur und Bildung.

Wie auch der Vater. Der war immerhin Chefredakteur, wenn auch nur der Unterländer Stimme. Immerhin war dies die einzige Tageszeitung am Ort und im Landkreis und stand somit im Rang einer kulturellen und lokalpolitischen Grundversorgungseinrichtung, welche nicht auch noch dazu dienen konnte, die Leute mit allzu heftigen gedanklichen Experimenten zu verschrecken. Aber trotzdem, er war kein Depp, der Vater Daub, er konnte unter der Hand schlauer daherreden, als in seinen ausgewogenen Leitartikeln, die er nunmehr, da am Horizont seiner Laufbahn das Pensionsalter sichtbar wurde, zu verfassen hatte, nachdem er in den drei Jahrzehnten zuvor schon über alles geschrieben hatte, was es in der Region zu berichten gab. Anfangs nur qualifiziert durch eine Magisterarbeit über metaphysische Motive in Kants Theorie der apriorischen Anschauungsformen, hatte der Mann sich mit dem Sportgeschehen in Stadt und Land ebenso beschäftigen müssen, wie mit dem Betrieb des Stadttheaters, der lokalen Kriminalität und selbstverständlich der Kommunal-, Landes-, Bundes- sowie Weltpolitik. Hans-Heinrich Daub kannte die Stadt zweifelsohne besser, als die allermeisten, die sonst noch in ihr wohnten.

»Ich wollte eigentlich auch deinen Vater, falls er gerade da ist, etwas fragen«, sagte also Thomas, nachdem sie sich zuvor schnell darüber einig geworden waren, nachher noch ins Krokodil zu fahren.

»Kein Problem, heute gibt's Tennis im Fernsehen, da wird er wieder seine Leberwerte pflegen.« Jochens Vater liebte Tennis, schottischen Malzwhiskey und die voluminöse alte Büffelledercouch, die er vor Jahren einmal aus zweiter Hand und auf den ersten Blick gekauft hatte – drei Leidenschaften, die sich bestens zu einer Zeremonie des Tennisübertragungsschauens kombinieren ließen, welche er bei jeder sich bietenden Gelegenheit zelebrierte.

Er saß, als sie ins Wohnzimmer gingen, auch schon bereit, die Flasche Oban vor sich auf dem Beistelltisch, im Glas eine beachtliche Pfütze des honigfarbenen Feuerwassers. Der Fernseher ließ aufgeregtes Quäken hören, irgendeine Stimme überschlug sich ob der Wichtigkeiten, die sie feilzubieten hatte. Auf der Couch lümmelte sich Jochens Bruder Torsten, der mit dem müden Gesicht eines besessenen Nachtschwärmers zum Fernseher schaute.

»Grüß Gott«, wurde Thomas von Hans-Heinrich Daub begrüßt, »na, wie gehen die Geschäfte im Music Planet?«

»Grüß Gott, ganz gut, nehme ich an. Und hier ist wieder mal Tennis angesagt?«

»In zehn Minuten soll's losgehen. French Open.«

»Boris ist heut Nachmittag schon rausgeflogen«, erklärte Torsten, um damit auch etwas gesagt zu heben.

»Ach, der Boris«, winkte der Vater ab, »kann bloß Aufschlag, der Depp.«

»Besser als Stich, der Lutscher«, sagte Jochen dazu und zu Thomas: »Nun stell ihm noch deine Frage, bevor das Match anfängt.«

»Wie? Eine Frage? An mich?« Hans-Heinrich Daub tat so, als sei er der Allerletzte, der jemals etwas gefragt worden war.

»Ja, nämlich; ob Ihnen vielleicht die Namen Gottlieb Göttle und Vitus Bauditsch etwas sagen?«

Jochens Vater legte seine Stirn in zentimetertiefe Chefredakteursfalten: »Vitus Bauditsch? Wie um alles in der Welt kommst du denn auf den?«

»Er war der Freund von Gottlieb Göttle«, sagte Thomas nur, als ob damit die Frage schon beantwortet wäre.

»Göttle ... hm ja, ich weiß nicht ... aber Bauditsch ist jedenfalls eine bekannte Größe hier in der Stadt. Beziehungsweise *war*, jetzt hat er sich zu Ruhe gesetzt, wohnt ganz in der Nähe, oben in der Armsündersteige. Man fragt wohl besser gar nicht erst, was dich an dem interessiert!« Er genehmigte sich einen Schluck Oban, ließ ihn so langsam hinuntergleiten wie dies angesichts der Schwerkraft nur eben möglich war, und fuhr, da er sah, dass Thomas nichts erwiderte und nur mit gespanntem Blick an seinen Lippen hing, fort: »Vitus Bauditsch war ein ganz Großer in der Rotlichtsszene, was sag ich, er war der Größte, der Chef von den wichtigsten Läden. Er war das, was heute Ede Wolf ist. Ede war sozusagen sein Ziehsohn in der Szene, hat ihn beerbt, als er sich vor ein paar Jahren aufs wohlverdiente Altenteil zurückgezogen hat.«

»Er war also Zuhälter?«

»Na ja, Zuhälter? Doch wohl ein bisschen mehr als nur das. Die Szene war hier schon immer sehr geschäftstüchtig. Man fragt sich ja, woran das liegt, dass es in einer eigentlich so beschaulichen Stadt eine solche kriminelle Infrastruktur gibt. Hier läuft vieles, was man eher in Stuttgart droben vermuten würde. Vielleicht läuft's ja gerade deswegen hier, weil's eben dort nicht läuft ... aber Zuhälter war der Bauditsch natürlich auch, wenn man's genau nimmt.«

»Du meinst also«, mischte sich Jochen ein, den dieses Thema offensichtlich zu interessieren begonnen hatte, »der Mann war so eine Art Gangsterboss? Der Pate hier in der Stadt?«

»Also nun mal nicht übertreiben! Wir hocken hier in der friedlichen Provinz. Aber es hat hier schon immer viel Prostitution gegeben und einen ungewöhnlich regen Drogenhandel, und bei alledem hatte Vitus Bauditsch eine Hauptrolle inne und jede Menge Geld verdient. Das weiß ich vom früheren Polizeipräsidenten persönlich, mit dem ich ganz gut bekannt war. Ist leider auch schon tot, Leberkrebs.« Mit düsterem Blick starrte er auf das Whiskeyglas.

»Also er war jedenfalls ein Krimineller?«, beeilte sich Thomas zu fragen, bevor Gedanken und Laune des Mannes in dieses unerfreuliche Thema abglitten.

»Richtig.« Hans-Heinrich Daub kippte den Rest im Glas gegen jede Genießerart mit einem Schluck runter. »Er war als solcher stadtbekannt. So wie Ede Wolf heutzutage. Aber nun sag, wie war der andere Name? Der von seinem Freund?«

»Göttle, Gottlieb Göttle. Ein Teilhaber bei der Wiko-Elektrotechnik in Leingarten.«

»Göttle und Wiko! Na ja, die Wiko kennt man ja ... da war aber auch mal was! Bin mir nicht ganz sicher, aber da hat es doch mal einen Prozess gegeben, Anfang der Siebziger, gegen die Wiko wegen Verstoßes gegen das Kriegswaffenkontrollgesetz ... nein, kein Prozess, nur Ermittlungen. Die standen im Verdacht, den Ostblock beliefert zu haben mit irgendwas, was damals nicht hätte geliefert werden dürfen.«

»Kriegswaffen?« Jetzt spitzte Jochen die Ohren. »Produziert die Wiko etwa Waffen? Die gehören zu unseren Klienten – was ich allerdings nicht herumerzählen sollte.«

»Keine Waffen, aber eben hochspezialisierte Steuerungselektronik, das hat schon auch mit Waffentechnologie zu tun. Aber so genau weiß ich nicht Bescheid, bin schließlich Journalist, da weiß man aus Prinzip nie genau Bescheid, haha.« Im Fernseher war jetzt unüberhörbar von Tennis die Rede. Das Match stand unmittelbar bevor.

»Jetzt weiß ich's wieder: Die Ermittlungen wurden eingestellt, ist nichts Gerichtsverwertbares dabei herausgekommen, der Anfangsverdacht konnte nicht erhärtet werden. Wir hatten damals einen Artikel darüber: Es ging um komplexe

Bauteile, die für die Steuerung von Lenkwaffen eine Rolle spielten. Die technische Sache hat bei uns in der Zeitung sowieso keiner begriffen, war auch nicht so wichtig. Die Wiko wurde jedenfalls verdächtigt, solche Teile an einen österreichischen Zwischenhändler verkauft zu haben, der das Geschäft im Auftrag östlicher Geheimdienste abgewickelt haben sollte. Das passte gut zu Gerüchten, wonach das Unternehmen damals in finanziellen Schwierigkeiten gesteckt haben soll und so weiter. Wie gesagt: Es war wohl nix dran an der Geschichte. Ich kann dir gern unseren alten Artikel besorgen, aber viel mehr wirst du darin nicht finden.« Er kratzte sich zufrieden das runde Bäuchlein. »Ströbl, so hieß übrigens der Österreicher. Ich staune ja selbst über mein phänomenales Gedächtnis.«

Er war in der Tat dafür bekannt, dass er sich an fast alles, worüber er schon einmal geschrieben hatte, erinnern konnte. Es lag vermutlich einfach daran, dass er seinen Beruf liebte, auch wenn ihm ein solches Eingeständnis wohl niemals würde entlockt werden können.

Am Rande seines Blickfelds erkannte Thomas nun einen braunen Tennisplatz auf dem Bildschirm. Dann in Großaufnahme zwei Gestalten in kurzen, weißen Röckchen, die unter Applaus das Stadion betraten. »Damentennis?«, fragte er.

»Besser als gar nichts«, grinste Hans-Heinrich Daub und goss sich noch einen ins Glas.

»Und Göttle? Ist Ihnen sein Name während jener Ermittlungen mal untergekommen? Oder in sonst einem Zusammenhang?«

»Göttle?« Eine lange Pause, ein angestrengtes Nachdenken.

»Nein, kein Göttle! Von dem höre ich heute zum ersten Mal.«

Und damit war, da das Match begann, die Fragestunde zu Ende.

Selbstverständlich wollte Jochen später, als sie im Krokodil hockten, wissen, was es mit dem Interesse an Göttle und

Bauditsch auf sich hatte. Aber wie sollte man das erklären? Einmal mehr fiele es Thomas auf, wie absonderlich seine diesbezügliche Neugier eigentlich erscheinen musste. Welcher halbwegs normale Mensch würde sich damit die Zeit vertreiben? Würde eigens nach Neipperg fahren, dem Cäcilienstift einen Besuch abstatten und sich in der Armsündersteige auf die Lauer legen – nur um irgendwelche wildfremden, alten Leute über einen Greis auszuhorchen, von dessen möglicherweise spannender Vorgeschichte man zufällig einen vagen Eindruck erhalten hatte? Wer sonst würde das wissen wollen, was Thomas wissen wollte? Die Antwort war: Nur ein Tunichtgut wie Thomas, einer, der genug Zeit zum Totschlagen hatte, genug Zeit, die er mit absonderlichen Interessen und Neugierde irgendwie füllen musste. Und so betrachtet war ihm die Sache selbst vor seinem besten Freund, der ja ein tagtäglich hart arbeitender Mensch war, ein wenig peinlich geworden.

Aber Thomas kam dann sowieso kaum noch dazu, alles zu erzählen. Denn er hatte von der Begegnung mit Silvia angefangen, und Jochen ließ sich bei diesem Thema nicht mit einer knappen Schilderung abspeisen: Wenn schon die Rede auf sexuelle Erlebnisse kam, dann bitteschön in aller Ausführlichkeit – Jochen war recht weibisch in diesem Punkt. Thomas tat ihm den Gefallen, ganz gegen seinen eigenen Geschmack, und so verflog die Zeit vor allem mit dem, was Thomas' Großmutter so trefflich als Unterhosengeschichten bezeichnete.

Außerdem gab ihnen ein böser Dämon ein, sich zur Abwechslung einmal mit Weißweinschorle zu erfrischen, und folglich wurden sie bald schon Opfer der weit verbreiteten Gastronomenunsitte, ausgerechnet bei diesem Getränk Großzügigkeit beweisen zu wollen, nämlich durch spärliche Dosierung des Mineralwassers: Mit dem allergrößten Sommerabenddurst soff man die vermeintlich gering alkoholische

Flüssigkeit viel zu schnell; im Nullkommanix begann man zu lallen, und schließlich kroch Jochen beinahe schon auf allen Vieren in das Taxi, welches er immerhin noch hatte kommen lassen können. Thomas aber schlief auf dem Heimweg durch die Fußgängerzone auf einer der dortigen Sitzbänke ein, wo er sich eigentlich nur kurz hatte erbrechen wollen. Den Weg ins eigene Bett wies ihm dann Stunden später eine Polizeistreife, herbeigerufen von irgendeinem Anwohner, dessen Schlaf durch Thomas' lautes Schnarchen gestört worden war.

Nun ja, dieses war immerhin auch eine Art, die Zeit bis zum Grab herumzubringen.

* * *

Am Freitagvormittag hatte es dann gute dreißig Grad im Schatten. Silvia hatte sich wieder dieses Kleid angezogen, diese kaum mikrometerdicke Körperbedeckung, die eigentlich blau war und doch schwarz schimmerte. Auf den Malediven würde es sich vielleicht noch besser machen, als auf der Station M3. Überhaupt die Malediven! Thomas war noch nie auf die Idee gekommen, an einen solchen Ort zu reisen, aber jetzt, da er ihr den Koffer hinunter auf die Straße trug und in seinem Fiat verstaute, da sie auf dem Beifahrersitz Platz nahm und er losfuhr in Richtung Frankfurt, zum Flughafen Rhein-Main, da dachte er, dass es vermutlich ganz nett sei dort drunten, auf irgendwelchen Eilanden im blauen Meer. Beispielsweise unter einer schattigen Palme mit Silvia: Sie würde dann dieses Kleid abstreifen und man läge nackt beisammen ...

Ihr stand übrigens der Sinn nicht nach solchen Überlegungen, denn ihre ganze Sorge galt jetzt dem Kater Dagobert, den sie schmählich zurückließ im beschissenen Deutschland. Also sollte ihr Thomas bitte bitte noch einmal und ganz fest versprechen, dass er sich um das Tier kümmern und mindestens einmal pro Tag für ein Stündchen bei ihm vorbeisehen würde. Und am liebsten wäre es ihr, wenn er sich während der drei Wochen ganz und gar dort einquartieren würde, was sie natürlich nicht von ihm verlangen könne und wolle, aber bitte sehr, er solle, wann immer er dazu Lust habe, über die Wohnung ganz nach seinem Gutdünken verfügen. Und natürlich schon tausend Dank im Voraus.

Tatsächlich war ihre Sorge unberechtigt, Thomas hatte sich längst vorgenommen, die Gelegenheit zu nutzen: Eine große und komfortable Wohnung in einem angenehm schattigen Viertel, drumherum ein großer grüner Garten – genau die Behausung, die man sich für die schwülen Sommertage und -nächte wünschte. Vielleicht eine kleine Grillparty mit Freunden! Und wenn man einmal für ein halbes Stündchen alle gute Erziehung vergaß, dann konnte man in ihren Schubladen wühlen und nachsehen, was sich darin Interessantes befand. Zum Beispiel über ihren Vater.

Er wühlte noch am selben Abend, nicht lange nach seiner Rückkehr vom Flughafen.

Vorausgegangen war ein lakonischer Abschied: Er hatte im Halteverbot vor dem großen Terminal geparkt, Silia hineinbegleitet und ihre Abfertigung am Schalter der Condor abgewartet. Dann hatte sie ihm einen Kuss gegeben und gesagt: »Also dann, tschüss. Wir seh'n uns in drei Wochen.« Er hatte schöne Ferien gewünscht, und sie war losgegangen. Er hatte ihr nachgesehen, wie sie ihren Gepäckwagen zur Passkontrolle schob, sich nicht vom Fleck gerührt, bis sie dahinter verschwunden war, und sich dann bei dem Bedürfnis ertappt, ihr noch einmal zu winken. Sie hatte sich allerdings nicht mehr nach ihm umgedreht. Und irgendwann dachte er: Ob wir uns wohl tatsächlich wiedersehen in drei Wochen?

Während sie dem Indischen Ozean entgegenflog, kämpfte er sich nach Hause, durch ungezählte Gegner hindurch, die mit ihren voll gepackten PKWs die Autobahnen in südlicher

Richtung verstopften, und es kostete ihn viele Stunden, viele Liter Schweiß und viele Flüche gegen das wohnwagenverliebte Volk der Niederländer, bis er endlich feststellen konnte, dass zwischenzeitlich seine eigenen vier Wände unbewohnbar geworden waren, nämlich infolge der darin stehenden Hitze, die das ganze Land unter sich begraben hatte und insbesondere im Stadtzentrum noch drückender schien als drumherum. Folglich zog es ihn sogleich in die schattige Umgrünung von Silvias Wohnung, wo, im Wohnzimmer auf dem Ledersofa liegend, der Kater Dagobert etwas irritiert schien, als Thomas ohne die Begleitung der Hausherrin hereinspazierte. »Glotz nicht so blöd, du Halbdackel«, begrüßte ihn Thomas, »für dich wird schon gesorgt.« Doch Dagobert erhob sich demonstrativ und verschwand durch eine Klappe neben der Verandatür, die Silvia hatte einbauen lassen, damit er die Wohnung nach eigenem Belieben verlassen und betreten konnte. Vielleicht war er ja wegen des Halbdackels beleidigt.

Thomas versuchte sich vor dem Fernseher bequem einzurichten. Die Schubladen des Sideboards zogen ihn unwiderstehlich an, auch die anderen Zimmer mit ihren Schränken und Kommoden ließen ihm keine Ruhe. Also wagte er einen ersten indiskreten Blick in Silvias Siebensachen. Und einen zweiten, einen dritten, einen vierten, und endlich wühlte er in ihren Habseligkeiten, auf der Suche nach den Spuren des Vaters, die sich darin doch finden mussten. Im Sideboard nichts von Belang, edles Geschirr und sonst irgendwelcher Kram. In ihrem Schlafgemach die geschlechtsspezifische Anhäufung von Bekleidungsutensilien – ein Vergnügen, darin zu stöbern, in der Wäsche, die sich um den begehrten Körper gewunden hatte und selbigen jetzt, da er irgendwo am Arsch der Welt von der Sonne malträtiert werden würde, eindringlich in Erinnerung rief. Aber das Gesuchte fand Thomas natürlich nicht darunter. Also nahm er sich das dritte Zimmer vor, wo all das herumstand, was in die anderen

Räume nicht hatte passen wollen: Ein Bettsofa in der einen und ein hölzerner Schreibtisch in der anderen Ecke, an der Wand ein Regal, welches mit den dickleibigen Schmökern voll gepackt war, die in den letzten Jahren die Bestsellerlisten angeführt hatten. Vielleicht immer noch besser, als eine Brecht-Gesamtausgabe, dachte Thomas, der sich beim Lesen auch nicht unbedingt an den Kanon hielt, der ihm in der Schule eingebläut worden war.

Zwei Aktenordner enthielten die mehr oder weniger wichtigen Schriftstücke, die sich in Silvias Leben angesammelt hatten, und darunter auch endlich einmal etwas, das Göttle betraf: Ein gerichtlicher Bescheid, in dem unter Bezug auf ein ärztliches Gutachten seine Rechtsunmündigkeit festgestellt und Silvia zum Vormund bestellt wurde. Und die Durchschläge von Vollmachten Silvias, die Erhard Ehrlich befugten, Einsicht in Göttles Konten, Bankdepots und -schließfächer, in die von ihm notariell hinterlegten Schriftstücke und dergleichen zu nehmen – im Grunde nichts Neues, von den Vollmachten hatte sie ihm ja bereits erzählt. Also weiter: Drei Fotoalben. Silvia als junges Ding. Glaubte man dem Eindruck dieser Fotos, so war sie tatsächlich mit dem Alter erst attraktiv geworden. Jedenfalls sah sie einigermaßen doof aus auf diesen alten Aufnahmen, möglicherweise ein Effekt der aberwitzig hässlichen Siebziger-Jahre-Mode und des farbenprächtigen Make-ups, mit dem sich die Frauen damals vollschmieren mussten. Zwei Nacktaufnahmen waren auch darunter – wie gesagt, nichts Neues. Kein einziges Foto zeigte den Vater. In der obersten Schublade des Schreibtischs fand Thomas einige Schlüsselbunde, jeder davon mit einem beschrifteten Anhänger: *Pour l'homme Ersatz*, *Haus Ersatz*, *Auto Ersatz* – und *Haus Neipperg*. Das also, die Schlüssel zu Göttles Haus, war das einzig greifbare Stück von ihrem Vater, dass er bei ihr fand. Letztendlich hatte die Schnüffelei nichts gebracht. Göttle spielte nicht gerade eine Hauptrolle im Leben seiner Tochter, eher schien sie eine gewisse Sorgfalt darauf verwandt zu haben, ihn so weit wie möglich daraus zu entfernen.

Also hockte er sich wieder vor den Fernseher, sah gegen seinen Willen einen Bericht über das Hepatitis-C-Virus, ein Schreckensgemälde, das das Heraufziehen einer grauenhaften Volksseuche in Aussicht stellte. Möglicherweise hatte auch er sich längst angesteckt – und wenn nicht, so gab es noch tausend andere entsetzliche Schicksale, die er erleiden konnte. Man lernte sie immer besser kennen – wie angenehm. Gott sei Dank lebte er in einer Welt, in der man praktisch alles wusste, inklusive der Tatsache, dass es keine Wunder gäbe, falls man sie einmal nötig haben würde. Und dass man letztendlich allein war mit dem ganzen Wissen. Seine Stimmung stürzte in die dunkelsten Tiefen und schließlich schleppte er sich in Silvias Bett, um sich dort die Decke über den Kopf zu ziehen und einfach wegzuschlafen, fortzutauchen in die Welt der Träume, in der man von den ekelhaften Gewissheiten verschont blieb. Aber die Hitze hatte sich auch von der Schlafzimmertür nicht aufhalten lassen, und so hatte er noch einige Stunden vor sich, in denen er sich schwitzend und ängstigend wälzte, ehe endlich ein ordentliches Gewitter losbrach, das die Temperaturen so weit senkte, dass er sich für ein paar Stunden in die Obhut des Schlafes begeben konnte.

## III. Jetzt erst recht

Die nächtliche Abkühlung erwies sich als beständig, und Thomas erwachte bei milder und luftiger Wärme. Die düsteren Empfindungen, die er mit in den Schlaf genommen hatte, lagen wieder in einiger Entfernung, verborgen hinter angenehmeren Emotionen, die er in seinen Träumen empfunden haben musste. Doch wusste er aus Erfahrung, dass er leicht wieder über den solchermaßen verlorenen Faden seiner Ängste stolpern konnte und dass solches am besten durch irgendwelche Beschäftigung oder Gesellschaft zu verhindern war. Darum fuhr er, nachdem er Dagobert mit dem Nötigsten versorgt hatte, nach Böckingen hinaus zu Mutter und Großmutter. Während er sich dort mit frisch gebackenem Erdbeerkuchen und mit Leberwurstbroten voll stopfte, schwelgte er in dankbaren Gefühlen darüber, dass es die beiden gab und dass sie sich freuten, wenn er vorbeikam.

Der Bauch tat ihm weh und es plagten ihn Flatulenzen, als er schließlich zu seiner Samstagnachmittagsfahrt auf die Friedrichshöhe hinaus startete. Die Mutter trug ihm auf, dem Großvater Grüße auszurichten und ihren morgigen Besuch anzukündigen – Botschaften, die dieser kaum begreifen würde, was sie aber selbst genauso gut wusste, wie Thomas.

Die Tür zur Station M3 wurde ihm von Helga geöffnet. Sie begrüßte ihn freudestrahlend: »Natürlich, der Herr Haas, wer denn wohl sonst um diese Zeit.«

Er gab ihr sein »Grüß Gott« zurück und trat ein. Gerade eben kam Göttle den Korridor entlanggetrippelt, auf einem einsamen Spaziergang voller schwarzer Gedanken, wenn man nach seiner Miene hätte urteilen wollen, die den üblichen Grimm zu offenbaren schien. Als er Thomas vor sich sah, durchzuckte ihn ein Wiedererkennen und er streckte die Hand zum Gruß aus. Dazu brachte er ein lautes, bellendes »Ha! Ha!« hervor.

Thomas ergriff die Hand und sagte laut: »Guten Tag, Herrgöttle! Wie geht es denn heute?«

»Ha!«, schrie Göttle noch einmal. Er stank sehr deutlich nach Kot.

»Der Opa Stolz ist hinten im Speiseraum, er schafft wieder schwer heute«, erklärte Helga und hakte Göttle unter: »Und du kannst jetzt nicht mit dem Herrn Haas gehen, denn dich müssen wir erst mal wieder richtig saubermachen, wie mir's scheint.« Und mit sanfter Gewalt zog sie ihn mit sich in den gefliesten Sanitärbereich, um ihn von seinen vollgeschissenen Windeln zu befreien.

Der Großvater war damit beschäftigt, Stühle und Tische zu verrücken, eine Arbeit, die er immer wieder und mit einer gewissen Verbissenheit in Angriff nahm, und an der ihn die Pflegerinnen allenfalls mit Gewalt hätten hindern können.

»Grüß dich Hans«, rief er keuchend und schwitzend, als er plötzlich Thomas vor sich sah, »du kommst gerade recht, ich werd ja kaum fertig ganz allein.«

Der vermeintliche Bruder war der Einzige, von dem er sich in seinen Arbeitswutphasen zur Faulenzerei verführen ließ, und so gab ihm Thomas die in dieser Hinsicht schon erfolgreich erprobte Antwort: »Lass mal, das hat Zeit bis morgen, wir haben noch Dringenderes zu erledigen.«

»Meinst du? Und wenn ein Gewitter kommt?«

»Das macht doch nichts! Aber wir müssen unbedingt noch in den Wald hinaus.« Er hatte ihm dabei die Hand um die Schulter gelegt, sodass er ihn zur Tür hinschieben konnte.

»Das ist ja wieder mal ein Durcheinander«, maulte der Großvater, jedoch schien er sich ganz gerne der Führung des starken Arms anzuvertrauen und ließ sich ohne Widerstand von der fetten Birgit in das graublau karierte Jackett verpacken, das er schon zu Zeiten, als Thomas noch kaum an dessen unteren Saum heranreichte, getragen und über Jahrzehnte hinweg hartnäckig gegen alle modischen Reformbestrebungen der Großmutter und Mutter verteidigt hatte. Sie hatten es ihm bei seiner Einlieferung mit auf den Weg gegeben und damit darauf verzichtet, in dieser Frage zuletzt noch einen leichten Sieg zu verbuchen, obwohl es längst so zerschlissen und verbeult war, dass man sich, wie die Mutter geklagt hatte, eigentlich dafür schämen müsse, sähe es doch ganz so aus, als habe man nur noch die letzten Lumpen für ihn übrig.

Angesichts des angenehmen Tages, der zum Verweilen an der frischen Luft einlud, hatte sich Thomas für einen Spaziergang und gegen das Café Friedrichsstüble entschieden. Dem Großvater war's so oder so recht, er ging mit ihm, wohin auch immer, voll brüderlichen Vertrauens. Ein schattiger Weg führte direkt hinter den Gebäuden des Pflegeheims in den Wald hinein und dorthin schlenderten sie mit zeitlupenhafter Langsamkeit, denn während Thomas die Richtung vorgab, bestimmte der Großvater mit seinen müden und schleppenden Schritten die Geschwindigkeit.

Gleichwohl, sie bewegten sich voran und befanden sich bald schon ein gutes Stück im Wald, der ihnen großzügig seine grüne Frische preisgab und damit offenbar das Herz des alten Mannes ergriff, sodass dieser plötzlich ausrief: »Ha, wie schön!« Er hatte es in einem vernünftigen Ton hervorgebracht, der Thomas für einen Moment hoffen ließ, der Großvater sei in diesem Augenblick und wunderlicherweise wieder zu klarem Verstand gekommen. Dann aber folgten dem Ausruf die ernüchternden Worte: »Wenn wir bloß noch den Krenzlinger treffen, Hans!«

»Ja ja, wird schon werden«, brummelte Thomas und kickte ein Schottersteinchen in die Büsche. Wer weiß, was werden wird, dachte er dazu und die Ängste der letzten Nacht fielen ihm wieder ein. Ringsum die Stille und Einsamkeit des Waldes – eigentlich konnte er das heute ganz und gar nicht gebrauchen.

Da bemerkte er, dass sie nicht alleine waren: Ein Mann folgte ihnen und kam mit raschen Schritten näher. Als Thomas diese Schritte bereits hinter sich knirschen hörte, sah er sich ein zweites Mal nach ihm um – und erschrak: Denn er erkannte, dass er diesem Spaziergänger schon einmal begegnet war, und zwar erst kürzlich, irgendwann und irgendwo während der letzten Tage. Und er sah jetzt, dass der Fremde es darauf abgesehen hatte, ihn einzuholen.

»Einen Moment bitte!«, sagte der auch bereits.

Ja, er war ihm begegnet. Er hatte auf einer Bank gesessen und sich von der Sonne bescheinen lassen, dort, wo die Armsündersteige von der Robert-Mayer-Straße abzweigt. Am letzten Dienstag, bei der Begegnung mit Bauditsch, dessen Blick Thomas gefolgt war, als er ihn dort gesehen hatte. Er trug wieder Jeans und Hemd, darüber ein elegantes Nadelstreifenjackett, das eine Menge Geld gekostet haben musste.

»Kennen wir uns?« Thomas' Herz klopfte wilde Alarmsignale. Er sah in das Gesicht, das vielleicht schon fünfzig Jahre alt und leicht gebräunt war, mit strahlend blauen Augen und kurzem Blondhaarschopf obendrauf. Ein Wind-und-Wetter-Gesicht, nicht einmal unfreundlich und beinahe sympathisch, wäre da nicht eine beunruhigende Narbe gewesen, die sich von der linken Wange bis unter das Ohrläppchen zog.

»Ich kenne dich, du bist Thomas Haas. Und der Alte ist dein Großvater. Aber natürlich kennst du mich nicht und so soll es auch bleiben.« Er sprach mit einem angelsächsischen Akzent, sodass Thomas nicht einzuschätzen wusste, ob er ihn absichtlich duzte.

Der Fremde war ihm gefolgt – am Dienstag und heute. Der Mann beschattete ihn! Und Bauditsch, das war jetzt klar, hatte ihn auf der Bank sitzen sehen und sofort begriffen, dass er hinter Thomas her war. Bauditsch kannte den Mann!

»Was wollen Sie?«, fragte Thomas endlich, darum bemüht, einigermaßen selbstsicher zu wirken.

Doch bevor der andere antworten konnte, meldete sich der Großvater zu Wort: »Herr Doktor Kohler, wenn ich mich nicht irre?«, fragte er und streckte ihm die Hand zum Gruß hin.

Für einen Augenblick schien der Fremde in Versuchung, die dargebotene Hand zu ergreifen, doch plötzlich packte er den Großvater am Arm und riss ihn grob zu sich, sodass das gebrechliche Männlein den Boden unter den Füßen verlor und gefallen wäre, wenn der Fremde ihn losgelassen hätte.

»Heee!«, schrien Thomas und der Großvater gleichzeitig. Doch Thomas kam gar nicht dazu, auf den Mann loszugehen, denn der hatte mit einer blitzschnellen Bewegung seiner freien Rechten eine kleine schwarze Pistole unter dem Jackett hervorgezogen, die jetzt direkt auf Thomas' Stirn zielte.

»Cool bleiben!«, sagte er, zu Thomas gewandt, und zum Großvater, der mit seinen spärlichen Kräften hilflos versuchte, sich dem Griff seiner Linken zu entwinden: »Ruhig, ganz ruhig!«

Der aber stieß darauf ein »Spitzbube! Du elender ...!« aus und versuchte einen schwachen Schlag nach dem Fremden.

»Ruhe!«, brüllte ihm der darauf direkt ins Ohr hinein, während er ihn noch einmal kräftig schüttelte und nach unten in eine gebückte Haltung drückte, die ihn zur Aufgabe zwang.

»Aua, das tut weh«, klagte der Großvater. Und, mit ängstlichem Blick zu Thomas: »Hilf mir doch, Hans!«

»Ruhig, Opa, bleib ruhig«, beschwichtigte ihn nun auch Thomas. Natürlich hatte er Angst! Er erlebte es zum ersten Mal, dass jemand mit einer Waffe auf ihn zielte, und es half dabei nichts, dass er solches bereits in unzähligen Filmen gesehen hatte. Aber noch mehr als um sich selbst fürchtete er um den Großvater; den zerbrechlichen und wehrlosen Menschen, dem seine Liebe galt. »Lass ihn los! Lassen Sie doch um Gottes willen den alten Mann los!«, brachte er endlich heraus.

»Cool bleiben!«, sagte der andere noch einmal, ohne jedoch seinen Griff zu lockern. Lediglich den Arm mit der Pistole ließ er sinken, allerdings nicht ohne damit weiterhin auf Thomas zu zielen. »Ich habe dir etwas mitzuteilen. Du wirst dir wohl denken können, um was es sich handelt.«

Thomas glotzte ihn fragend an. Konnte er tatsächlich ahnen, was nun käme? Ja, konnte er!

»Du bist ein neugieriger Kerl! Ein sehr neugieriger Kerl! Und das geht den Leuten auf die Nerven, das gefällt den Leuten überhaupt nicht! Also Schluss damit, genug herumgeschnüffelt! Du sollst das bleiben lassen, kapiert? Ich habe dich nun schon eine Weile beobachtet und ich denke, dass du einfach nicht der Mann für so was bist. Du bist bloß ein abgefuckter Amateur, born to lose, eine Null im Vergleich zu den Leuten, die dir dieses ausrichten lassen.«

Es handelte sich um sachliche Feststellungen, keine noch so winzige Prise Häme oder Herablassung würzte den nüchternen Ton, in dem sie dargeboten wurden. Es blieb Thomas überlassen, sie als Beleidigungen zu empfinden, der Fremde hatte auf derartigen Nachdruck verzichtet. Denn er war weder zu Späßen aufgelegt, noch neigte er zu übertriebener Selbstdarstellung – ein ernsthafter Mann, der ernst genommen werden musste.

»Welche Leute?«, fragte Thomas mit stockendem Atem, »wer lässt mir das ausrichten?«

Der andere zog die Beantwortung dieser Frage nicht eine Sekunde lang in Betracht. »Vielleicht bist du dumm genug, diese Warnung nicht ernst zu nehmen«, sagte er stattdessen, »vielleicht denkst du, dass du auf dich aufpassen kannst. Hier, guck dir deinen Opa an, du kannst ja noch nicht einmal auf ihn aufpassen!« Und zum Großvater: »Er kann Ihnen leider nicht helfen, Ihr Herr Enkelsohn.«

Selbstverständlich fiel Thomas nicht viel ein, was er darauf hätte erwidern können, lediglich ein »Arschloch« formulierte sich spontan in ihm, verbunden mit dem Appell, doch den Großvater, der mit der Sache nichts zu tun hatte, aus dem Spiel zu lassen. Aber dieser ersparte ihm alle sinnlosen Einwürfe, denn er war durch die Anrede des Fremden nun offenbar wiederbelebt, nachdem er zuvor in einer Art Totstellreflex in dessen Griff verharrt und bloß Thomas angestarrt hatte. Jetzt aber ging ein Ruck durch das Männchen, ein gurgelnder Laut entsprang seiner Kehle, um einem Faustschlag Kraft zu verleihen, der ergebnislos an der Brust des Fremden abprallte, während ein altersschwacher Tritt dessen Schienbein nur unzureichend beschädigte ... ein Schlag in sein Gesicht beendete den Angriff, ein kräftiger Hieb, der die Pistole als stählernen Faustkeil benutzte und so schnell ausgeführt wurde, dass Thomas noch vor jeder möglichen Reaktion bereits wieder in den Lauf der Waffe sah. Es blieb ihm nur, »Aufhören!« zu brüllen.

Mit einem Aufschrei war der Großvater, von dem anderen nun losgelassen, zu Boden gestürzt. Dort lag er, etwas seitwärts im Gebüsch, und hielt sich die Hände vor das blutende Gesicht.

»Das ist gar nicht schön, das ist hundsgemein, den armen alten Mann so zu schlagen«, sagte der Fremde. »Keine schlimme Verletzung, wird schon wieder. Hat aber wehgetan! Und dir wird es irgendwann auch wehtun, wenn du so weitermachst. Allerdings würde ich mich nicht darauf verlassen, dass man sich dann auch damit begnügen wird, dir bloß eins auf die Fresse zu geben, so wie neulich der Sepp! Vielleicht hätte der ja ein bisschen fester zulangen sollen, vielleicht wäre dir dann das Detektivspiel vergangen.« Nach wie vor blickten die Augen ohne jede Aufregung auf Thomas, den die Kälte ihres Blaus frösteln ließ und die Leidenschaftslosigkeit dieses Blickes viel mehr erschreckte, als es irgendein bösartiges Funkeln vermocht hätte. »Also Schluss! Finger weg von dem anderen Alten, keine Besuche mehr bei

Bauditsch und so weiter! Die Leute meinen es ernst ... mehr habe ich dir nicht zu sagen.« Er trat einige Schritte zurück. »Jetzt kannst du dich um den Opa hier kümmern. Und mach keine Dummheiten!« Damit steckte er die Pistole ein, machte kehrt und entfernte sich so schnell, wie er gekommen war.

Thomas konnte ihm bloß noch hinterherglotzen. Erst jetzt spürte er die Wucht der körperlichen Reaktionen, die Folgen der Katecholaminfreisetzung. Erhöhung von Herzfrequenz und Schlagvolumen, Drosselung der Magen-Darm-Durchblutung zugunsten der Skelettmuskulatur und so weiter. Und auch, so fiel es ihm merkwürdigerweise ein, eine Ausschüttung von ACTH und in der Folge von Glukokortikosteroiden – längst vergessen geglaubte Physiologielehrbuchinhalte, die ihm während seiner medizinischen Semester begegnet waren. Seine Hände zitterten, als er sich endlich zum Großvater hinunterbeugte. »Armer Opa«, sagte er und fühlte dabei seine Augen feucht werden, »tut's arg weh?«

»Ja, Hans, auf die Backe hat er mich geschlagen«, flüsterte der Großvater kaum hörbar, und es schien weniger der Schmerz, der ihm die Stimme raubte, als die erlittene Demütigung, die auch sein welker Verstand noch hatte spüren können, und die vielleicht zu den Dingen gehörte, die jeder allerletzte Verstandesfunken noch begreifen konnte.

»Das wird schon wieder gut, es ist ja jetzt vorbei.« Er streichelte den schütteren Kopf. »Komm, ich helfe dir auf die Beine, dann gehen wir nach Hause und verarzten dich.«

Der Großvater ließ sich hochziehen, und Thomas sah sich die Wunde an: Eine oberflächliche Schramme nur, soweit er es jetzt beurteilen konnte, dazu ein Riss in der Oberlippe, und auch die Nase blutete. Hätte der Großvater noch Zähne gehabt, so wären ihm wohl einige davon ausgeschlagen worden. Er wischte ihm, da er sonst nichts dazu Taugliches bei sich fand, das Blut notdürftig mit der Hand weg, und hakte ihn unter, um ihn auf dem Rückweg zur Station zu stützen.

Er befriedigte damit vielleicht eher ein eigenes Bedürfnis, als das des Großvaters, denn der schien wieder einigermaßen fest auf den Füßen zu stehen. Aber Thomas, den brutalen Schlag ins Gesicht noch vor Augen, wollte sich nicht beruhigen, Wut und Verzweiflung rumorten in ihm fort und trieben ihn zu hilflosen Gesten der Fürsorge, die nichts weiter waren, als verdeckte Zärtlichkeiten. »Armer Opa«, sagte er noch einmal laut in den Wald hinein, »mein armer, alter Opa!« Und wieder trieb es ihm Tränen in die Augen.

Hätte er über diese Tränen nachgedacht, so hätte er erkennen müssen, dass es nicht eigentlich der Anblick des verletzten Großvaters war, der sie hervorrief. Vielmehr war es sein eigenes Erschrecken dabei; eine im Grunde voreilige Befürchtung, der gebrechliche Körper müsse bei dem Schlag ernsthaften Schaden genommen haben, welche ihm urplötzlich und brutal das Faktum der Hinfälligkeit des Großvaters, seines unaufhaltsamen Todes, wieder ins Bewusstsein gerufen hatte. Doch Thomas dachte jetzt nicht nach, es fehlte ihm jegliche Muße dazu. Er tobte nur still in sich hinein, erging sich ganz und gar einem schweigsamen Aufbrausen, während er versuchte, durch sanftes Zerren den Schritt des Greises ein wenig zu beschleunigen, um nur schnellstmöglich wieder aus dem beschissen Wald heraus und zur Station zurückzugelangen. Den Opa zu schlagen, den hilflosen, alten Mann! Ein Wunder, dass bei dem Sturz nichts gebrochen schien. War es nicht allgemein bekannt, dass bei alten Menschen Knochenbrüche kaum noch verheilten, dass sie, erst einmal durch einen solchen Knochenbruch ans Bett gefesselt, dort verstarben, meist nach langem Wundliegen, bei dem der Körper buchstäblich bei lebendigem Leibe verfaulte? Schweinerei! Armer Opa!

In seiner Wut hatte Thomas ganz vergessen, sich zu überlegen, wie er dem Personal der Station die Schrammen im Gesicht des Großvaters erklären sollte. »Er ist gestürzt«, lautete schließlich die karge Auskunft, mit der er der Pflegerin Helga antwortete, nachdem sie ihnen die Tür geöffnet und bei ihrem Anblick mit großen Augen »Ach, du lieber Himmel, was ist denn da passiert?« gerufen hatte. Doch sie fragte nicht gleich weiter nach, sondern begann unverzüglich, sich um die fachgerechte Verarztung des Großvaters zu kümmern. Er wurde also ins so genannte Stationszimmer, den Dienstraum des Pflegepersonals, gebracht, wo gerade die fette Birgit damit beschäftigt war, ein mit Fleischsalat belegtes Laugenbrötchen zu verschlingen. Sie legte den angebissenen Rest wortlos auf den Fenstersims und half, noch schmatzend, Helga bei der Desinfektion und Verpflasterung der Wunden. »Muss nicht genäht werden«, entschied Helga, »wir brauchen den Doktor nicht.« Womit der Fall zu Thomas' Erleichterung endgültig als glimpflich eingestuft war.

»Wie ist denn das passiert?«, fragte dann aber auch Birgit und aus ihrem Munde klang die Frage durchaus vorwurfsvoll.

»Gestürzt!«, wiederholte Thomas und gab dazu noch ein Schulterzucken zum Besten, das ihnen sagen sollte, dass er von jedem Wunsch nach weiterreichenden Erklärungen verschont bleiben wolle. Natürlich war ihm klar, dass ihnen solche Einsilbigkeit als merkwürdiges Benehmen erscheinen musste. Aber wie sollten sie dabei an Schlechtes denken, was konnte es schon Schlechtes geben, hier, in einer der vermeintlich friedlichsten Gegenden auf dem Erdenrund? Sollen sie mich halt seltsam finden, sagte sich Thomas, und gab ihnen gleich noch mehr Anlass dazu: »Ich frage mich übrigens, wie Sie kontrollieren können, ob irgendjemand, der hier an der Tür klingelt und sich für den Angehörigen eines Ihrer Patienten ausgibt, auch die Wahrheit sagt.«

Er erntete zwei Blicke, die ihm sagten, dass sie entweder nicht verstanden, worauf er hinaus wollte, oder ihn in der Tat nun seltsam fanden.

»Ich meine: Da könnte doch jeder daherkommen und beispielsweise meinen Opa mit hinausnehmen und wasweißich was mit ihm anstellen.«

Jetzt tauschten Helga und Birgit einen viel sagenden Blick. »Also, mein lieber Herr Haas«, sagte schließlich Helga mit all der Freundlichkeit, die er von ihr gewohnt war, »ich muss mich jetzt ein wenig wundern. Da bringen Sie uns den Opa mit Verletzungen zurück, die eigentlich weniger nach einem Sturz und mehr nach einem Schlag ins Gesicht aussehen, und dann kommen Sie mit solchen Überlegungen. Was ist denn da draußen vorgefallen, wenn ich fragen darf?«

»Das *war* ein Schlag ins Gesicht«, stellte nun Birgit fest.

»Ja, Sie haben ja Recht, ein Schlag«, konnte Thomas nur noch zugeben. »Da war so ein Kerl im Wald, der hat uns angepöbelt, und ich habe nicht schnell genug geschaltet ...«

»Aber warum haben Sie das denn nicht gleich gesagt?«, fiel Helga ihm ins Wort, »wenn das so ist, dann sollten wir die Heimleitung und die Polizei verständigen. Das kann ja nicht angehen, dass unsere Patienten und deren Besucher von irgendwelchem Gesindel belästigt werden.« Sie schüttelte böse den Kopf. »Das ist das Problem mit der Drogenrehabilitation drüben in der alten Friedrichshöhe, die zieht ein ungutes Volk an.«

Na also, so erklärte sich die Sache ja ganz von selbst! »Ich bitte Sie: Lassen wir die Polizei aus dem Spiel und die Geschichte erst mal auf sich beruhen. Ich möchte einfach nicht, dass das jetzt noch große Wellen schlägt, gerade auch mit Blick auf Junkies dort drüben – die haben's wahrscheinlich eh nicht leicht und es ist ja nicht gesagt, dass das einer aus deren Umfeld war.« Ja ja, er war halt ein besonnener und vorurteilsfreier Mensch. »Und, na ja, Sie können vielleicht verstehen, dass ich da auch zurückgeschlagen habe ...« Mehr wollte er gar nicht erzählen müssen, schließlich war es ihm, als friedliebendem, anständigem Kerl, ja doch peinlich, dass er sich zu einer Gewalttätigkeit hatte reizen lassen, die ihm womöglich auch noch Scherereien mit der Polizei einbringen würde – so log es sich hervorragend zusammen, so erntete man am Ende noch Helgas unausgesprochene Anerkennung für die männliche Art und Weise der Erledigung dieser Geschichte.

Jedenfalls bestand ihre erste Antwort in einem Nicken, das man als beinahe schon begeistert hätte interpretieren können, und nachdem sie eine kurze Anstandsfrist lang gezaudert hatte, sagte sie: »Na gut, wenn Sie uns so darum bitten, dann erst mal Schwamm drüber! Es ist ja auch weiter nichts passiert. Aber wenn so was noch mal vorkommt, dann muss sich die Polizei drum kümmern!«

Ja ja, die Polizei – warum eigentlich keine Polizei? Er hatte ohne darüber nachzudenken gebeten, sie aus dem Spiel zu lassen. Dabei schien es doch vernünftig sie einzuschalten, wo man ihn doch immerhin unmissverständlich bedroht hatte. Aber was hätte er denen erzählen sollen? Doch nicht etwa seine »Nachforschungen« im Fall Göttle! Der Fremde im Wald hatte jedenfalls nicht befürchtet, dass er sich an die Polizei wenden könnte. Trotzdem: Warum eigentlich nicht? Thomas wusste darauf keine Antwort, und erst viel später einmal sollte ihm einfallen, dass es möglicherweise nur seine unverminderte Lust am Detektivspiel gewesen war, die nicht zulassen wollte, dass er die Geschichte an nüchterne Beamtenhirne abgab.

»Eben darum ging's mir, dass so was nicht mehr vorkommt. Der Vorfall hat mir mal wieder gezeigt, wie hilflos der Opa ist. Deshalb möchte ich Sie bitten, auch darauf Acht zu geben, dass Ihre Schäfchen nur in die Obhut vertrauenswürdiger Besucher gegeben werden. Die Angehörigen vom Opa kennen Sie ja bereits alle, da ist sonst niemand mehr, der ihn besuchen kommen könnte, und deshalb soll er auch mit sonst niemandem die Station verlassen dürfen.«

»Aber selbstverständlich, Herr Haas, keine Sorge, wir passen auf, darauf können Sie sich verlassen, da können Sie beruhigt sein!« Helga schien nun seine Ermahnungen nicht weiter merkwürdig zu finden und wohl dem Umstand zuzuschreiben, dass ihn der Vorfall im Wald mehr aufgeregt hatte, als er zugeben wollte.

Womit sie ja auch Recht hatte.

Er glotzte noch ein wenig dumm aus der Wäsche, genauso übrigens wie Birgit, die mit halb geöffnetem Mund und unbewegter Miene ihre Unterhaltung verfolgt hatte, fett und blöde in ihrer verschwitzten, weißen Kittelschürze, unter der sich grauenhafte Unterwäsche abzeichnete. Dann sagte er dem Großvater sein »Auf Wiedersehen«, was dieser brav und ohne Widerspenstigkeiten erwiderte, und verabschiedete sich auch von den beiden Pflegerinnen.

Die schwere Eingangstür zur Station M3 war kaum hinter ihm ins Schloss gefallen, da wurde sie wieder geöffnet und eine gedämpfte Stimme rief: »Einen Augenblick noch, Herr Haas.« Birgit war ihm nachgegangen.

»Ja, was gibt es denn noch?«, fragte Thomas.

Sie zögerte, es wollte ihr nicht so recht einfallen, wie sie anfangen sollte, und Thomas ahnte, dass er gleich Vertrauliches erfahren würde. Endlich begann sie: »Da stimmt doch was nicht mit dem, was Sie gerade erzählt haben.«

Sie wird doch wohl nicht den Blockwart spielen wollen, dachte er und zuckte mit den Schultern: »Und?«

»Irgendjemand hat Ihren Großvater geschlagen und jetzt haben Sie Angst um ihn. Ich weiß ja nicht, was draußen vorgefallen ist, aber das kommt mir alles komisch vor.«

Er sagte nichts. Was hätte er auch dazu sagen sollen?

»Verstehen Sie mich nicht falsch, ich mache mir nur Sorgen.« Ihr Ton war abweisend, so wie immer. Es stand ihr vermutlich gar kein anderer zur Verfügung, kein irgendwie vertraulicher oder freundlicher, mit dem sie jetzt besser hätte sagen können, was sie eigentlich sagen wollte.

Sie will ja gar nicht unfreundlich sein, dachte Thomas, sie hat nur alles andere verlernt.

»Es ist ... vielleicht habe ich einen Fehler gemacht. Ich verstehe einfach nicht, was hier gespielt wird.« Sie sah starr an ihm vorbei ins Leere.

»Und ich verstehe jetzt auch nichts! Worauf wollen Sie denn nun hinaus?«

»Hm, ja, ich ... ich weiß ja nicht, was mit Ihnen los ist, warum man wegen Ihnen so ein Theater macht ... also, als das Herrgöttle eingeliefert wurde, da haben die mich gebeten, ein Auge auf ihn zu haben und alles zu berichten, was mit dem Mann passiert ...«

Aha! »*Die* sind die Gebrüder Ehrlich, wenn ich richtig vermute.« Es überraschte ihn nicht, dass ausgerechnet Birgit deren Informantin war, aber umso mehr, dass sie ihm dieses jetzt so unverhofft erzählte. »Darf man auch vermuten, dass sie Ihnen ein angemessenes Entgelt für Ihre Mühen angeboten haben?«

Darauf ging sie nicht ein. »Ich hab das dann halt gemacht, ist ja auch nichts weiter dabei, wenn die sich um ihn sorgen.« Sie zuckte zur Bekräftigung ihrer Unschuld mit den Schultern. »Der Göttle war halt wichtig für die oder für deren Firma, ich versteh doch da nix davon, ich kenn mich mit solchen Leuten nicht aus. Die wollten über alles informiert werden, auch wenn's mir unbedeutend scheinen sollte. Am Anfang haben sie ihn ja auch noch ständig besucht.«

Sie sah ihm kurz in die Augen: Vielleicht ein böser Blick, vielleicht auch ein netter, wer konnte es ahnen? Jedenfalls einer, den man nur ungern erwiderte.

»Ja und? Was wollen Sie mir nun eigentlich sagen?«

»Ja nun, dass die ganz aufgeregt waren. Ich habe es natürlich auch berichtet, als Sie hin und wieder mal das Herrgöttle mit nach draußen genommen haben. Da kam dann der Erhard Ehrlich bloß deswegen hierher und hat mich nach draußen bugsiert, um sich mit mir ungestört unterhalten zu können. Ich sollte Sie ganz besonders aufmerksam beobachten und ihm immer alles, was Sie hier bei Ihren Besuchen machen, melden. Ich meine, ich mag ja nicht die Gescheiteste sein, aber ich hab doch gemerkt, dass die wegen Ihnen beunruhigt waren, dass da irgendetwas los ist zwischen denen und Ihnen.« Sie seufzte ob der Undurchschaubarkeit der Angelegenheiten, in die sie so ahnungslos verwickelt worden war – wahrhaftig, ein Seufzer aus dem Munde der unwirschen Frau, genauso fett und plump wie ihre Gestalt. Für eine Sekunde ließ ihr Seufzer Thomas abschweifen in die Phantasie einer jugendlichen Birgit, die heimlich schmachtende Blicke auf irgendwelche fruchtbaren Burschen warf.

»Und jetzt das, Sie bringen Ihren Opa verletzt zurück – und dann Ihre merkwürdigen Sorgen. Sehr verdächtig.«

Sie erwartete jetzt wohl eine Aufklärung von ihm.

»Vielleicht«, gab er nur zur Antwort, mit dem flüchtigen Vergnügen, sich ein wenig geheimnisvoll gebärden zu können.

»Du lieber Himmel, ich habe mich da doch hoffentlich in nichts hineinziehen lassen? Man soll sich halt aus allem heraushalten.« Und noch ein Seufzer. »Jedenfalls will ich nun mit der Sache nichts mehr zu tun haben und ich hoffe, dass ich nichts Unrechtes getan habe. Sind Sie mir jetzt böse?«

Ach Gott, du fette Birgit, dachte Thomas, du hast vielleicht Sorgen! Natürlich hatte sie Geld bekommen! Und jetzt glotzte ihn ihr Betonblick an und wusste nicht so recht, wie er um Erweichung betteln sollte. Das völlige Misslingen jenes weiblichen Augenaufschlags, der eine gewünschte Verzeihung herbeizwingt, ließ sie ihm fast schon sympathisch werden, und er sagte: »Nein nein, ich bin nicht böse. War mir eh schon klar, dass jemand hier die Ehrlichs informiert. Und so wüst, wie Sie sich das jetzt einbilden, ist die ganze Angelegenheit nun auch wieder nicht.«

Sie nickte inbrünstig, als habe er ihr gerade das Evangelium neu erklärt. »Ich werde denen auch bestimmt nichts mehr berichten.«

»Es ist mir eigentlich wurscht, was Sie denen erzählen, denn ich tue ja hier nichts Unrechtes.«

»Ja, selbstverständlich nicht, das ist klar. Aber ich will wirklich nichts mehr mit der Sache zu tun haben, sollen die sich doch sonst wen aussuchen, der hier für sie rumspioniert!«

Immerhin, sie hatte es jetzt ganz von sich aus als das bezeichnet, was es war. Thomas winkte ab: »Wie gesagt, mir ist das egal. Aber Sie könnten nun wirklich ein wenig auf meinen Opa Acht geben.«

»Selbstverständlich, gerne, ich pass auf ihn auf ...«

»Na, dann ist ja alles bestens«, unterbrach er sie, denn ihre Reue wurde ihm allmählich zu viel, »ich muss nun aber wirklich weiter.«

»Ja, dann« – es schien, als durchsuche sie ihr Verhaltensrepertoire nach einem Weg, ihrer Erleichterung Luft zu machen – »Danke!« Sie streckte ihm zum Abschied die Hand hin.

Die stets so übellaunige Birgit, die ihm zuvor noch nie auch nur ein »Tschüss« gesagt hatte! Und: Danke, wofür? Es rührte ihn ein wenig und er verkniff sich das Lächeln, weil es eher ein Grinsen geworden wäre. Er schlug ein und sagte: »Dann auf Wiedersehen.«

Und sie antwortete: »Tschüss!«

* * *

Natürlich hielt Thomas auf der Fahrt zurück in die Stadt nach seinem Beschatter Ausschau. Es herrschte reger Verkehr auf den Landstraßen, und es fuhren immer irgendwelche Autos hinter ihm her, wenn er in den Rückspiegel sah – vom

Parkplatz aus war ihm jedenfalls kein Wagen gefolgt, aber er konnte genauso gut in Eichelberg auf ihn gewartet haben, es gab nur den einen Weg von der Friedrichshöhe hinunter. Oder durfte man hoffen, dass er die Beschattung abgebrochen hatte und sich darauf verließ, dass sein eindrucksvoller Auftritt im Wald die gewünschte Wirkung haben würde? Wohl kaum! Wahrscheinlich war er irgendwo hinter ihm, um sich davon zu überzeugen, dass Thomas ausreichend eingeschüchtert war.

Er würde eine Enttäuschung erleben, so viel war klar. Denn Thomas dachte nicht daran, nun feige die Finger von Göttles Geschichte zu lassen, ganz im Gegenteil hatte statt der Angst, die er eigentlich hätte haben sollen, ein »Jetzt erst recht!« von ihm Besitz ergriffen, ein fast schon euphorisches Gefühl bei der Vorstellung, sich von der Drohung unbeeindruckt zu zeigen. Er verstand sich selbst nicht so recht: Schließlich war die Warnung unmissverständlich gewesen, und er hatte sich noch nie für besonders mutig gehalten. Aber trotz flauer Gefühle erschien es ihm schlicht unmöglich, die Sache jetzt aufzugeben.

Es mochte auch daran liegen, dass ein gewisser Leichtsinn ihm die letztendliche Ernsthaftigkeit der Bedrohung vernebelte, sodass ihm der Vorfall im Wald, der so gar nicht zu den faden Geschehnissen seines bisherigen Lebens passen wollte, als ein sozusagen nur halb wirkliches Erlebnis erschien – etwas von der Art, wie man es aus Filmen kannte, aus fiktiven Realitäten, in denen die Gewalt und der daraus resultierende Schmerz stets nur Spiel und darum nicht wirklich bedrohlich waren. »Es wird nichts so heiß gegessen, wie's gekocht wird«, flüsterte dieser Leichtsinn ihm ein, und: »Hunde, die bellen, beißen nicht.«

Aber da gab es noch anderes, das er spürte: etwas, für das ihm vielleicht, hätte er es mitteilen sollen, Begriffe wie Trotz, Zorn, Sturheit eingefallen wären – die es allerdings nicht richtig beschrieben hätten. Er war durch die Sachlichkeit angestachelt worden, mit der sein Beschatter ihn als Amateur und Null eingestuft hatte, durch das deprimierende Urteil, dass dieser Mann über ihn hatte fällen können, nachdem er ihn einige Tage lang beobachtet hatte. Und dieses Urteil war gerecht, daran zweifelte Thomas keineswegs, ihn erregte im Grunde die Wahrheit, die darin lag. Der Mann hatte es ausgesprochen: Er, Thomas, war ein Leichtgewicht, ein Partikel der grauen Kleinbürgermasse und in ihr noch einer der Versager. Sie wiesen ihn zurecht, nachdem sie ihn dabei erwischt hatten, wie er neugierig durchs Schlüsselloch spähte, um die Geheimnisse einer ganz anderen Welt zu erforschen, in der es nicht so beschaulich zuging wie in seiner eigenen. Sie hatten ihn ihr »Verpiss dich!« hören lassen – und es klang genau so, wie dasjenige, das er vor vielen Jahren aus dem Munde der Zwölftklässlerinnen gehört hatte, als er, noch Schüler der gymnasialen Unterstufe, einen Blick in deren Umkleideraum hatte erhaschen wollen. Man war sich wohl sehr sicher, dass das schon ausreiche, um ihn zu verscheuchen, man hatte ja herausgefunden, dass er ein kleiner Wicht war! Ja, das stieß ihm bitter auf. Sein Vater war vor sechzehn Jahren ermordet worden, vielleicht von denselben, denen er jetzt lästig fiel und die meinten, dass sie ihm nur mal eben eine kleine Verwarnung erteilen mussten, um ihn wieder loszuwerden. Hatten sie auch dem Vater einen solchen Verweis erteilt, nachdem er zu neugierig geworden war? Und wen hatten sie vor dessen Augen ins Gesicht geschlagen, um zu unterstreichen, dass es ernst gemeint war?

»Welch ein Scheißdreck!«, rief er in sein Auto hinein, das grobe Wort auskostend als kürzestmögliche Beschreibung für ... ja, wofür eigentlich? Für sein ganzes Leben vielleicht, oder zumindest für den größten Teil davon. In seiner Erinnerung schmolz es zu einer Sammlung trauriger Geschichten zusammen, angefangen mit seinem Vater: eine Tragödie, die

die ersten vierzehn Jahre seines Lebens gedauert hatte, eine Geschichte von Einsamkeit und Verlorenheit, die ihn, der doch noch ein kleiner Junge gewesen war, überfordert hatte. Die ihn sozusagen noch vor dem Glauben, dass das Leben eine verlockende Aufgabe sein werde, die leichten Herzens zu bewältigen wäre, bereits den Zweifel daran gelehrt hatte, der dann alles weitere verdarb und ihn mit Schwäche und Mutlosigkeit strafte für Sünden, die er nicht begangen hatte. Selbstverständlich wusste er, wie unvernünftig seine Sichtweise, wie verzerrt das Bild seines Lebens war, selbstverständlich konnte man auch an die so genannten schönen Stunden denken, von denen es nicht wenige gegeben hatte – erst kürzlich wieder, bei Silvia zu Hause. Aber was half schon solche Vernunft gegen seine Traurigkeit, die die allererste Rührung gewesen war, die er gelernt hatte und auf die er vermutlich immer wieder zurückkommen würde.

Natürlich musste ihm auch, wo er schon dabei war, sich zu bemitleiden, Elvira in den Sinn kommen. Die Frau mit dem blöden Namen, die Frau, an deren Seite er vielleicht hätte alt werden können. Sie waren immerhin fünf Jahre ein Paar gewesen. Fünf gute Jahre! Als es schließlich so weit war, dass er sich gar nicht mehr hatte vorstellen wollen, ohne sie zu leben, und sich schon für einen ausgemachten Glückspilz hielt, weil er mit ihr leben durfte, da war sie plötzlich davongelaufen. Er hatte es kaum verdauen können, denn es war – da sie ja, wie es in solchen Fällen stets geschieht, ohne Umweg die Umarmung eines anderen aufgesucht hatte – nicht nur seine Eitelkeit beleidigt, sondern auch die leichtsinnige Hoffnung zerstört, dass man nur die Richtige finden müsse, um in der Liebe eine Heimat zu finden, in der sich ein ganz normales Leben zum guten Ende bringen ließ. Sie war nämlich die Richtige gewesen. Als er sie verloren hatte, da erdrückte ihn die Gewissheit, dass er eine Bessere nie finden würde, und es blieb ihm nur, um unter solchem Druck nicht zu Grunde zu gehen, seine Anstrengungen darauf zu verwenden, nicht mehr an sie erinnert zu werden. Er hatte also die Fotos weggeräumt, die sie zeigten, und die teuren Hemden, die sie ihm geschenkt hatte, in die Altkleidersammlung gegeben, und wenn sie ihm in den Sinn kam, dann hatte er versucht, an die Fußballbundesliga zu denken. Sie hatte ihn noch einige Male angerufen, denn auf seine Freundschaft hatte sie nicht verzichten wollen, und ihre Stimme hatte ihm verraten, dass sein nunmehr radikaler Rückzug aus ihrem Leben ihr immerhin weh tat, weswegen sie ihm schließlich sogar ein wenig Leid getan hatte. Mit der Zeit war es ihm aber mehr und mehr gelungen, das selbstauferlegte Verbot aller Gedanken an Elvira zu befolgen. Er hatte sozusagen wirkungsvolle Strategien der Vermeidung entwickelt, mit denen er sich davor bewahrte, auch nur ihren Namen zu denken – von Ausnahmen abgesehen, gelegentlichen Anfällen von Traurigkeit, auf die sich auch die Elvira-Geschichte für ihn im Nachhinein reduzierte.

Nicht eine einzige Geschichte mit einem Happy End in seinem Leben. Natürlich lag es an ihm selbst, an seinen Verzagtheiten, seinem Mangel an Zuversicht, seiner Unfähigkeit, sich überhaupt ein Happy End zu entwerfen, an das er glauben konnte. Er hatte das wohl vom Vater geerbt, dessen Schwächen ihm so tiefe Eindrücke hinterlassen hatten, dass er schließlich selbst zum Schwächling geraten musste. Ja, sein Vater und er selbst: In der Tat Amateure, zwei Nullen, denen man, wenn sie es zu bunt trieben, ein »Verpiss dich!« hinwerfen konnte.

Vielleicht aber hatten ausgerechnet bei seinem Vater, diesem trunksüchtigen Verlierer, ihre Drohungen nichts bewirkt. So wie jetzt bei seinem Sohn, Thomas Haas. Sie konnten ihn am Arsch lecken!

Gerstle. Oswald Gerstle. So hieß der Mann, dessen Erscheinen auf der Beerdigung des Vaters beinahe zu einem Eklat geführt hätte. Ein kleinwüchsiger Mensch mit glasbausteindicken Brillengläsern, die auf einem rot blühenden Trinkerzinken hockten und die Augen zu absurden Ausmaßen verzerrten. Merkwürdig, dass Thomas sich an diese Einzelheiten so genau erinnerte, wo er den Mann doch insgesamt kaum fünf Minuten lang gesehen hatte, als jener sich in die Reihe der Trauergäste eingereiht hatte, um am Grab den Hinterbliebenen zu kondolieren. Er hatte eine schäbige, schwarze Kunstlederjacke getragen und war irgendwie verzagt vor die Mutter hingetreten, als ob er bereits die dann folgende Abfuhr erwartet hätte. Eine gut geölte Strähne des kommissbrotfarbenen Haars, das oben über die Halbglatze gestriegelt war, war heruntergerutscht und hatte sich auf dem Brillengestell niedergelassen. Mit gesenktem Blick hatte er ein »Herzliches Beileid« gemurmelt und ihr die Hand hingestreckt, sie aber gleich wieder fallen lassen, als die Mutter weder Anstalten machte, sie zu ergreifen, noch irgendeine Antwort über die Lippen brachte. Ohne ein weiteres Wort hatte er sich dann davon gemacht. »Das war der Gerstle«, hatte der Großvater Thomas ins Ohr geflüstert und damit den Vorfall erklärt, denn aus den regelmäßigen Streitereien seiner Eltern hatte Thomas zumindest heraushören können, dass jener Gerstle wohl der treueste Saufkumpan des Vaters gewesen war.

Jahre später war die Mutter einmal ohne besonderen Anlass auf Gerstle zu sprechen gekommen und hatte Thomas die näheren Umstände erzählt: Die beiden hatten sich als Arbeitskollegen bei der Wiko angefreundet. Eigentlich hatte der Vater den Mann, der zwar als selbstständiger Elektromeister gescheitert, aber ansonsten ein unbescholtener Familienvater aus Massenbach gewesen war, dem man allenfalls einen guten Durst nachgesagt hatte, mit in seinen Sumpf hinabgezogen, denn dieses Anfreunden manifestierte sich ausschließlich darin, dass Gerstle ihn auf seinen Touren durch die städtische Halbwelt begleitete, in der er zuvor nicht verkehrt hatte. Dieses hatte die Mutter von Gerstles Frau erfahren müssen, welche sich an einem Weihnachtsfeiertag Anfang der Siebziger Jahre verzweifelt an sie gewandt hatte, nachdem die beiden Zechkumpane seit drei Tagen, seit der Betriebsweihnachtsfeier der Firma Wiko, nicht mehr zu Hause aufgetaucht waren und auch nichts hatten von sich hören lassen. Sie habe sich, so hatte die Mutter erzählt, regelrechte Vorwürfe aus dem Munde der Frau Gerstle anhören müssen, den verderblichen Einfluss des Vaters betreffend, und so besehen sei ihr eigenes Verhalten auf der Beerdigung eigentlich ungerecht gewesen und täte ihr im Nachhinein Leid, sie habe aber damals den Kerl einfach nicht sehen mögen.

Was wohl aus Gerstle geworden war? Hatte er sich das Hirn heraus und die Leber kaputt gesoffen, oder war er nach dem Tod des Vaters wieder in die Obhut seiner Frau und damit in ruhigeres Fahrwasser geraten? Auf jeden Fall, so war es Thomas eingefallen, war Gerstle jemand, den man befragen könnte, wenn man irgendwelche Hinweise auf das, womit der Vater sich vor seinem Tod beschäftigt hatte, suchte. Falls Gerstle noch lebte und auffindbar war.

Thomas rechnete eigentlich nicht damit, dass er ihn nach so vielen Jahren noch im Telefonbuch bei den Massenbacher Einträgen fände – und wurde überrascht: Fünf verschiedene Gerstles, darunter auch ein Oswald. Er rief dort an. Nach sechsmaligem Tuten meldete sich eine Frauenstimme mit: »Ja, Gerstle.«

»Bin ich richtig bei Herrn Oswald Gerstle?«

Die Frage schien schwerer zu beantworten, als Thomas sich das vorgestellt hatte, denn sie brauchte eine ganze Menge tiefer Schnaufer, die röchelnd aus dem Hörer herausklangen, ehe ihr endlich eingefallen war, was sie darauf sagen konnte, nämlich: »Mit wem spreche ich, bitteschön?«

»Verzeihung, Haas, Thomas Haas. Ich würde gerne Herrn Oswald Gerstle sprechen – falls ich bei Ihnen richtig bin und es sich um *den* Oswald Gerstle aus Massenbach handelt, mit dem mein Vater früher einmal ...«

»Der wohnt hier nicht mehr!« Zack, aufgelegt. Immerhin: Diesmal eine schnelle Antwort.

Thomas hatte jedenfalls den richtigen Anschluss herausgefunden. Er wählte die Nummer noch mal und sagte, als er ihr böses »Ja?« hörte: »Das fand ich nun aber sehr unhöflich von Ihnen. Ich weiß jedenfalls nicht, wieso Sie so reagieren ...«

»Ich habe Ihnen doch gesagt, dass er hier nicht mehr wohnt.«

Immerhin legte sie nicht gleich wieder auf.

»Er steht aber so im Telefonbuch.«

»Wir sind seit sieben Jahren geschieden, der Anschluss läuft immer noch auf den Namen. Und ich kenne seine neue Anschrift nicht, ich habe nichts mehr mit ihm zu schaffen.« Ihre Stimme verriet ungefähr so viel Bewegung, wie die eines Tagesschausprechers beim Verlesen der Lottozahlen.

»Das tut mir Leid«, sagte Thomas trotzdem, »haben Sie denn gar keinen Tipp für mich, wo ich ihn finden könnte?«

»In der Stadt. Fragen Sie unsere Tochter. Behnke-Gerstle in Leingarten, Nummer 27033. Und lassen Sie mich mit dem Kerl in Ruhe!« Und wieder aufgelegt.

Unangenehmes Gespräch, aber immerhin: Noch eine Telefonnummer. Die Stimme, die sich dort mit »Ja, hier bei Behnke-Gerstle, Matthias Behnke am Apparat« meldete, klang bereits wesentlich freundlicher, was vielleicht damit zu erklären war, dass sie einem höchstens zehnjährigen Jungen gehören mochte.

Thomas verriet ihm seinen Namen und fragte nach Frau Behnke-Gerstle, die der Junge mit einem glockenhellen

»Mama!« herbeirief. Sie war zum Glück von der Verbitterung ihrer Mutter nicht infiziert und nahm seine Frage zwar mit einem gesunden Misstrauen, aber doch nicht unfreundlich auf. Sie ließ sich also genau erklären, wer er war und was er denn von ihrem Vater wolle, ehe sie ihm schließlich eine Adresse nannte: Gottlieb-Daimler-Straße 46. Ein Telefon hatte er dort nicht. Und: »Wenn Sie ihn aufsuchen, dann seien Sie nett zu ihm. Er hat's jetzt endlich geschafft, vom Alkohol loszukommen.«

Die Gottlieb-Daimler-Straße im Industriegebiet – wie konnte man dort wohnen und vom Alkohol loskommen? Thomas fuhr mit dem Auto hin. Er kurvte zunächst eine Weile durch die Stadt, um dabei nach dem Wagen Ausschau zu halten, der ihm vielleicht folgte. Er entdeckte ihn nicht.

Das Haus mit der Nummer 46 mochte in der ganzen Straße das einzige sein, das überhaupt bewohnt wurde. Es hatte sich aber durch diesen Umstand nicht dazu verleiten lassen, sich gegenüber den umliegenden Industriebetrieben und Lagerhallen durch irgendwelche äußerlichen Extravaganzen hervorheben zu wollen: Der fahl gewordene Putz seiner Mauern, die kein einziger, bunter Firmenschriftzug zierte, schien eher darauf hinzuweisen, dass dahinter bloß der wertloseste Plunder lagerte. Aus einem Erdgeschossfenster des tristen Gebäudes drang jedoch die Musik des vorderen Orients. Sie passte zu den meisten der Namen, die auf den Klingelschildchen geschrieben standen und in deren Gesellschaft sich das »Gerstle« merkwürdig fremd ausnahm.

Die Reaktion auf sein Klingeln ließ lange auf sich warten, Thomas wollte gerade wieder gehen, als endlich ein stark verzerrtes »Jaaa?« aus der Gegensprechanlage rasselte.

»Haaaas!«, schrie Thomas unnötig laut und deutlich, »Thomas Haas. Ich möchte zu Herrn Oswald Gerstle.«

Es verstrichen lange Sekunden.

»Was wollen Sie?«

»Ich möchte gerne mit Ihnen sprechen. Über meinen Vater, Walter Haas.«

Der Summer tönte, die Haustür gab seinem Druck nach, ein graues Treppenhaus nahm ihn auf. Pro Stockwerk zwei Wohnungstüren, Thomas musste bis unters Dach steigen, ehe er eine davon einen Spalt breit geöffnet fand. Dahinter stand der Mann, dem er vor so vielen Jahren auf dem Friedhof begegnet war, Thomas erkannte ihn sofort wieder, denn er schien ihm, von den Spuren des Alterns einmal abgesehen, kaum verändert.

Gerstle erwartete ihn mit ängstlicher Miene, vermutlich hatte ihm der plötzliche Überfall seiner eigenen Vergangenheit, die in Thomas' Gestalt durch seine Tür trat, einen Schrecken eingejagt. Er sagte »Grüß Gott« und hielt Thomas die Hand hin, genau so wie er sie damals der Mutter hingehalten hatte.

Thomas aber ergriff und schüttelte sie. »Grüß Gott. Ich weiß nicht, ob Sie sich noch an mich erinnern, ich bin, wie gesagt, Thomas Haas.«

»Ja ja, ich weiß, der Sohn vom Walter.« Der heisere Klang seiner Worte schien jeden Moment zur Fistelstimme umkippen zu wollen. Er machte eine müde Handbewegung, die Thomas zum Betreten eines Raums einlud, in der die hässlichste braune Kunstledercouchgarnitur stand, die Thomas seit mindestens sechs Monaten gesehen hatte. Nichtsdestotrotz nahm er darauf Platz. »Zu trinken habe ich nichts im Haus, außer Leitungswasser. Um was geht's?«

»Tja, wie gesagt, um meinen Vater, um die Zeit vor seinem Tod. Sie waren viel mit ihm zusammen, Sie wissen vielleicht am ehesten, was er so getrieben hat, wenn er nicht zu Hause war.«

»Was er so getrieben hat?« Er zuckte mit den Schultern und behielt seinen verzagten Blick, als wittere er einen Vorwurf in Thomas' Worten. »Na ja, was wir halt so gemacht haben damals ...«

»Ich meine, ob da was Besonderes war? Ob Ihnen aufgefallen ist, dass er sich für eine ganz bestimmte Sache interessiert hat?«

Gerstle glotzte weiterhin bloß mutlos aus der Wäsche.

»Also frei heraus gesagt: Sie haben doch beide zusammen gesoffen, da wird er doch auch ab und zu erzählt haben, was ihn gerade so umtreibt. Der Alkohol lockert doch normalerweise die Zunge. Ich weiß, dass mein Vater sich vor seinem Tod für eine ganz bestimmte Sache interessiert hat und ich frage Sie, ob Sie mir Näheres dazu erzählen können.«

»Ich trinke jetzt nicht mehr, seit fünf Jahren keinen Tropfen Alkohol.« War das eine Antwort? Er hatte es mehr zu sich selbst gemurmelt, als Ausdruck eines Gedankens, den Thomas nicht verstand. Dem lag schon ein »Und weiter?« auf den Lippen, als Gerstle eine ebenso schwer nachvollziehbare Fortsetzung hören ließ: »Ja ja, der Walter, das war einer!«

Und dieser eine Satz – irgendetwas in der Art, wie er gesagt worden war – verriet Thomas, dass Gerstle tatsächlich um seinen Vater getrauert hatte, dass er sogar nach all den Jahren noch traurig wurde, wenn er an ihn dachte. Dass ihn eine Freundschaft mit dem Vater verbunden haben musste, die sehr viel tiefer war, als Thomas es sich hatte vorstellen können. Und so sah er den Mann plötzlich in ganz anderem Licht: diese mickrige und irgendwie kränklich ausschauende Gestalt, eingepackt in beliebige Billigklamotten, in die Uniform eines Niemands, der sich damit abgefunden hatte, dass keiner ihn eines genaueren Blickes würdigte. Durch solche Menschen sah man einfach hindurch, die Wahrnehmung sortierte sie sozusagen zu den gewöhnlichen Alltagsgegenständen, sodass man es schließlich kaum mehr für möglich hielt, dass auch sie zu tieferen Gemütsregungen fähig sein könnten. Und nun hatte Thomas die Traurigkeit dieses Mannes gesehen und war von Rührung ergriffen, weil er es gar nicht für möglich gehalten hatte, dass den nach mehr als fünfzehn Jahren der Verlust eines Freundes noch schmerzen konnte. Mit einer gewissen Arroganz war Thomas davon ausgegangen, dass es in jener Halbwelt, in der sein Vater zum größten Teil gelebt hatte, freundschaftlichen Umgang lediglich in Form roher und oberflächlicher Kumpaneien und Zechbruderschaften gegeben habe, und einmal mehr musste er sich eingestehen, wie ahnungslos er selbst doch war.

»Meinst du vielleicht die Geschichte mit dem alten Ehrlich?«, fragte Gerstle plötzlich, nachdem ihre Unterhaltung für einen peinlich langen Moment ins Stocken geraten war.

Thomas war damit wieder bei der Sache. Der Name Ehrlich hatte seine Aufmerksamkeit wieder eingefangen, die sich nun auch nicht durch den Umstand, dass Gerstle ihn geduzt hatte, weiter ablenken ließ. »Mit dem alten Ehrlich? Genau, so etwas meine ich. Er hat sich, so weit ich weiß, für die Vorgeschichte Göttles interessiert. Sie wissen doch noch, wer Göttle war? Der Schwager vom alten Ehrlich und Teilhaber bei der Wiko ...«

»Ja ja, Göttle, Ehrlich, unsere Chefs damals. Ich weiß nichts Genaueres. Dein Vater hat da ständig so eine fixe Idee gehabt, dass die nämlich alle Dreck am Stecken hätten. Er hat aber immer ziemlich geheimnisvoll getan und nicht so recht rausgelassen, was es damit nun genau auf sich hatte, hat halt ab und zu mal so dahergeredet ... wie du schon gesagt hast – wenn er getrunken hatte ... nämlich: dass da noch unterm Hitler eine Sauerei passiert sei, bei der Ehrlich und Göttle mit drinsteckten. Und einmal hat er behauptet, dass deswegen der Ehrlich gar nicht der rechtmäßige Besitzer der Wiko sei.«

Na also: Die Geschichte mit Mannheimer und dem Testament von Wilhelm Kolb! Jetzt war es endlich ganz gewiss, dass der Vater sich damit beschäftigt hatte. Obwohl er sich dieses doch nun schon längst hatte denken können, empfand Thomas eine Art Nervenkitzel, als er es durch Gerstles Worte bestätigt fand. Denn bisher hatte er immer noch nicht ganz daran glauben wollen; zu merkwürdig und unwahrscheinlich erschien ihm das zufällige Zusammentreffen, dass ausgerechnet sein Vater an dieselbe Geschichte geraten sein sollte wie er selbst. Aber handelte es sich denn dabei um Zufall? Schließlich war es das ihm selbst geltende Misstrauen der Ehrlich-Brüder gewesen, das sein Interesse geweckt und ihn überhaupt erst auf die Spur gebracht hatte – und dieses Misstrauen mochte nur daher kommen, dass er eben der Sohn seines Vaters war. Wenn der ihnen Ärger gemacht hatte, dann war es nur natürlich, dass sie alarmiert waren, wenn jetzt der Sohn auf der Bildfläche erschien – der einzige Zufall bei der ganzen Sache bestand darin, dass sein Großvater und Göttle zur gleichen Zeit auf der Friedrichshöhe gelandet waren. Verrückte Geschichte!

»Wie ist er denn darauf gekommen? Ich meine: Hat er denn irgendetwas in der Hand gehabt oder irgendetwas Besonderes erfahren über Ehrlich und Göttle? Hat es einen Auslöser für diese Behauptungen gegeben?«

»Kann ich dir alles nicht beantworten, keine Ahnung, er hat ja immer ganz geheimnisvoll getan.« Zur Bekräftigung seiner Ahnungslosigkeit hob Gerstle beide Hände und ließ sie auf die Oberschenkel klatschen – eine ausladende Geste, die gar nicht zu ihm passen wollte. »Etwas muss er gewusst haben, ich glaub nicht, dass er sich das alles aus den Fingern gesogen hat. Er hat das nämlich ganz ernsthaft verfolgt.«

»Verfolgt? Was heißt denn das nun wieder?«

»Na, ich hab mal mitbekommen, dass er deswegen verreist ist. Zwei Tage nach Norddeutschland, wollte eine alte Frau aufsuchen, die irgendwas mit der Angelegenheit zu tun hatte und nach dem Krieg fortgezogen ist. Von der hat er was wissen wollen und deswegen ist er extra in den Norden gefahren – das meine ich mit ernsthaft verfolgt!«

»Alte Frau? Norddeutschland?« Was hatte das zu bedeuten? Angestrengt suchte er in dem, was er bisher über die Sache in Erfahrung gebracht hatte, nach einer alten Frau, die nach dem Krieg nach Norddeutschland gezogen sein konnte. »Was für eine Frau? Wer war sie?« Blöde Frage – es war klar, dass Gerstle darauf keine Antwort wusste.

Er zuckte nur mit den Schultern.

»Ist vielleicht ihr Name gefallen?«

Wieder nichts, diesmal mit einem Kopfschütteln zum Ausdruck gebracht.

»Und wo genau in Norddeutschland war er da? Er hat doch bestimmt mal den Namen des Ortes genannt?«

Noch ein Schulterzucken. »In der Gegend von Hannover, genauer hab ich's leider nicht.«

»Und auch sonst nichts über diese Frau? Irgendeinen Hinweis über sie?«

»Nein, wie gesagt, mehr weiß ich beim besten Willen nicht. Er hat über die Sache immer nur andeutungsweise geredet.«

Wusste vielleicht die Mutter etwas darüber, zum Beispiel das Ziel seiner damaligen Reise? Kaum anzunehmen, wenn er seine Erinnerungen an das eheliche Zusammenleben seiner Eltern in Betracht zog.

Sie legten eine Schweigeminute ein, während der Thomas nach weiteren wichtigen Fragen suchte, die er unbedingt stellen musste. Es fielen ihm aber keine mehr ein. Gerstle sah sich seinen Fernseher an, der in der Ecke darauf wartete, die trostlose Stille dieses Zimmers zu beenden.

»Ja ja, dein Vater«, sagte er dann ganz unvermittelt, »er hatte halt immer so ... so Vorstellungen. So unzufrieden immer! Der war auch kein glücklicher Mensch.«

Worauf sich wohl das ›auch‹ bezog? Es war nun an Thomas, mit der Schulter zu zucken. »Zu viel Alkohol«, fiel ihm schließlich dazu ein und kaum hatte er es ausgesprochen, da empfand er diese Äußerung als herzlos.

»Ja, da hast du Recht. Aber wenn man das merkt, ist's schon zu spät.« Er faltete die Hände über seinem Bauch, hässliche Hände mit dicken, behaarten Stummelfingern und vergilbten Fingernägeln. »Und was machst du so? Läuft's gut bei dir?«

»Ja ja, läuft gut«, log Thomas. Vielleicht hatte er darum, weil Gerstles gefalteten Hände an ein Gebet denken ließen, in diesem Augenblick registriert, dass es sich bei dem Buch, das auf dem Fernseher lag, um eine Bibel handelte.

»Hmhm«, nickte Gerstle, der durchaus mitbekommen haben mochte, dass Thomas nicht gerade im Brustton felsenfester Überzeugung gesprochen hatte.

»Ich geh dann mal wieder.« Thomas erhob sich mit einem Ruck, ohne Gerstles Reaktion abzuwarten. »Vielen Dank für die Auskünfte.«

»Was für Auskünfte denn? Viel hab ich ja nicht erzählen können.« Auch Gerstle stand auf. »Warum willst du denn das alles überhaupt wissen? Meinst du denn, das hat mit seinem Tod zu tun?«

»Wer weiß.« Er hielt ihm die Hand zum Abschied hin. »Ich habe ja meinen Vater kaum richtig gekannt.«

»Ja«, sagte Gerstle nur. Sie schüttelten sich wieder die Hände, diesmal einen Deut kräftiger und länger, als bei seinem Eintritt.

Und Thomas ließ Gerstle zurück in seiner unwirtlichen Dachwohnung. Draußen, im Auto, fuhr er nicht gleich los. Er musste erst das Bild noch in sich verblassen lassen, das er mit hinausgenommen hatte: Das eines einsamen und alt gewordenen Mannes, der in der Gottlieb-Daimler-Straße gestrandet war, bei Fernsehen, Bibel und Leitungswasser.

* * *

Wer war die Frau, die der Vater aufgesucht hatte? Noch fehlte ihm jeder Hinweis. Tatsächlich wusste die Mutter, bei der er noch am gleichen Tag angerufen hatte, gar nichts über die Sache. Wenn überhaupt irgendjemand etwas von einer Frau wissen konnte, die möglicherweise in die Geschichte während der Nazizeit verwickelt gewesen und nach dem Krieg nach Norddeutschland gezogen war, dann der Onkel Artur, der bisweilen abends im Lamm zu Neipperg anzutreffen war ... am Mittwochabend fuhr Thomas in das Dorf.

Da er den Familiennamen des Onkels nicht kannte, wollte er beim Lammwirt nach ihm fragen, doch als er die Gastwirtschaft betrat, da sah er den Onkel wieder dort hocken, an genau demselben Tisch wie beim letzten Mal, nur dass er jetzt alleine dort saß, mit dem Rücken zur Wand und versonnen in die Runde blickend, während das Viertelesglas vor ihm seinen nächsten Schluck erwartete. Er zeigte keine Spur von Erstaunen, als er Thomas erblickte, und sagte bloß: »Aha, der Herr Haas.«

»Ja, ich schon wieder, Grüß Gott«, sagte Thomas, »ist's recht, wenn ich mich setze?«

»Freilich«, Onkel Artur nickte zum Stuhl neben sich. »Bier, wie beim letzten Mal, oder vielleicht mal unseren guten Trollinger?«

»Eine große Weißweinschorle wär jetzt genau das Richtige für mich. Ich habe Sie gesucht, weil ich ...«

Onkel Artur schnitt ihm mit einer Handbewegung das Wort ab. »Eugen, eine große Kernerschorle«, rief er zum Wirt. »Ich kann mir schon ungefähr vorstellen, warum Sie gekommen sind, aber wir müssen uns ja nicht mit trockener Kehle unterhalten«, erklärte er und goss sich zur Bekräftigung einen Schluck Trollinger in den Mund, wo er ihn genüsslich noch einen Moment behielt, ehe er ihn runterlaufen ließ.

»Ich hatte eigentlich gar nicht gehofft, Sie heute gleich wieder hier anzutreffen.«

»Freitags bin ich hier zum Kartenspielen, heute nur zum Vierteleschlotzen. Aber kommen wir zur Sache: Sie sind doch der Sohn von dem anderen, der sich damals auch für Göttle interessiert hat. Habe mich nicht mehr recht erinnert, wie der eigentlich geheißen hatte, hab ihn schließlich nur ein einziges

Mal gesehen, aber ich denke schon, dass es ein Haas war. Dazu noch die Ähnlichkeit! Sie wandeln hier auf den Spuren ihres Vaters.«

»Ja, so sieht's aus. Das Verrückte daran ist, dass mir das erst nach unserer letzten Unterhaltung klar geworden ist. Ich interessiere mich für Göttle und stoße ständig auf meinen eigenen Vater!«

Der Wirt und stellte die Schorle mit einem »Wohl bekomm's« auf den Tisch. Onkel Artur wartete, bis er sich wieder entfernt hatte, ehe er die Unterhaltung fortsetzte.

»Hört sich kompliziert an«, er zuckte mit den Schultern, »wird wohl kein Zufall sein! Ich habe Ihnen beim letzten Mal eigentlich alles Wesentliche erzählt, was mir so zu der Geschichte einfällt – aber ich kann mir schon denken, dass Ihnen das noch nicht genügt. Was könnte ich Ihnen also noch erzählen?«

»Na, zum Beispiel, wofür ganz genau mein Vater sich interessiert hat?«

»Wofür ganz genau?« Er ließ sein oberschlaues Willy-Reichert-Lächeln sehen. »Ganz genau hab ich's nicht! Er wollte von mir alles Wissenswerte über Göttle hören, das ich ihm bieten konnte. So wie Sie auch, nur dass er dazu noch genauso neugierig in Bezug auf den alten Ehrlich war.«

»Wissen Sie, dass mein Vater nicht mehr lebt?«

Er nickte. »Der Mann, der ihn mir damals vorgestellt hat – alter Bekannter von mir – hat's mir irgendwann erzählt: Ihr Vater ist eines gewaltsamen Todes gestorben.«

»Kann man so sagen, er wurde erstochen.«

Er nickte noch einmal und warf einen langen Blick auf Thomas. »Und Sie denken nun, dass sein Tod mit seinen Nachforschungen zusammenhängt?«

Thomas erwiderte den Blick. »Sollte ich das nicht denken?«

»Na, ich weiß nicht. Hüten Sie sich vor vorschnellen Schlussfolgerungen! Ich habe Ihnen ja schon einmal gesagt, dass ich den Göttle für einen bösen Menschen halte, aber ich kann mir eigentlich nicht vorstellen, dass er wegen der Nachforschungen Ihres Vaters so weit gegangen wäre.«

»Was weiß ich! Ich kenne nur den Göttle von der Friedrichshöhe, ich habe ihn nicht kennen gelernt, als er noch im Vollbesitz seiner geistigen Kräfte war. Vielleicht hat ja mein Vater zu viel herausgefunden! Ich habe erfahren, dass er damals nach Norddeutschland gefahren ist, um eine alte Frau aufzusuchen, die er über die Sache befragen wollte. Eine Frau, die nach dem Krieg von hier weggezogen ist. Seither frage ich mich, wer sie gewesen ist und was er von ihr erfahren haben kann.«

»Aha!« Er nahm wieder einen Schluck und ließ sich Zeit damit. Es war ihm nicht anzusehen, ob ihn diese Nachricht beeindruckte. »Deswegen sind Sie also gekommen. Sie meinen, dass ich vielleicht eine Ahnung habe, wer die Frau gewesen sein könnte?«

»Hmhm«, nickte Thomas und wartete geduldig auf das, was der Onkel ihm nun erzählen würde. Denn dem war, wie Thomas bemerkt zu haben glaubte, gleich eingefallen, um welche Frau es sich handeln konnte, er ließ sich jedoch Zeit mit seinen Enthüllungen und zelebrierte so die Rolle des weisen, alten Mannes, der sorgfältig abwog, wie viel von seinem Wissen er dem Jungen vor sich zumuten durfte. Thomas fand, dass er ein wenig übertrieb und er verkniff sich das Schmunzeln darüber.

»Hedwig Kohlmaier«, sagte der Onkel endlich und etwas abrupt, »sie hat in den Fünfzigern in den Norden geheiratet.« Wieder eine Kunstpause, in der es so schien, als vergewissere er sich, dass Thomas nun gespannt an seinen Lippen hing. »Habe ich nicht erwähnt, dass es da so Gerede gegeben hat? Da wollte irgendjemand davon mitbekommen haben, dass wieder ein anderer eine Nachbarin des Doktor Mannheimer habe plaudern hören – nämlich über jene Nacht, in der der

Anwalt zu Tode gekommen ist. Dass der Göttle dabei gewesen sei! Nun ja, ich weiß ja auch nichts Genaues – jedenfalls war Hedwig Kohlmaier eine Nachbarin des Doktor Mannheimer, hat damals direkt nebenan gewohnt, die Hedwig.«

»Uff!« Viel mehr wusste Thomas im ersten Augenblick dazu nicht zu sagen. Eine sensationelle Neuigkeit! Oder etwa nicht? Man musste sich das zunächst mal durch den Kopf gehen lassen. Er verlegte sich, da der Onkel jetzt seinen Kommentar abwartete, aufs laute Nachdenken: »Das heißt doch wohl ... dass mein Vater da vielleicht ... eine Zeugin aufgetrieben hat, die Göttle belasten konnte?«

Der Onkel brachte darauf ein besonders bauernschlaues Schulterzucken zu Stande, ein kleines gestisches Meisterwerk, das genau das Gegenteil dessen anzudeuten schien, was es bekundete. »Tja, auf solche Ideen könnte man fast kommen.«

»Sie klingen nicht sehr überzeugt. Wissen Sie denn da noch was darüber?«

»Nein nein, überhaupt nicht. Habe keine Ahnung, ob ausgerechnet die Hedwig damals die Gestapoaktion beobachtet hat.«

»Na? Es scheint doch ganz so, als ob Sie die Hedwig gut gekannt haben – und da haben Sie sie nie nach der besagten Nacht gefragt? Und Sie haben auch meinem Vater nicht von ihr erzählt?«

Onkel Artur hob die Hände zu einer abwehrenden Geste. »Jetzt, fürchte ich, überschätzen Sie mich. Ich würd es Ihnen schon erzählen, wenn ich mehr wüsste. Hedwig Kohlmaier habe ich selber eigentlich kaum gekannt – so wie man halt in der Jugend die Schwaigerner Mädle gekannt hat, vom Tanz und so.« Er lächelte einen Augenblick versonnen in sich hinein, den Erinnerungen hinterher, die er mit ›Tanz und so‹ verband. »Meine Frau kam ja aus Schwaigern, ist mit der Hedwig in die Schule gegangen, die hatten dann später noch losen Kontakt, so um ein paar Ecken herum. Und ich geb's ja zu: Ich habe die nach dem Krieg auch mal gefragt wegen der Gestapoaktion beim Mannheimer, aber da wollte sie nichts mitbekommen haben. Also wenn es die Hedwig war, die da irgendwann einmal etwas über jene Nacht rausgelassen hat, dann hat sie jedenfalls später nicht mehr darüber reden wollen.«

»Aber sie könnte es gewesen sein?«

»Ja, kann sein! Wenn das überhaupt stimmt, dass irgendjemand darüber geplaudert hat. Aber von mir hatte Ihr Vater keinen Hinweis auf Hedwig Kohlmaier.«

»Hm, so so«, Thomas überlegte, »das heißt, ich müsste diese Frau Kohlmaier schon selbst fragen, was der Vater von ihr erfahren hat. Können Sie mir denn sagen, wo sie jetzt wohnt?«

»Tja, ich kann Ihnen sagen, wo sie gewohnt *hat*. Sie ist nämlich vor ein paar Jahren verstorben. Die Martha – meine Frau – wollte damals noch zur Beerdigung fahren, war aber selber zu malad für die Reise. Ist dann bald darauf auch gestorben, Darmkrebs, da mag ich gar nicht mehr dran denken.« Mit einem lauten Seufzer hob er das Glas, nahm einen Schluck und murmelte noch: »Ja ja, die arme Martha.«

Sie legten eine Gedenkminute für sie ein. Während der Onkel traurig in sein Trollingerglas hineinsah, überlegte Thomas, was der ihm vielleicht noch erzählen könne. »Der Mann«, fragte er schließlich, »der, der Ihnen meinen Vater vorgestellt hat, wer war denn das? Die müssen sich ja gut gekannt haben. Vielleicht hatte er von dem den Hinweis auf Hedwig Kohlmaier.«

Er erntete Kopfschütteln. »Der Ludwig. Der hat bestimmt nix gewusst. Der Ludwig war zwar ein guter Kerl, aber nicht der hellste. Hat am Ende auch bei Wiko gearbeitet. Und wenn Sie mich jetzt fragen, wo Sie den treffen können, dann muss ich Sie schon wieder enttäuschen: Der lebt zwar noch, aber ungefähr genauso wie der Göttle, das heißt, dass sein gegenwärtiger Geisteszustand kaum besser sein dürfte. Er ist in einem Pflegeheim in Sternenfels gelandet. Sie können ja mal hinfahren und sich selbst davon überzeugen, dass von dem nichts mehr zu erfahren ist. Ich habe ihn einmal besucht, und das war dort so deprimierend, dass ich nie mehr hin bin. Tja, Pech gehabt. Mehr fällt mir nun wirklich nicht ein! Onkel Artur seufzte vernehmlich. »Jetzt trinken Sie doch noch einen mit mir, Sie haben leer, wie ich sehe.«

»Wenn's denn sein muss, dann nehm ich noch ein großes Export. Aber vorher muss ich mal schiffen gehen.« Er schickte dem letzten Wort ein ausdrückliches Lachen hinterher, damit der Onkel auch bestimmt kapierte, dass er sich nur zum Spaß und nicht etwa gewohnheitsmäßig so grob ausdrückte.

»Da werden Sie sich wohl alleine zurecht finden«, sagte der, das Lachen erwidernd, »ich bestell uns solange schon mal die nächste Runde.«

Thomas ging zur Toilette, deren Ausstattung wohl mindestens seit den Zeiten, in der Hedwig Kohlmaier die Nachbarin des Doktor Mannheimer gewesen war, nicht mehr erneuert worden war und inzwischen als denkmalschutzwürdig hätte gelten können, wenn der kulturelle Wert von Vorkriegspissbecken allgemein anerkannt wäre.

Ich trinke zu viel, dachte Thomas beim Urinieren, ich wollte heute gar keinen Alkohol trinken, und jetzt geht's grad wieder so wie an allen anderen Abenden, ich werde mir noch die Leber kaputt saufen. Immerhin konnte er einmal mehr feststellen, dass sein Strahl noch mit Hochdruck aus dem Schlauch schoss, von Prostataproblemen keine Spur! Zurück in der Wirtsstube bestellte er sich erst mal wieder einen Wurstsalat.

Onkel Artur kam nun plötzlich auf seine Nichte Andrea zu sprechen: »An und für sich schon ein patentes Mädchen, aber halt manchmal ein wenig ...« – er ließ offen, was genau, außer patent, sie halt manchmal noch sei. Jedenfalls: Sie habe sich von einem reingeschmeckten Fischkopf schwängern lassen, der dann natürlich sofort verduftet sei. Da könne er nur den Kopf schütteln und sich wundern, wie die jungen Leute heutzutage überhaupt noch ungewollte Schwangerschaften zu Stande bringen konnten, bei all den Möglichkeiten diesbezüglicher Vorkehrung, die ihnen zur Verfügung stünden.

So verstrich die Zeit während Thomas seinen Wurstsalat erwartete, bekam und aufaß. Kein Wort mehr von Hedwig Kohlmaier. Dann war's wieder spät geworden und natürlich hatte Thomas auch noch zwei Bier trinken müssen – irrelevante Menge, scheiß drauf, damit konnte er noch bis an den Arsch der Welt fahren.

Als er sich endlich zum Gehen durchringen konnte und zu einer umständlichen Verabschiedung ansetzen wollte, kam plötzlich der Onkel auf das ursprüngliche Thema ihrer Unterhaltung zurück: »Also nun mal ehrlich, mein lieber Haas«, sagte er, möglicherweise nun ein wenig beschwipst, »ich muss jetzt mal ein ernstes Wörtchen mit Ihnen reden. Sie denken – und zugegeben auch ich denke und Ihr Vater hat gedacht –, dass der Tod des Anwalts Mannheimer mit dem Testament Wilhelm Kolbs zusammenhängt, dass Göttle und Ehrlich durch ein Verbrechen in den Genuss des Kolb'schen Erbes gekommen sind. Aber warum machen Sie sich die Mühe, mehr darüber herauszubekommen? Weil Sie annehmen, dass vielleicht Ihr Vater wegen seiner Nachforschungen hat sterben müssen? Ich sage nur: Hüten Sie sich vor Ihrer Phantasie, verrennen Sie sich bloß nicht.«

»Was heißt denn hier verrennen? Mein Vater wurde erstochen, so kommt schließlich nicht jedermann ums Leben!« Sollte er ihm von Ede Wolf erzählen, von Bauditsch und dem Mann mit dem englischen Akzent? Heute jedenfalls nicht mehr, vielleicht beim nächsten Mal, falls man sich überhaupt noch einmal über die Geschichte unterhalten würde. »Ich frage mich ja, warum Ihnen das damals nicht auch übel aufgefallen ist. Sind Sie eigentlich nie auf die Idee gekommen, mit Ihrem Wissen zur Polizei zu gehen?«

»Mit welchem Wissen? Ich weiß gar nichts.« Er sagte es mit einer Miene allergrößten Bedauerns. »Vom Tod Ihres Vaters habe ich übrigens erst lange danach und eher zufällig erfahren. Wird wohl keine fette Schlagzeile in der Zeitung gewesen sein, und wenn, dann hab ich sie nicht mitbekommen. Und falls ich irgendeine kleine Meldung darüber in der Zeitung gelesen habe, dann wird daraus wohl nicht ersichtlich gewesen sein, dass es dabei um den Mann ging, der mich hier über Göttle und Ehrlich befragt hat.«

War das nun eine Antwort auf das, was Thomas ihn gefragt hatte? Wäre er zur Polizei gegangen, wenn er früher vom Tod des Vaters erfahren hätte? Vermutlich nicht, vermutlich meldete er sich niemals ungefragt zu Wort und zog die Rolle des stillen Beobachters vor. Vermutlich war das auch klüger so.

»Ich werd mich dann mal wieder auf den Heimweg machen«, sagte Thomas und winkte den Wirt zum Bezahlen herbei.

»Na«, meinte der Onkel, indem er auf seine Armbanduhr sah, »ist's denn schon so spät? Aber Sie haben ja einen weiteren Rückweg, da will ich Sie nicht länger aufhalten. Hat mich jedenfalls gefreut, dass Sie vorbeigekommen sind.«

Es folgte das Bezahlen, das Händeschütteln und Auf-Wiedersehen-Sagen. »Tut mir Leid, dass ich Ihnen nicht mehr habe weiterhelfen können«, meinte der Onkel noch. »Und passen Sie auf sich auf!«

* * *

Rechtzeitig zum Wochenende war es wieder richtig heiß geworden. Freibad- und Grillpartywetter, das die heimischen vier Wände zu einem unerträglichen Brutkasten werden ließ und diejenigen, die keine eigene Grünparzelle besaßen, in die geldgierigen Arme jener Gastwirte trieb, die einen Freiluftaufenthalt anbieten konnten.

Schwere Zeiten für die Bewohner der Friedrichshöhe. Die entkräfteten Herz-Kreislauf-Systeme wollten die Hitze kaum noch bewältigen. Thomas hatte sie alle auf der Veranda angetroffen, unter einigen schmutzigen Sonnenschirmen versammelt, die er noch nie zuvor dort gesehen hatte. Der Großvater im ärmellosen, grauen Doppelrippunterhemd, das eine käsig blasse Haut bloßliegen ließ, die, da sie einstmals viel mehr Volumen hatte umspannen müssen, nur noch schlaff um die Knochen hing und von dunklen Adern durchwoben war, die irgendwie verstopft und ausgetrocknet wirkten. Bei Göttle hatte Thomas' Erscheinen eine gewisse Begeisterung hervorgerufen, er war ihm sofort mit ausgestreckter Hand entgegengetrippelt und von Thomas, nachdem dieser sich vergewissert hatte, dass niemand sonst ihn hören konnte, mit einem herzlichen »Heil Hitler« begrüßt worden. Das hatte dem Herrgöttle so sehr gefallen, dass er gleich mehrmals laut hatte »Bimbo« rufen müssen. Der Großvater dagegen war ganz und gar nicht zum Reden aufgelegt gewesen und so hatte Thomas sich nach einer guten Dreiviertelstunde wieder verabschiedet, war zurückgefahren und hatte unterwegs am Breitenauer See angehalten und sich kurz in das immerhin bloß lauwarme Wasser gelegt.

Auf dem Weg zu Silvias Wohnung in der Gutenbergstraße kaufte er sich sein an einer Tankstelle sein Abendbrot: vier eiskalte Dosen Weizenbier, zwei in Folie eingeschweißte Frikadellenbrötchen, einen Twix-Schokoriegel und, der Gesundheit wegen, ein Fläschchen Multivitaminsaft. Das versprach so viel Gemütlichkeit vor dem Fernseher wie bei solchem Wetter möglich, und Thomas nahm sich vor, heute nicht mehr auszugehen. Als er Silvias Wohnung betrat, kam sofort Dagobert herbeigetrabt, der ihm ein wenig gram schien, dass er zwei Tage nicht mehr nach ihm gesehen hatte.

Thomas versöhnte ihn mit einer besonders üppigen Mahlzeit, öffnete Fenster und Verandatüren, um ja keine Brise zu verpassen, die vielleicht wider Erwarten doch noch aufkäme, und ließ die Glotze warmlaufen.

Die Tagesschau hatte nichts Aufregendes zu berichten. Der Golfkrieg war nun schon ein paar Monate ausgefochten und die kuwaitischen Ölquellen, die der derzeit in der Hitlerrolle dilettierende Saddam am Ende noch schnell hatte anzünden lassen, um wenigstens die Erdatmosphäre zu vernichten, interessierten auch niemanden mehr und waren vermutlich bereits von dem weltbekannten texanischen Ölquellenfeuerlöschspezialisten Red Adair ausgepinkelt worden. Thomas fragte sich, wie der extrem übergewichtige Bundeskanzler wohl diese Hitze ertrug.

Nebenan rumorte wieder einmal eine Gartenparty – sie schickte verlockende Grillfleischdünste, Gelächter und die unvermeidlichen Fetzen Idiotenmusik herüber. Thomas lobte im Stillen den unbekannten Programmredakteur, der mit Chabrols *Die Phantome des Hutmachers* einen Film in diesen Sommer hineingesetzt hatte, der in einer verregneten Hafenstadt spielte – zum Labsal all derer, die insgeheim unter der Gute-Laune-Folter der sonnenverliebten Mehrheit litten.

Irgendwann klingelte das Telefon. Thomas fiel ein, es könne Silvia sein, und er hob ab in der Hoffnung ihre Stimme zu hören. Aber niemand meldete sich. So was kam vor, auch dann, wenn man nicht von irgendeinem Fremden im Wald eine Warnung erhalten hatte. Sie werden doch wohl nicht zum Telefonterror übergehen, dachte sich Thomas und ließ sich wieder in die Couch sinken. Das Weizenbier zwang zum Aufstoßen und die Plastikfrikadellen gaben den Rülpsern einen ungesunden Kompostgeruch mit auf den Weg. Dann war auch Mademoiselle Berthe stranguliert, der Hutmacher Labbé sprach sein »Schlagt mich nicht« und der Film war vorbei. Und Thomas ging pinkeln.

Selbstverständlich hatte sich, als er zurück ins Wohnzimmer kam, dort nichts verändert. Mit einer Ausnahme: Ede Wolf stand mitten im Raum und hielt eine Waffe in der Hand.

* * *

Handschuhe! Der Mann trug Handschuhe, hauchdünne, medizinische Schutzhandschuhe.

Sie hatten sich einige Pulsschläge lang schweigend angeglotzt. Thomas hatte es die Sprache verschlagen und Ede musste nichts sagen, der mächtige Revolver gab eine erste Antwort auf alle Fragen, die Thomas ihm hätte stellen können. Eine solche Waffe kannte man allenfalls aus den amerikanischen Gangsterfilmen, und auf Anhieb kamen einem nur die Bösen in den Sinn, die man dort damit hatte herumballern sehen.

Nachdem er Thomas' Sprachlosigkeit lange genug ausgekostet hatte, sagte Ede: »Eine Sauhitze ist das heute.«

Thomas nickte nur. Eine originelle Erwiderung wollte ihm einfach nicht einfallen, nicht bei Ede.

»Tja, mein Freund, ich möchte dir raten, jetzt keine Dummheiten zu machen. Das Ding ...«, er hob Waffe eine Handbreit, »... reißt dir die Kutteln in Stücke.«

Daran war nicht zu zweifeln. »*Den* Schuss würden sie aber in der Nachbarschaft bestimmt nicht überhören«, wagte Thomas zu sagen.

»Mach dir darüber keine Sorgen, *du* würdest ihn wahrscheinlich nicht mehr hören«, meinte Ede dazu.

Tatsächlich waren sie auf der Grillparty drüben zu irgendeiner lateinamerikanischen Arschwackelmusik übergegangen, und die mussten sie laut hören – ob ihre lebenslusttrunkenen Gehirne noch an einen Schuss würden denken können, wenn sie ihn hörten? Und wenn schon! Ede hatte alles gesagt, was dazu zu sagen war.

»Und nun?«, fragte Thomas, »was soll das Ganze?« Er hatte sich von seinem ersten Schrecken erholt und fürchtete sich nur noch ein bisschen vor dem bösen Wolf. Schließlich kannte man sich ja bereits und hatte schon einen zusammen getrunken. Schließlich stand man sich in friedlichem Ambiente gegenüber, in einer geschmackvoll eingerichteten Wohnung im gepflegten Großbürgerviertel in einer braven Stadt. Und schließlich war es nun auch nicht mehr das erste Mal, dass er unverhofft mit einer Waffe bedroht wurde, und es mochte schon so etwas wie Gewöhnung in der gezügelten Unruhe liegen, mit der Thomas jetzt einem neuerlichen Verbot weiterer Nachforschungen entgegensah.

Vielleicht hatte er auch beim ersten Schreck seine gesamte Urteilskraft verloren.

»Du bist, wie's scheint, ein wenig schwer von Begriff, sonst müsstest du nicht ständig so blöde fragen.« Ede lauschte ein paar Sekunden lang den Lambadaklängen, die von draußen hereinwehten. »Ja ja, schwer von Begriff! Meines Wissens hat man dir doch bereits vor einer Woche einen gut gemeinten Gruß von mir ausgerichtet.«

»Der Typ mit dem Amiakzent? Er hat mir nicht gesagt, von wem genau der Gruß kam. Und dass er gut gemeint war, scheint der auch nicht mitbekommen zu haben.«

»Das kann ich mir nicht vorstellen. Pearson bekommt immer alles mit, der Mann ist ein wahrer Meister auf seinem Gebiet, hab ihn nur für dich herkommen lassen. Und deshalb weiß ich jetzt ziemlich gut Bescheid über dich: Möchtest hier in die Fußstapfen deines Vaters treten, bist ein kleines, dummes Arschloch! Oder etwa nicht?«

Wusste er darauf eine Antwort? Nicht hier, vor dem großen, bösen Ede Wolf und seinem großkalibrigen Trommelrevolver.

»Ein kleines, dummes Arschloch also. Hättest auf Pearson hören sollen.« Er zuckte mit den breiten Schultern und blies viel Luft durch die Nasenlöcher, aus denen kleine Haarbüschel wuchsen. »Aber hast nicht hören wollen. Ganz der Vater. Auch so ein kleines Arschloch, hat auch geglaubt, er könne mit den großen Hunden brunzen. Hätte sich auch um seinen eigenen Dreck kümmern sollen.«

Das ›auch‹ beunruhigte Thomas; die Parallele, die damit gezogen wurde. Er versuchte es damit, sich blöd zu stellen: »Was habt ihr alle immer bloß mit meinem Vater? Ich hab keine Ahnung, was mit dem gewesen ist, ist schon lange tot und begraben für mich.«

»So so, dann war das nicht der alte Kumpel deines Vaters, den du da im Industriegebiet besucht hast. Und wenn man gerade zufällig mal im Bayerischen Hof bei einem Bierchen hockt und gerne ein paar Worte mit der charmanten Petra wechseln möchte, da nimmt man natürlich das erstbeste Gesprächsthema, das einem dort in den Sinn kommt ...«

Nun gut, Ede war nicht eigens hergekommen, um sich verarschen zu lassen. »Ja, was soll ich denn machen, wenn plötzlich ständig von meinem Vater die Rede ist, das muss mich doch einfach interessieren«, sagte er darum, in der vagen Hoffnung, dass Ede noch einmal ganz vernünftig mit sich reden lassen werde.

Der sah ihn lange und ohne Regung an, und es war nicht auszumachen, welche Wendung er der Sache geben würde. »Und?«, fragte er dann plötzlich, »was hast du herausbekommen?«

Und Thomas rutschte das Herz in die Hose. Eine Panik ergriff ihn, die durch den Wortlaut der Frage nicht zu erklären war, sondern eher durch deren Ton, der irgendwie verriet, dass Ede die Antwort nicht mehr wirklich interessierte. »Nichts«, behauptete Thomas mit kläglichem Stimmchen.

Ede nickte: »Aha! Ich hab mir vorhin die Hütte mal von draußen angesehen, wenn die Muschi so gut ist, wie die Wohnung, dann Glückwunsch. Am besten hat mir das Badezimmer gefallen.« Ein lässiges Schwenken der Kanone sollte

Thomas dorthin dirigieren und als der dieses nicht sofort begriff, schickte Ede hinterher: »Beweg dich, wir geh'n jetzt ins Bad rüber.«

Thomas tat, wie ihm geheißen. An einen Fluchtversuch war nicht zu denken, er hätte schon einen Überraschungsangriff wagen müssen. Gegen Ede! Als Thomas ins Badezimmer trat, trieb der Anblick der gekachelten Wände den Puls weiter in die Höhe. Ein zarter, rötlicher Stich wärmte das Weiß der Kacheln und gab dem Bad die angenehme Atmosphäre, die ihm immer wieder aufregende Vorstellungen der Hausherrin heraufbeschworen hatte – die nackte Silvia, die sich hier wusch und duschte und in der geräumigen Wanne entspannte – jetzt aber verblasste jeder Farbton in seiner Wahrnehmung, jetzt sah er die Kacheln gewissermaßen im kalten Schwarzweiß von Tatortfotos, wie man sie aus der Presse kannte. Waren nicht auch Schlachthäuser und Leichenschauhallen gekachelt? »Was soll das Ganze?«, fragte Thomas noch einmal, nun zaghafter und mit trockenem Mund.

Ede überhörte die Frage, er sah sich um und sagte: »Reich mir mal den Haarfön da rüber.« Er deutete zur Ablage über dem Waschbecken.

Thomas gab ihm den Fön, Ede sah ihn sich kurz an und legte ihn neben sich auf das Fensterbrett.

»Eine Sauhitze ist das heute«, wiederholte sich nun auch Ede, »ein kleines Bad wird dir gut tun. Los, zieh dich aus!«

Für einen Sekundenbruchteil hoffte Thomas, es handele sich um einen Scherz. Aber da war nicht die Spur einer Belustigung in Edes Gesicht.

»Ich hab dir schon einmal geraten, hier keine Zicken zu machen! Auszieh'n, und zwar alles!«

Kein Ausweg in Sicht! Thomas zögerte nicht mehr länger und knöpfte sich mit zittrigen Fingern Hemd und Hose auf. Es war ihm, als müsse er mit den paar Kleidungsstücken die allerletzte Hülle verlieren, die ihm noch einen Schutz vor Ede hätte bieten können.

»Jetzt lass dir das Badewasser ein«, sagte der, als Thomas nackt vor ihm stand, »und tu dir auch das gute Schaumbad rein.«

Also steckte er den Stöpsel in den Abfluss, drehte das Wasser auf und versuchte es erneut mit: »Und was soll das nun?«

»Ich hab's dir doch schon gesagt: Du wirst jetzt ein Bad nehmen!« Er lauschte ein Weilchen dem Plätschern des Wassers. »Du hast das Schaumbad vergessen.« Er zeigte mit der Waffe auf Silvias Sammlung von Lotionen und Essenzen, die säuberlich am Rand der Wanne aufgereiht standen. »Los, rein damit. Und dann du hinterher!«

»Ede ...«

»Schnauze halten und rein in die Wanne!«

Ein Zucken huschte ihm übers Gesicht, ein zehntelsekundenkurzes Grinsen, als Thomas im Wasser saß.

Thomas sah es und verstand: Jetzt erst, in der Wanne in einer Lage, aus der er nur umständlich wieder auf die Beine kommen konnte, hatte ihn Ede da, wo er ihn hatte haben wollen! Jetzt gab es für Thomas überhaupt keine Möglichkeit mehr, ihm zu entkommen. Und Ede ließ den Rollladen vor dem Fenster runter, nahm dann wieder den Haarfön und trat mit ihm an die Wanne heran. Und steckte den Stecker in die Steckdose. Und schaltete ihn an. – Wie hatte er nur in die Wanne steigen können? Wieso hatte er nicht irgendwie versucht, den Hauch einer Chance, die er zuvor noch gehabt hatte, zu ergreifen? Jetzt hatte er endgültig gar keine mehr! Jetzt konnte er nur noch hoffen, dass Ede ihm bloß Angst einjagen wollte.

Ede stand über ihm, ein großer und mächtiger Muskelhaufen, der das bordeauxrote Lacoste-Hemd blähte, und sah mit kalten, grausamen Augen auf Thomas herab. »Na,

Sherlock Holmes, geht dir jetzt endlich der Arsch auf Grundeis?« Er hielt ihm den Fön vors Gesicht. »Kennst du das Geräusch, wenn ein Türke an die Hochspannungsleitung kommt? – Ützli Brützli, hahahaha!« Spitzenwitz, kurze Pause. »Also gar nix hast du herausgefunden? Das ist ja nicht gerade viel, nicht wahr?«

Was wollte er hören? »Ich war doch bloß ein wenig neugierig. Ich bin weiß Gott kein Sherlock Holmes, das habe ich inzwischen selbst eingesehen.«

»Sag bloß, da hat man dich am Ende ganz falsch eingeschätzt. Der Ehrlich zum Beispiel, der mich vor drei Wochen anruft und so besorgt war, weil du dich an den alten Göttle herangemacht hattest. Hat vermutlich bloß überreagiert, als du auch noch Göttles Tochter flachgelegt hast.«

Also verdankte er den Ehrlich-Brüdern Edes Aufmerksamkeit. Tatsächlich: Die hatten ihn falsch eingeschätzt. Aber es hatte jetzt keinen Sinn mehr, das Ede begreiflich machen zu wollen.

»Ich kann diesen Fön fallen lassen und in Ruhe rausmarschieren, kein Schuss wird die Nachbarn alarmieren. In zwei Wochen findet dich die Göttle-Muschi, wenn sie aus dem Urlaub kommt, und man wird's als Unfall verbuchen. Du hast schlechte Karten, du Scheißhaufen. Also hör auf, mich hier zu verarschen!« Er war laut geworden. »Wer bist du denn überhaupt? Und wer bin ich? Ich stehe hier in dieser Stadt ganz oben, ich mache hier Geschäfte, die weit über deinen kleinen Flachwichserverstand hinausgehen. Ich bin Ede Wolf ...« Er überlegte einige Augenblicke, durchmaß in Gedanken die ganze Tragweite dieser Feststellung, dann: »Aber du hältst mich, wie's scheint, für einen Deppen. Willst schon wieder den Dummen spielen, so wie neulich im Nachtcafé, als du einfach so hereinspaziert kamst, kaum dass der Ehrlich bei mir angerufen hat. Hast die Rolle zugegebenermaßen gut durchgezogen, hast dich brav abfüllen lassen und dann nicht verplappert, hast bloß dumme Sprüche gekloppt – man hätt's dir fast abkaufen können. Aber dem Ehrlich gegenüber warst du nicht so clever: Der hat schon ein paar Tage später wieder Stress gemacht, hat dich irgendwo getroffen und da hast du dich dann getraut, dem Mann ein wenig zu drohen. Dumm von dir! Hattest die Göttle-Muschi dabeigehabt, hast dich bei ihr eingeklinkt, da warst' dir wohl deiner Sache sehr sicher. Also hab ich Pearson kommen lassen. Teurer Spaß das, der Mann hat seinen Preis, aber ich kann's mir ja leisten. Jedenfalls weiß ich jetzt Bescheid über dich.«

Ede schaltete den Fön wieder aus und brachte eine Grimasse hervor, die man vielleicht sogar als gutmütiges Lächeln hätte auslegen können, wenn man es nicht besser gewusst hätte. Immerhin gewährte er Thomas damit ein winziges Quäntchen Entspannung. Dann beugte er sich zu ihm hinunter und blies ihm einen hygienischen Mundwasseratem ins Gesicht. »Also, mein Freund«, fuhr er mit gedämpfter Stimme fort, »Schluss mit dem Theater! Nun sagst du mir, was du alles herausbekommen hast. Ich will es aus deinem Mund hören.«

Was sollte das? Was musste er nun erzählen? Thomas spürte, dass es jetzt auf seine Antwort ankam, dass alles davon abhing, jetzt nichts Falsches zu sagen. Er brachte kein Wort heraus.

»Aha«, sagte Ede, »dir fehlen die Worte! Aber das ist auch eine Antwort. Traust dich nicht, es mir ins Gesicht zu sagen! Würdest dir wohl jetzt in die Hosen scheißen, wenn du noch welche anhättest. Weil du dir natürlich selbst ausrechnen kannst, wie das hier ausgeht, wenn ich weiß, dass du herausgefunden hast, dass ich damals deinen Vater abgestochen habe.«

Jetzt war es ausgesprochen, jetzt wusste es Thomas endlich ganz genau. Und alles, was er jetzt davon hatte, war noch mehr Angst. »Nein, *das* hatte ich nicht herausgefunden«, wagte er eine matte und sinnlose Richtigstellung.

»Tja, dann weißt du's halt jetzt. Und früher oder später hättest du's herausgefunden, wenn ich dich hätte so weitermachen lassen.« Ede hob den Fön.

Es wurde Zeit zu schreien oder zu winseln, Zeit, auch die unsinnigsten Versuche zu wagen, um nur wieder aus dieser Badewanne herauszukommen. Zum Beispiel einfach den Stöpsel herausziehen: Wie würde Ede das wohl aufnehmen? Oder ihm die Faust in die Fresse hauen ... aber Thomas unternahm nichts von alledem, denn selbst die geringste derartige Aktivität hätte noch etwas von der Energie beansprucht, die er ganz und gar auf seine Angst verwenden musste. Und so tat er das, was er nun tat, ohne jeden Beitrag eigener Anstrengung oder Absicht, vielmehr tat es sich ganz von selbst in ihm, und er konnte, als er es tat, nur darüber staunen: Den Blick fest an die Hand mit dem Fön gekettet, hörte er sich fragen: »Warum?«

Erschien da vielleicht ein Funken Respekt in Edes Blick? Für eine Sekunde hoffte Thomas, allein die unfreiwillige Kaltblütigkeit seiner Frage könnte Ede so sehr beeindrucken, dass er ihm gleich die Hand reichen würde, um ihm aus der Wanne zu helfen und sich für die Ungemach zu entschuldigen, die er ihm bereitet hatte. Aber tatsächlich verzog der keine Miene und allenfalls die wenigen Sekunden, die er verstreichen ließ, bevor er wieder den Mund auftat, verrieten möglicherweise eine gewisse Überraschung.

»Rein geschäftsmäßige Angelegenheit«, sagte er dann, »nix Persönliches dabei. Für mich war dein Vater eine von den vielen Nullen, mit denen man es in meiner Branche zu tun bekommt. Stell denen irgendwelchen Alkohol hin, setz ihnen eine frisch frisierte Muschi auf den Schoß – von mir aus hätt sich dein Alter noch in aller Ruhe seine Leber wegsaufen dürfen. Ich habe keine Ahnung, wie so einer es fertig bringen konnte, jemandem wie Göttle in die Quere zu kommen. Hat mich auch gar nicht interessiert, denn im

Gegensatz zu deinem Vater hab ich gewusst, dass man nur mit den großen Hunden brunzen kann, wenn man selber einer ist. Und du kennst offenbar genauso wenig deine Grenzen, wie damals dein Alter. Beim Göttle bist du damit ja noch durchgekommen, die Einzigen, die von dem heute noch was zu befürchten haben, sind die, die ihm die Windeln wechseln müssen.«

Natürlich gelang es Thomas nicht, über dieses Scherzchen auch nur zu schmunzeln. »Ich habe alles aufgeschrieben, was ich herausbekommen habe«, brachte er schließlich heraus. Mit kläglicher, tonloser Stimme war der Satz aus seinem Mund gekommen, belastet mit den Tonnengewichten seiner Angst, mühsam herausgestoßen gegen den lähmenden Reflex, in auswegloser Lage nur ja keinen Fehler mehr zu machen. Aber ihm blieb nur noch dieser dümmliche Versuch, irgendwie die Geradlinigkeit, mit der Ede auf das brutale Finale zusteuerte, zu stören. »Wenn mir etwas zustößt ...«

Edes Kopfschütteln schnitt ihm das Wort ab. »Amateur! Du hast kein As mehr im Ärmel, das ist mir inzwischen klar geworden! Jetzt ist's für dich zu spät, Arschloch! Ich bin gekommen, um die Sache ein für alle Mal zu beenden und eine bessere Gelegenheit wird's wohl nicht mehr geben: Die Tussi kommt erst in zwei Wochen zurück! Hab ich alles von Pearson, der Mann macht seinen Job hundertprozentig, hat euch sogar auf den Flughafen begleitet. Das wird ein unangenehmer Anblick werden für die Frau, wenn sie dich hier findet! Ich sitze übrigens gerade jetzt in meinem Büro im Nachtcafé, dafür gibt's Zeugen.«

Und er schaltete wieder den Fön an, hob ihn hoch und ... ein leises Knacken, Dunkelheit, Stille!

In einem furchtbaren Sekundenbruchteil explodierte die angestaute Angst in Thomas, entlud sich in einer Schockwelle, die ihm durch die Glieder jagte und mit ihrer Energie jedes einzelne seiner Moleküle zu zerschmettern schien, bevor sie in einem Aufschrei ins Freie entwich. Benommen von ihrer Wucht verbrachte Thomas noch einen Augenblick in völliger geistiger Umnachtung, bevor eine Art von Grunzlaut auf seine Trommelfelle traf und die dahinterliegenden neuronalen Leitungen und endlich sein Bewusstsein überhaupt zur Wiederaufnahme ihres Betriebs zwang. Ein Ausdruck des Erschreckens oder zumindest der Überraschung aus der Finsternis über ihm, der mit der Stimme Edes ausgestoßen worden war. Da war immer noch Ede! Und Thomas war am Leben. Die plötzliche Nacht, das Verstummen des Föns: Nicht das Ende, sondern ... ganz einfach ein Stromausfall? Thomas spürte eine Bewegung über sich und ein Gegenstand traf ihn am Kopf und platschte neben ihm ins Wasser: Der Fön, den Ede jetzt noch hatte fallen lassen. Er brachte Thomas vollends in die Gegenwart zurück, er dachte an den Revolver und duckte sich in die Wanne. Doch er hörte, wie Ede sich entfernte, wie er zur Tür schlich ... und Thomas begriff: Das Knacken war von dort gekommen, vom Sicherungskasten im Flur. Irgendjemand stand dort draußen und hatte die Sicherungen rausgedreht! Und hatte ihm das Leben gerettet – vorerst, denn Ede war nun auf dem Weg hinaus zu diesem unbekannten Retter, der jetzt durch keinen Mucks mehr seine Anwesenheit verriet. Ede mochte die Waffe haben, aber er hatte keine Sicht, nicht der geringste Lichtschimmer verirrte sich vom fensterlosen Flur herein ins Badezimmer. Mit rasendem Puls kauerte Thomas in der Wanne und horchte ins Dunkle hinein: Eine unerträgliche Sekunde lang gar nichts, dann plötzlich der Lufthauch der Tür, die aufgerissen wurde, ein Rascheln, ein dumpfer Schlag, ein schwacher, röchelnder Aufschrei und das Poltern eines stürzenden Körpers. Und wieder nichts, endlose Augenblicke Dunkelheit und Stille.

Und die Erlösung: »Thomas? Bist du okay?« Es war nicht Ede, der das sprach.

Thomas' aufgeheizte Sinne brauchten noch einen Moment, ehe sie die Stimme erkannten, und einen weiteren, um das Erstaunen hinunterzuschlucken, das diese Erkenntnis in ihm hervorrief:

»Micha!«

# 2. Teil

# IV. Bimbo

Der böse Wolf war tot. Er lag ein wenig verrenkt in Silvias Hausflur und ein dünnes Fädchen Blut rann über den unbeschädigten Teil seiner Glatze hinunter auf das helle Parkett. Es entsprang der hässlichen, blutigen Delle in seinem Hinterkopf, die der schwere und harte Gegenstand dort hineingeschlagen hatte, den Micha immer noch in der Hand hielt: Die Penisskulptur aus Silvias Wohnzimmer, die er sich im Vorübergehen gegriffen hatte, nachdem er genauso wie Ede durch die Verandatür hereingekommen war. Ein blutroter Fleck auf der Unterkante kontrastierte mit dem grünlichen Schimmer des Gesteins und verkündete ihre Entweihung zum Totschläger.

Sie hatten die Sicherungen wieder reingedreht und besahen sich nun schweigend das Schlamassel. Beziehungsweise das glückliche Ende des Albtraums, den Thomas gerade durchlebt hatte. Er musste sich eingestehen, dass es ihm nicht weiter schade schien um den, der jetzt am Boden lag. »Tja«, entfuhr es ihm schließlich schulterzuckend, »Servus Ede!«

Micha sagte nichts, er erwiderte nur das Schulterzucken und löste seinen trüben Blick von Ede, um ihn auf Thomas zu richten. Er brauchte allem Anschein nach dringend eine Aufmunterung.

»Du hast mir das Leben gerettet. Was soll ich sagen? Danke!«

»Hmm«, brummelte Micha und stelle den Marmorpimmel behutsam neben sich auf das Schuhschränkchen, an dem er lehnte. »Dumm gelaufen, Ede!« Er schüttelte den Kopf. »Dass ich bei der Dunkelheit überhaupt getroffen habe ... und dann gleich Blattschuss. Schicksal.«

»Notwehr, das ist ja wohl glasklar. Schlage vor, dass wir jetzt mal die Polizei anrufen.«

»Langsam, langsam!« Der Vorschlag hatte Micha munter werden lassen. »Bloß keine Bullen! Wenn das hier rauskommt, bin ich erledigt.«

»Aber wieso denn? Du konntest ja gar nichts anderes machen, wenn du nicht zusehen wolltest, wie Ede mich umbringt ...«

»Es geht hier nicht um die juristische Seite, es sind eigentlich nicht die Bullen, die ich fürchten muss, obwohl auch die kaum abgeneigt sein werden, wenn sie mir was anhängen können. Es geht hier darum, wer Ede ist ... gewesen ist. Das Problem sind die Leute, Edes Leute hier in der Stadt und wer weiß wer noch alles. Ich gehöre dazu, und ich habe einen von uns, und zwar den Chef, umgelegt!« Er fuhr sich mit der Hand durch die Mähne und ließ sie oben auf dem Kopf liegen: Eine Geste besorgten Nachdenkens, die noch durch einen Seufzer unterstrichen wurde. »Mannomann, ich stecke bis zum Hals in der Scheiße!«

Thomas fiel dazu nichts ein. »Aber was sollen wir denn sonst machen? Was passiert ist, ist nun mal passiert.«

»Jedenfalls werden wir nicht die Bullen hierher holen! Du musst das jetzt irgendwie mit mir durchziehen, das bist du mir schuldig. Wenn ich mich aus der Sache rausgehalten hätte, dann hätte ich jetzt kein Problem und du wärst tot.«

Dagegen war kaum etwas zu sagen. Micha hatte ihn gerettet! »Wieso eigentlich?«, sprach Thomas die naheliegende Frage aus, die ihm erst jetzt eingefallen war.

»Wieso was?«

»Wieso bist du gerade rechtzeitig hier aufgekreuzt?«

»Dietrichsen!«

»Dietrichsen?« Thomas brauchte einige Sekunden, bis er begriff, wer gemeint war: Dietrichsen, ein Physiklehrer aus gemeinsamen Gymnasialzeiten, einer von denen, an die sich Thomas kaum noch erinnerte.

Ganz im Gegensatz zu Micha: »Dietrichsen, der vollgeschissene Strumpf mit den Breitcordhosen! Weißt du denn nicht mehr, wie der mich damals, in der zehnten Klasse, fertig machen wollte? Hat mir das ja auch unter vier Augen frei heraus gesagt. Es ist diesem Sackgesicht einfach ein Dorn im Auge gewesen, einen Proleten wie mich an seinem heiligen Scheißgymnasium erdulden zu müssen, und dann hat sich die Sache noch vollends verschlimmert, nachdem ich ihm einmal zufällig nachts draußen in der Sontheimer Straße begegnet bin – na ja, da war ich halt nicht mehr ganz nüchtern und habe ihm übermütigerweise Prügel angedroht. Jedenfalls habe ich es dir nie vergessen, dass du damals auf meiner Seite warst.«

Wiederum reichte Thomas' Erinnerung nicht aus, um sofort zu begreifen, was er damit meinte – nämlich eigentlich nur den Umstand, dass er damals Micha bei einigen Physikklausuren aus der Bredouille geholfen hatte.

Für Micha aber hatte das offenbar sehr viel bedeutet: »Der Mann hat mich gnadenlos bekämpft. Zum Beispiel seine ständigen hinterfotzigen Abfragen: Die sollten doch nur anhand meiner mangelhaften Physikkenntnisse dem Rest der Klasse demonstrieren, dass ich dort fehl am Platz sei. Bloß ein geistig Minderbemittelter, der nicht dazugehört! Und diese Ansammlung hühnerbrüstiger Schleimer und verwöhnter Bürgerstöchter hat dazu hämischen Beifall gegrinst und mit dem Arschloch Dietrichsen sympathisiert. Die haben mich sowieso stets nur als einen Fremdkörper behandelt. Ihre Ablehnung haben die nur darum nicht offen gezeigt, weil sie andererseits auch Schiss vor mir hatten – gespürt habe ich die Ablehnung immer! Und wer weiß, vielleicht hätte ich, wenn die mich dort akzeptiert hätten, die Schule abschließen und eine anständige Karriere machen können ... jedenfalls: Du warst dabei die Ausnahme! Hast mich niemals als dummen Klassenprolo behandelt und mir als Einziger gegen Dietrichsen geholfen. Und nur Dank dieser Hilfe hat zumindest der nicht gewonnen, denn am Schuljahresende hat es dann einfach nicht zu der Physiknote gereicht, die meine Versetzung verhindert hätte.«

Tatsächlich hatte Thomas ihm bei einigen Physikklassenarbeiten ein Blatt mit Lösungen zugesteckt, und am Ende war er dabei von Dietrichsen, der misstrauisch geworden war, nachdem er Micha mehrmals gute Zensuren nicht hatte verweigern können, ertappt und mit einer Sechs bestraft worden, welche ihm selbst die Zeugnisnote im Fach Physik, die ansonsten sehr gut hätte ausfallen müssen, verdorben hatte. Aber war das noch zu begreifen? Eine uralte Geschichte, die Thomas eigentlich bereits vergessen hatte, war ausgerechnet einem Kerl wie Micha noch so wichtig. Nach allem, was Thomas an diesem Abend erlebt hatte, fühlte er sich zu matt, um darüber noch nachzugrübeln. So zahlten sich gute Taten doch noch irgendwann aus, obwohl ihn diese spezielle eigentlich nichts gekostet hatte, denn einerseits war ihm die Physik besonders leicht gefallen, andererseits aber wäre ihm eine zu gute Physiknote sowieso eher peinlich gewesen, denn die Mädchen in der Klasse hatten weder die Physik gemocht, noch die Strebertypen, die normalerweise darin besonders gut waren.

Der Rest war dann schnell erzählt: Micha hatte miterlebt, wie Ede Thomas mit Alkohol abgefüllt und ausgehorcht hatte, und da er sich nun mal Thomas verbunden fühlte, hatte er die Sache im Auge behalten. Er arbeitete seit einigen Jahren für Ede, in einer Funktion, die er selbst mit »Edes Neger« umschrieb und die es mit sich brachte, dass er sozusagen die beste Sicht auf das Treiben im Nachtcafé und die Aktivitäten seines Herrn und Meisters genoss. Er war also ins Music Planet gekommen und hatte Thomas vor Ede gewarnt, und danach war eineinhalb Wochen lang nichts weiter geschehen. Dann aber war plötzlich Pearson auf der Bildfläche erschienen – ein Ereignis, das Micha sowieso neugierig gemacht hätte, denn es war nicht das erste Mal, dass Ede Pearson engagiert hatte: Ein Spezialist für Nachforschungen und Überwachungen, ein Mann, der Aufträge zuverlässig und ohne jedes Aufsehen erledigte, und der, so glaubte Micha, irgendwo weit weg in der Schweiz lebte. Jedenfalls kassierte Pearson horrende Summen, und so musste es sich um eine besondere Sache handeln, um derentwillen Ede ihn hatte kommen lassen. Micha hatte also die Ohren weit aufgesperrt, als sich Ede mit Pearson im Hinterzimmer des Nachtcafés, wo er solche Unterredungen meistens abhielt, besprach, und hatte schließlich, als er den beiden etwas zu trinken brachte, den Namen Haas aufgeschnappt. Damit war klar gewesen, dass es um Thomas ging, dass Pearson ihn beschatten oder irgendetwas über ihn herausfinden sollte. Micha hatte dann darauf Acht gegeben, wie sich die Sache entwickelte, aber zunächst nichts weiter darüber erfahren. Gestern Morgen jedoch hatte er Pearsons Abreise mitbekommen, und während der letzten beiden Tage war es ihm irgendwie so erschienen, als brüte Ede klammheimlich irgendetwas aus – nun wusste man ja, dass er sich darin nicht getäuscht hatte! Dann, heute Abend gegen neun, hatte Ede Micha beiseite genommen und ihm gesagt, dass er für die nächsten beiden Stunden für niemanden zu sprechen sei – und dass er, falls später danach gefragt werde, während dieser ganzen Zeit »unten im Keller« gewesen sei, in einer Art Büro und Lagerraum im Souterrain des Nachtcafés, von dem aus eine Tür nach draußen führte. Micha hatte ihm also für diese Zeit ein Alibi geben sollen! In Anbetracht der Umstände war er alarmiert und ahnte, dass Thomas Gefahr drohte. Also hatte er sich gegenüber dem Rest der Thekengesellschaft im Nachtcafé, wo heute Abend sowieso eine gewisse Monique den Ausschank machte, wie zuvor Ede damit entschuldigt, noch zu tun zu haben, und dann draußen im Dunkeln die besagte Kellertür im Auge behalten. Und war Ede hierher gefolgt. Und hatte ihn am Ende totgeschlagen. Dumm gelaufen!

»Hätte ich *den* Ausgang vorher gewusst, ich wär wahrscheinlich doch lieber im Nachtcafé geblieben«, gab Micha zu, »aber wo ich nun einmal dort draußen hinter der Tür gestanden und alles mitangehört und den Sicherungskasten direkt vor mir gesehen habe – da konnte ich es ja wohl nicht einfach so zulassen, dass Ede den Mann umlegt, der mir damals gegen Dietrichsen geholfen hat! Pech für Ede!«

Jedenfalls hatte man nun auf dem Flur ein Problem herumliegen.

»Vielleicht könnte ich den Bullen erzählen, dass ich selbst Ede in Notwehr niedergeschlagen habe. Du machst dich aus dem Staub, bevor ich sie rufe, und ich erzähle, dass ich Ede mit der Waffe habe ums Haus schleichen sehen. Und als er hereingekommen ist, da habe ich mir nicht anders zu helfen gewusst ...«

»Vergiss es!« Micha schüttelte den Kopf. »Das wird nie und nimmer klappen. *Du* sollst Ede Wolf so einfach niedergeschlagen haben, als er hier hereinkam? Nimm's mir nicht übel, aber das werden sie dir nicht so ohne weiteres abnehmen. Und sie werden erkennen, dass er durch die Badezimmertür gekommen ist, als er den Pimmel auf den Kopf bekam – willst du ihnen erzählen, dass er durchs Badfenster gekrochen kam? Nein nein, das wird nichts! Gib mir einfach noch eine Minute Zeit, lass mich mal überlegen ... kannst dir ja bis dahin wieder was überziehen, wie soll man denn einen kühlen Kopf behalten bei so viel unverhüllten Reizen?«

Tatsächlich war Thomas noch immer nackt, er hatte sich vorhin lediglich im Vorübergehen ein Handtuch gegriffen, das er sich nun etwas verschämt vors Gemächt hielt. Er grinste zu Michas letztem Satz, obwohl er sich in diesem Augenblick nicht ganz sicher war, dass der ihn auch ausschließlich scherzhaft gemeint hatte.

Er ging zurück ins Badezimmer und rieb sich trocken. Beim Anziehen ließ er sich Zeit, genoss es, dies tun zu können – nach den grässlichen Minuten in der Badewanne. Die Aufregung der letzten Dreiviertelstunde steckte ihm noch in den

Gliedern und war ihm vor allem auch ins Gedärm gefahren. Also hockte er sich auf die Kloschüssel und ließ endlich dem nervösen Dünnschiss freie Bahn, den er während der ganzen Zeit zurückgehalten hatte und mit dem nun alle Anspannung und Verkrampfung aus seinem Körper entwich. Solchermaßen frisch beseelt von tiefer Erleichterung ging er zurück ins Wohnzimmer.

Micha machte inzwischen eine Miene, die verriet, dass er herausgefunden hatte, wie das Problem des toten Ede zu ihrer beiderseitigen Zufriedenheit gelöst werden konnte.

»Setz dich mal hin«, begann Micha und dirigierte ihn mit großzügiger Gastgebergeste auf das andere Sofa, »ich weiß jetzt, wie die Sache ...« – er nickte kurz in Richtung Flur – »... gemacht werden muss. Ich werde ihn wegschaffen. Du musst mir nur dabei helfen, ihn runter auf die Straße zu bringen. Dort packen wir ihn in den Kofferraum von seinem Benz. Natürlich müssen wir aufpassen, dass uns niemand dabei beobachtet, der Wagen ist nicht direkt vor der Tür geparkt, aber ich werd ihn vorher herholen und dann: Schwupps, rein damit und Deckel zu! Danach verschwindet unser Ede auf Nimmerwiedersehen und Punkt, aus, fertig! Hab's mir genau überlegt, da ist kaum ein Risiko dabei!«

»Kaum?« Thomas dehnte das Wort so weit es nur ging.

»Bleib locker, Mann, ich erklär's dir ja. Mir ist nämlich eingefallen, wie ich die Leiche restlos entsorgen kann. Und wenn ich restlos sage, dann mein ich das auch so! Einen Toten verschwinden zu lassen, ist gar nicht so schwierig, wie man immer denkt, da gibt's viele Möglichkeiten: Ein Säurebad, ein guter Ofen, ein sicheres Plätzchen zum Vergraben – man braucht nur die nötige Ausstattung und die Zeit dazu. Hab ich beides! Ich werde dafür sorgen, dass er in Frieden ruht. Und dass ganz sicher nichts mehr von ihm gefunden werden wird. Zumindest auf absehbar lange Zeit nicht! Und wenn eines sehr, sehr fernen Tages durch irgendeinen unwahrscheinlichen Zufall doch noch jemand auf das stoßen sollte, was dann noch von ihm übrig sein wird, dann werden sie damit nicht mehr viel anfangen können. Ede wird ganz einfach vom Erdboden verschwinden. Und damit ist unser Problem auch schon gelöst.«

Toll! Super! Klasse! Thomas brauchte gar nicht erst darüber nachzudenken, um Michas Plan bedenklich zu finden. Der gesammelte Kleinmut und Biedersinn seiner dreißigjährigen Verwicklung in gutbürgerliche Lebensgewohnheiten rumorte ihm durchs Oberstübchen: Man hatte eine Leiche herumliegen, nämlich *die* lokale Unterweltgröße, und sie war nicht an Herzversagen gestorben! Und man war schließlich in einer arbeitsteiligen Dienstleistungsgesellschaft aufgewachsen, war darin zum Tonträgerverkäufer geworden und verfügte über keinerlei Expertise im Zuhälterleichenbeseitigen. Thomas wünschte sich nach wie vor die Polizei herbei, damit die Geschichte, die ihm nun über den Kopf gewachsen war, ein ordentliches und glimpfliches Ende nähme und er nur ja bald wieder sein kleines und unbedeutendes Leben im milden Schoß seiner spießigen Heimatstadt fortsetzen könne. Aber die Geschichte war noch nicht zu Ende.

»Und wie wirst du es genau anstellen, dass unser Problem sich so einfach in Luft auflöst?«, fragte er also Micha.

Der schüttelte den Kopf: »Werd ich dir nicht verraten. Ist besser so, für mich und auch für dich. Die Sache bleibt mein Geheimnis, dann kannst du dich nicht verplappern, selbst wenn du's irgendwann mal gerne wolltest. Also vertrau mir einfach! Er wird nicht gefunden werden, er wird einfach weg sein, basta. Du musst dir deswegen keine Sorgen machen!« Ein ehrlicher Blick tief in die Augen, die Hände zur beschwörenden Geste erhoben – konnte Thomas da noch zweifeln?

Micha hatte ihm das Leben gerettet, also glaubte er ihm. War das logisch? »Nun gut, du lässt ihn also auf Nimmerwiedersehen verschwinden – aber ich sehe nicht, dass damit das Problem aus der Welt wäre. Ich meine: Da wird's doch wohl den einen oder anderen geben, dem auffällt, dass Ede plötzlich nicht mehr da ist. Zum Beispiel so ziemlich jedem aus deinem ... äh ... Milieu.«

»Mi-li-jööh«, äffte Micha, »das hört sich ja ganz so an, als hieltest du uns für keine ehrbaren Leute.« Er schüttelte betrübt den Kopf. »Und so einem hilft man aus der Badewanne.«

»Möge es dir der Herrgott vergelten! Ich finde es übrigens ganz großartig, dass wir hier auch eine kritische Situation mit so guter Laune durchstehen.«

»Tja, das zeigt unser reines Gewissen. Aber um auf deinen Einwand zurückzukommen: Die Frage ist doch, ob irgendjemand darauf kommen wird, einen von uns beiden mit Edes Verschwinden in Zusammenhang zu bringen. Und erst für den Fall, dass das geschähe, stellt sich noch eine weitere Frage, nämlich ob man uns dann irgendetwas beweisen könnte. Und schließlich, wenn man auf einen von uns beiden käme und ihm etwas beweisen würde, dann könnten wir es ja immer noch mit der Wahrheit versuchen ...«

»... die sich dann natürlich erst so richtig glaubhaft anhören würde!«

Micha seufzte. »Mein lieber Tom, du scheinst mir, wenn ich das mal so sagen darf, entweder ein Hosenscheißer oder ein notorischer Schwarzseher zu sein. Mann, ich sage dir: Kein Schwein wird überhaupt einen von uns ernsthaft verdächtigen, an Edes Verschwinden beteiligt zu sein. Ede Wolf ist ein Mann ... war ein Mann, dem die Stadt schon längst zu klein geworden ist! Will sagen, der hat sich nicht mehr damit begnügt, hier ein paar Muschis an den Mann zu bringen. Der steckt im Drogenhandel und in was weiß ich noch mit drin, der hat da irgendwelche Geschäftsbeziehungen nach außerhalb unterhalten. Nix Genaueres weiß man nicht, er hat sich nicht wirklich in die Karten gucken lassen, aber andererseits natürlich auch stets deutlich gezeigt, dass er ein großes Tier ist und mit Leuten verkehrt, die in einer ganz anderen Liga spielen – und das kommt uns jetzt sehr gelegen. Seit sie im Ostblock ihre Leute frei herumlaufen lassen, hat Ede gern tausendschlau über neue Winde doziert, die von dort herüberwehen, hat durchblicken lassen, dass er dorthin seine Fühler ausgestreckt und gewinnträchtige Kontakte geknüpft habe ... kurz und gut: Jedermann hier in der Stadt nimmt an, dass Ede in alles Mögliche verstrickt ist und dass er mit Leuten zu tun hat, die mit besonderer Vorsicht zu genießen sind. Wie gesagt: Was es wirklich auf sich hat mit diesen Balkan- und Mafiakontakten, weiß niemand so genau – na ja, vielleicht habe ich da so hin und wieder mal etwas mitbekommen, auch als treuer Knecht schafft man's einfach nicht, immer nur wegzuhören. Aber Superhirn Ede selbst hat sich deswegen nie den Kopf zerbrochen, der war sich ganz sicher, dass ich kleines Lichtlein da keinen Durchblick haben könne.« Er zuckte mit den Schultern und warf einen Blick in Richtung Flur, als hoffe er, dass dort der Geist Edes zuhörte und erkennen musste, wie wenig er seinen Handlanger beeindruckt und wie sehr er ihn jahrelang unterschätzt hatte. »Jedenfalls: Wenn nun Ede plötzlich verschwindet, dann wird man halt annehmen, dass ihm da etwas schiefgelaufen ist mit seinen tollen Geschäften. Dass er einen Fehler gemacht hat und irgendwelchen Mafiatypen oder Ostblockkanaken in die Quere gekommen ist. Und man wird das umso mehr glauben, da Ede ja auf einer seiner Geschäftsreisen verschwindet! Genau das werde ich nämlich den Leuten erzählen und sie werden's mir ohne weiteres glauben, denn Ede ist oft mal ganz plötzlich für ein, zwei Wochen wegen dieser Geschichten verreist. Hat um diese Trips immer viel Geheimniskrämerei veranstaltet und nie was darüber ausgeplaudert, hat sie auch nie vorher angekündigt, sondern ist immer ganz überraschend von jetzt auf nachher aufgebrochen. Hat dann vorher bloß noch schnell seinem treuen Neger

Anweisungen gegeben: Bin mal für 'ne Woche weg, sag meiner Alten Bescheid und mach im Nachtcafé weiter wie gewohnt, ich ruf in ein paar Tagen mal an und so weiter. Ich werde also nur erzählen müssen, dass es heute Abend wieder einmal genauso gelaufen ist – und irgendwann Ende nächster Woche werde ich so langsam beunruhigt sein, weil ich noch nichts von ihm gehört habe. Und man wird überhaupt nichts mehr von ihm hören! Man wird bloß irgendwann mal seine Karre finden, vielleicht in einem Kaff am Bodensee oder im Bayerischen, lässt sich leicht einrichten, ist ja keine besonders auffällige Kiste, die werd ich in den nächsten Tagen wegschaffen und vorher irgendwo so abstellen, dass sie niemandem groß ins Auge sticht. Jedenfalls wird keine Sau auf die Idee kommen, dass ich ihn umgelegt habe. Wieso sollte ich auch!« Er sah wieder zum Flur hinaus, starrte durch die Wand, hinter der der Gegenstand all dieser Überlegungen lag, und fast schien es so, als unterdrücke er dabei ein Grinsen.

Thomas fiel kein rechter Kommentar zu alledem ein. Er schwieg ein Weilchen nach Art eines störrischen Schülers, dem die vernünftigen Vorhaltungen des Lehrers einfach nicht zu Herzen gehen wollen, obwohl er ihnen nichts entgegenzusetzen hat. So saßen sie sich vielleicht eine Minute wortlos gegenüber und zum ersten Mal, seit er aus der Badewanne heraus war, erreichten die Geräusche der benachbarten Gartenparty wieder Thomas' Bewusstsein. Als er sich endlich anschickte, seine weiteren Bedenken gegen Michas Plan auszusprechen, da war es ihm bereits klar, dass der auch diese ohne weiteres zu entkräften wissen würde: »Und was ist mit mir? Da gibt's schließlich Leute, die mitbekommen haben, dass es Ede auf mich abgesehen hat. Und die dann auch denken könnten, dass ich ihn getötet und weggeschafft habe.«

»Du?« Nun ließ Micha tatsächlich ein breites Grinsen sehen. »Bist denn du der Typ, dem man das zutraut? Nein!

Du doch nicht! Bei einem wie dir müsste schon sehr viel zusammenkommen, damit du so was machst. Und dann müsstest du das erst noch schaffen: Einen Ede Wolf fertigmachen und verschwinden lassen. Freilich haben's manche mitbekommen, dass da was zwischen dir und Ede lief, zum Beispiel auch ich, aber da lief auch noch so einiges andere zwischen Ede und sonst welchen Leuten. Nein nein, dich wird man nicht ernsthaft verdächtigen.«

»Und die Ehrlichs? Und vor allem: dieser Pearson! Die wissen alle mehr, die wissen nicht nur, dass da irgendetwas zwischen uns lief, sondern auch, um was es dabei ging. Und die könnten durchaus auf die Idee kommen, dass da ein Zusammenhang besteht, wenn Ede ausgerechnet jetzt verschwindet!«

»Quatsch mit Soße, das alles! Was wird dieser Ehrlich wohl machen? Rumlaufen und die Geschichte erzählen? Der wird sein Maul halten und hoffen, dass du nichts mit Edes Verschwinden zu tun hast. Und was Pearson betrifft: Der hat seinen Auftrag erledigt und ist wieder abgereist, das war's! Der Mann ist Profi, der mischt sich nicht in Angelegenheiten ein, die ihn persönlich nichts angehen, da kannst du einen drauf lassen. Diesen Ruf genießt er bei denen, die von seiner Existenz überhaupt etwas wissen, und davon lebt er nicht schlecht. Und der Mann ist ein unbeschriebenes Blatt bei den Bullen. Also vergiss Pearson!«

Wo war der Haken bei dem Plan? Vermutlich hatte Micha ja mit alledem Recht, vermutlich war das alles so einfach. Thomas wünschte sich nur eine Nacht lang Zeit, um das Ganze noch einmal zu überschlafen. Er befürchtete einfach die Ängste, die er vielleicht würde ausstehen müssen, wenn er sich jetzt leichtfertig auf die Sache einließ. Pearson hatte Recht gehabt: Er war ein Amateur. Er spielte in einem Spiel mit, das er gar nicht zu spielen gelernt hatte. Im Gegensatz zu Micha, der dafür offenbar bestens trainiert war – und, wie's schien, bisher gewissermaßen auf der Ersatzbank auf seinen Einsatz hatte warten müssen.

»Mein Gott, und selbst wenn jemand auf dich kommt«, sagte Micha, da Thomas immer noch zögerte, »was dann? Man wird dir niemals etwas beweisen können. Weil keine Leiche da ist und weil kein Mensch eine Ahnung davon hat, dass wir beide unter einer Decke stecken. Wir hatten ja bis vor ein paar Stunden selbst keine Ahnung davon! Und wir werden jetzt Ede rausbringen und dann werden wir wieder genauso wenig miteinander zu tun haben wie vorher. Und natürlich das Maul halten! Solange niemand ahnt, dass wir das hier zusammen durchgezogen haben könnten, wird auch niemand dahinterkommen, was gelaufen ist. Niemand wird einen ernsthaften Grund finden, an den Informationen zu zweifeln, die ich zu Edes Verschwinden beizutragen habe – und demnach wird mich Ede gegen Mitternacht davon unterrichtet haben, dass er mal wieder verreist. Wenn du also tausendprozentig sicher gehen willst, dann sorg halt dafür, dass du für die Zeit danach, sagen wir ab Mitternacht, für den gesamten Sonntag ein lückenloses Alibi hast. Geh nachher einen saufen, schlepp irgendeine Tante ab und so weiter. Aber genauso gut kannst du's auch sein lassen und hier vor dem Fernseher einpennen, du wirst das Alibi nicht brauchen, wirst noch nicht einmal gefragt werden wegen Ede. Ede war einmal! Den Mörder deines Vaters hat die gerechte Strafe ereilt, fertig, aus, basta! Was glaubst du denn, wie viele Leute von dem dringenden Verlangen getrieben sein werden, Edes Schicksal aufzuklären? Ich sage dir: Das wird sich in Grenzen halten, wie auch die Trauer um ihn. Und lass die Bullen ruhig ermitteln, die werden am allerwenigsten herausbekommen, wenn man mal die allgemeine Auskunftsbereitschaft der Szene in Rechnung stellt. Es wird ihnen am Ende auch scheißegal sein, ob sie Edes Verschwinden aufklären oder nicht.« Er atmete durch und beugte sich nach vorne: »So, und jetzt sag nicht, dass dir noch irgendwelche Bedenken einfallen! Ich hab schon eine ganz trockene Kehle vom vielen Schwätzen.«

Thomas blieb nur ein Schulterzucken, sein Verstand gab sich geschlagen und Micha hatte ihm kaum noch die Freiheit gelassen, auf sein Gefühl zu hören. »Ist halt ein bisschen neu für mich, so eine Sache«, war alles, was er noch dazu zu sagen fand.

»Versteh ich, versteh ich, das ist nicht deine Welt. Aber meine! Deshalb ist es besser, du vertraust mir. Die Sache kann nicht schiefgehen! Du hast übrigens noch was vergessen, was dir Sorgen machen könnte: Die Mafia-oder-was-auch-immer. Werden die nicht nachforschen, was aus ihrem Geschäftspartner geworden ist? Und werden die dann nicht, da sie ja wissen, dass sie ihn nicht weggeputzt haben, und zum Beispiel auch einen Pearson zur Mitarbeit gewinnen könnten, schnell dahinterkommen, was gelaufen ist?« Er machte eine schlaue Miene und wartete, bis Thomas ihm hatte folgen können. »Dazu sage ich: Zwar weiß jeder, dass ich nichts über Edes Geschäftskontakte weiß, aber es weiß eben nicht jeder alles. Man geht mit offenen Augen durch die Welt! Und entdeckt, dass oft mehr Schein als Sein ist, besonders bei einem wie Ede, der gern für viel gehalten werden möchte und doch so viel nicht dahinterstecken hat – sonst läge er auch jetzt nicht dort draußen. Ich habe zum Beispiel Grund zu der Vermutung, dass seine geheimnisvollen Reisen vor allem auch der Imagepflege dienten. Der wird sich irgendwo seine Ladung Stoff abgeholt und danach noch ein paar Tage ausgespannt haben. Jedenfalls bitte ich dich einfach mal, meinem Eindruck Vertrauen zu schenken, welcher besagt, dass Edes Geschäftspartnern sein Verschwinden am Arsch vorbeigehen wird, beziehungsweise dass die sich halt einfach einen neuen Geschäftspartner suchen werden. Und damit wäre nun endgültig jeder Einwand beseitigt, den du noch haben könntest.«

Thomas fragte sich, ob wohl Micha dieser neue Geschäftspartner sein würde. Irgendwie, von ganz fern, sodass er es nicht genauer hätte begründen können, erinnerte ihn Micha an den Onkel Artur. Und: Hatte er Ede wirklich ganz uneigennützig niedergeschlagen? Thomas wischte die Frage und alle Gedanken, die sich daraus ergeben konnten, schnell wieder beiseite. »Also, was nun?«, fragte er stattdessen.

Micha sah auf die Armbanduhr: »Bald schon halb Zwölf, wird langsam Zeit. Ich werde jetzt runtergehen und Edes Karre vor die Tür stellen, dann schaffen wir ihn raus. Meinen eigenen Wagen hole ich später, werd mich erst mal ein paar Stunden im Nachtcafé rumtreiben, bevor ich Ede dann endgültig entsorge. Das wird 'ne lange Nacht für mich! Du kannst dich nachher auf die Socken machen und dir noch irgendwelche Gesellschaft für den Rest der Nacht suchen. Wie gesagt: Ein Alibi ist nicht unbedingt nötig, aber schaden kann's auch nix. Ich werde jedenfalls Ede offiziell so ungefähr jetzt gerade zum letzten Mal gesehen haben.« Er erhob sich, ging raus zur Leiche und kramte aus Edes Hosentaschen die Autoschlüssel hervor. Dann kam er zurück, sah Thomas noch einmal in die Augen und fragte: »Alles klar so weit?«

»Alles klar«, sagte Thomas mit mäßiger Begeisterung.

Und Micha ging so, wie er hereingekommen war, durch die Verandatür. Kaum war er weg, da erschien dort plötzlich Dagobert. Während der letzten eineinhalb Stunden hatte er sich nicht blicken lassen. »Du feige Sau, ab jetzt ist Schmalhans Küchenmeister«, schimpfte Thomas in einem Ton, dem Dagobert die Freude über das unverhoffte Wiedersehen hätte entnehmen können, wenn er nicht bloß ein blöder und kastrierter Kater gewesen wäre.

Micha brauchte keine Minute, er klopfte an die Haustür.

»Alles sauber draußen, niemand auf der Straße. Los jetzt!« Er besah sich die Leiche und überlegte kurz, wie man sie am besten anpacken könne. Dann ging er ins Bad, kramte dort herum und kam mit einer Handvoll angefeuchtetem Klopapier zurück, mit dem er das angekrustete Blut rund um die Wunde wegputzte. Als er damit fertig war, wirkte die Delle in Edes Glatze ganz harmlos, nur ein kaum fünfmarkstückgroßer, dunkler Krater war übriggeblieben, den Micha mit einem Pflaster überklebte, das er auch im Bad gefunden hatte. »So wird's gehen«, sagte er schließlich, »so werden wir uns nicht die Klamotten versauen.« Er ging noch einmal ins Bad und spülte das Papier im Klo runter.

Sie packten Ede zu zweit, Micha oben unter den Armen und Thomas unten an den Beinen. Der Gartenweg lag im Dunkeln. Keine Spur von einem heimlichen Beobachter, der ohnehin nicht viel hätte sehen können. Es gab viele schwere Muskeln an Edes Körper, und da es immer noch recht schwül war, war Thomas schon nach wenigen Schritten nass geschwitzt und fragte sich, ob Micha die Leiche später würde überhaupt allein schleppen können. Doch der atmete kaum schwerer als gewöhnlich, ihm standen für diese Arbeit ja ebenfalls gewaltige Muskelpakete zu Verfügung. Auf der steilen, engen Treppe zur Straße runter wurde es schwierig, denn Thomas konnte nicht sehen, wohin er trat und stolperte einmal, wobei ihm seine Last aus den Händen glitt. Außerdem trieb ihm die Vorstellung, dass gerade jetzt jemand unten vorbeigehen könnte, den Puls in die Höhe. Eine übertriebene Furcht, denn es mochte allenfalls ein guter Quadratmeter Gehsteig direkt vor dem Gittertor sein, von dem aus die Treppe einsehbar war. Als sie unten waren, legten sie Ede ab und Micha flüsterte ihm zu: »Jetzt geh raus und sieh nach, ob die Luft rein ist. Der Wagen steht direkt vor der Tür, der blaue S-Klassen-Daimler. Sag mir, wenn ich kommen kann, und mach den Kofferraum auf – ist nicht abgeschlossen.«

Thomas trat auf den Gehsteig hinaus und spähte die Straße entlang: Weiter hinten fuhr gerade ein Auto über die Kreuzung, ansonsten war niemand zu sehen. Zu der fetten

Mercedeslimousine mochten es gerade mal fünf Schritte sein, er ging hin, vergewisserte sich noch einmal, dass die Straße leer war und sagte: »Jetzt!«

Micha kam heraus. Er hatte sich Edes rechten Arm um den Hals gelegt und schleifte ihn daran mit sich. Thomas öffnete den Kofferraumdeckel und Micha kippte den Körper hinein, noch ein Handgriff und auch die Beine waren verstaut. Deckel zu und durchatmen!

»So, damit ist die Sache für dich erledigt«, sagte Micha und klopfte ihm auf die Schulter, »also mach dir nicht in die Hosen und versprich mir, einfach den Mund zu halten. Erzähl niemand von diesem Abend, niemals, auch in dreißig Jahren nicht!«

»Ganz bestimmt nicht, verlass dich drauf!«

Das war leicht gesagt. Thomas wusste, dass es nicht ganz so einfach werden würde, diese Geschichte tatsächlich für den Rest seines Lebens für sich zu behalten.

»Gut, dann wird also nix anbrennen. Und denk immer daran: Solange keiner weiß, dass wir heute Abend unter einer Decke gesteckt haben, wird keiner herausfinden, was gelaufen ist. Deshalb sagen wir uns jetzt Tschüss und gehen wieder unsere getrennten Wege! Und mach da oben vorsichtshalber noch ein wenig Hausputz, bevor die Hausherrin zurückkommt, wisch mal feucht durch im Flur und im Badezimmer.«

»Klar doch Mann, kannst einen drauf lassen, dass ich alle Spuren beseitige, die noch an diesen Abend erinnern könnten.«

»Hmhm.« Micha nickte und zögerte einen Moment, als warte er noch auf irgendein Wort von Thomas. Schließlich zuckte er mit den Schultern: »Tja, dann sag ich mal Servus.«

»Servus«, sagte auch Thomas und hob die Hand zu einem zaghaften Gruß, »und vielen Dank nochmals.«

Micha nickte und stieg in den Mercedes. Er saß kaum drin, da fiel ihm noch etwas ein, was ihn wieder herauskommen ließ: »Die Kanone! Edes Knarre liegt ja noch oben rum! Die hätt ich jetzt beinahe vergessen.«

Richtig, der Revolver. Kein Problem, ihn verschwinden zu lassen. »Ich werd mich darum kümmern«, sagte Thomas und behielt die Frage für sich, wie viele Kleinigkeiten wohl Micha auf die Schnelle sonst noch übersehen hatte.

»Die Waffe muss weg, die darf nicht wieder auftauchen, genauso wie Ede selbst!«

»Mach ich, ich werfe sie in den Neckar.«

»Okay! Aber pass auf, dass dich keiner dabei sieht. Und such dir eine tiefe Stelle aus!«

Thomas nickte. Und Micha nickte zurück. Keine Worte mehr. Micha stieg in den Wagen und fuhr davon.

* * *

Das Alibi hatte er schnell gefunden: Gleich nach Michas Abfahrt war Thomas in die Innenstadt gegangen und durch Kneipen gezogen, hatte hier und da bekannte Gesichter gegrüßt und war schließlich auf Adolf gestoßen, der bereits mächtig einen sitzen hatte. Adolfs Redseligkeit war Thomas ausnahmsweise sehr gelegen gekommen, wollte er doch – so hatte er sich eingestehen müssen – nach den Erlebnissen in Silvias Wohnung nicht gerne allein sein, und das Plätschern von Adolfs Worten hatte in seinen Ohren geklungen wie eine beruhigende Versicherung, dass immer noch alles in Ordnung und genauso war, wie an den vielen öden Tagen zuvor. Man war dann gegen Morgen gemeinsam nach Hause gewankt und hatte sich vor Thomas' Wohnung in der Klarastraße eine gute Nacht gewünscht.

Trotzdem hatte er dann kaum in den Schlaf gefunden, hatte, wach in seinem Bett liegend, immer wieder Ede vor sich gesehen, mit dem Fön in der Hand, hatte ihn von dem Mord am Vater schwätzen hören. Und immer wieder hatte er überlegt, wie Micha die Leiche beseitigen würde. Vergraben, verbrennen? Einbetonieren oder im Säurebad auflösen? Konnte die Sache wirklich so sicher sein, wie er es dargestellt hatte? Viele Wenn und Aber waren ihm in den Sinn gekommen, er musste seiner Phantasie nur freien Lauf lassen: Tausend dumme Zufälle, die alles auffliegen lassen konnten, ganz zu schweigen von der Frage, ob es nicht doch noch irgendjemanden geben würde, der etwas mitbekommen hatte, was es ihm ermöglichte, Edes Spur bis zu Silvias Wohnung zu verfolgen ... Nun ja, es handelte sich bei alledem um eher unwahrscheinliche Möglichkeiten und je müder er darüber geworden war, desto verkrampfter hatte sein matter Verstand nach einer ernst zu nehmenden Befürchtung gesucht. Irgendwann hatte er den Faden verloren und war in wirre Träume abgestürzt, in denen der blutende und feixende Ede und ein endlos erzählender Micha durcheinanderwirbelten. Gegen Mittag waren die Träume durch das grelle Sonnenlicht beendet worden, das durch die Rollladenritzen hindurch direkt auf sein Gesicht gefallen war. Im Laufe des Sonntag hatten sich seine Bedenken dann allmählich zerstreut. Es lief ganz einfach darauf hinaus, dass er Micha vertrauen musste. Und: Wenn doch etwas schief ginge, wenn ihn Edes Verschwinden am Ende doch noch in irgendwelche Schwierigkeiten brächte, dann würde er halt zur Polizei gehen und die wahre Geschichte erzählen, die sich nun gar so unglaublich nicht mehr anhören würde, denn er kannte jetzt genug Einzelheiten, die die Polizei mit ihren Möglichkeiten leicht würde nachprüfen können, und er wusste jetzt auch um die Zusammenhänge, aus denen sich der Sinn des Ganzen ergab. Vielleicht würde man ihn dann verdächtigen, Edes Ermordung aus Rache für seinen Vater kaltblütig geplant zu haben, aber da es nicht so gewesen war, würde es auch nicht bewiesen werden können.

Es lag ein übrigens eigenartiger Reiz in diesem möglichen Verdacht, in der Vorstellung, er, Thomas Haas, könne Ede Wolf für den Mord an seinem Vater mit dem Tode bestraft haben. Es war, als enthielte diese Vorstellung einen Entwurf seines Lebens, der weitaus faszinierender war, als die Wirklichkeit: Hätte er nicht der Kerl sein mögen, der solches getan hatte? Jedenfalls empfand er bereits ein Gefühl von Befriedigung dabei, sich insgeheim mit der Möglichkeit dieses Verdachts auseinanderzusetzen. Man war hinter die öde Alltagsfassade getreten, man steckte mitten in Umständen, die Adolf im Traum nicht würden erahnen können. Nun ja, am Samstagabend in der Badewanne hatte er dieses noch ganz anders empfunden – es war eben alles relativ! Doch jetzt hatte die Rache für den Tod seines Vaters in gewisser Weise tatsächlich stattgefunden, und es gefiel Thomas mehr und mehr, die Sache so zu sehen. Ede hatte mit dem Leben bezahlt, und im Grunde hatte er, Thomas, ihn zu Fall gebracht, wenngleich auch nicht gerade kalten Blutes, sondern unter kräftiger Mitwirkung eines gnädigen Schicksals, das ihm zur rechten Zeit einen Retter geschickt hatte.

So hatten sie sich am Ende doch getäuscht: Sie hatten den Haas nicht einfach ungestraft ausradieren können. *Sie*! Ede und Konsorten! Denn die anderen gab es ja auch noch: Göttle, die Ehrlich-Brüder, Bauditsch. Ede hatte im Auftrag gehandelt, hatte ein Todesurteil vollstreckt, das wahrscheinlich von Göttle gefällt worden war. Es gab keinen Grund zur Annahme, dass Ede seine letzten Worte frei erfunden hatte. Die Sache war noch nicht zu Ende! Er, der Sohn von Walter Haas lebte – und Ede war tot. Und er wusste jetzt Bescheid, zumindest weitestgehend. Als er am Sonntagabend ins Bett kroch, da war es nicht mehr die abenteuerliche Beseitigung von Edes Leiche, die seine Gedanken beschäftigte, sondern die Frage, was er nun wegen der Konsorten unternehmen würde.

Michas Plan würde nicht schiefgehen, kein Grund, deswegen schlecht zu schlafen. Und kein Grund zu übertriebener Hast bei der Beseitigung von Edes Revolver. Denn: Vielleicht konnte man den ja noch gebrauchen.

* * *

Der späte Einbruch der Dunkelheit während der Hochsommermonate gehört zu denjenigen Aspekten des Alltagslebens, über deren Bewertung gemeinhin Einigkeit besteht. Thomas hatte jedenfalls noch niemanden getroffen, der ernsthaft hätte bestreiten wollen, dass die langen, hellen Abende zu den angenehmen Seiten der warmen Jahreszeit zählten und auch er selbst, der sich der Minderheit der Schönwetterverächter zurechnete, hatte in diesem Punkt nie eine abweichende Meinung vertreten können. Jetzt aber störte ihn das nicht enden wollende Tageslicht, und er verwünschte den Umstand, dass diese ganze Geschichte ausgerechnet im Sommer stattfinden musste.

Er hockte in seinem Fiat in der Armsündersteige, in gehöriger Entfernung zur Hausnummer 15, das Gartentor fest im Blick. Es war Dienstagabend, er war gegen acht heraufgefahren und wie schon beim letzten Mal hatte er keinen klaren Plan, sondern lediglich den ungefähren Vorsatz, Bauditsch bei der nächstbesten Gelegenheit mit dem nötigen Nachdruck zu verhören. Der Dackel Schlingel hatte ihm nach einer schwachen Blase ausgesehen. Vielleicht würden die beiden also wieder herausgewackelt kommen, und vielleicht wäre Bauditsch auskunftsfreudiger, wenn diesmal kein Pearson an der Ecke saß und wenn ihm mal deutlich in Erinnerung gerufen würde, dass er es nicht mehr mit einem Dreißigjährigen aufnehmen konnte. Welcher zudem noch mit einer großkalibrigen Zuhälterkanone bewaffnet war! Aber es war noch viel zu hell auf der Straße, sodass Thomas ihn, falls er jetzt herauskam, wohl oder übel würde ziehen lassen müssen, wenn er ihm nicht vor den Augen der gutbürgerlichen Nachbarschaft an den Kragen wollte. Und bei Bauditschs Alter schien es durchaus möglich, dass er schon zu Bett ging, bevor es endlich dunkel geworden war.

Mit einem gewissen Herzklopfen hatte Thomas an den letzten beiden Tagen die Zeitungen durchgeblättert: Nichts, kein Leichenfund und niemand vermisste den lokalen Unterweltkönig. Gestern Abend hatte er bei Silvia gründlich geputzt ... so weit war also alles in Ordnung, und die Gedanken konnten sich endlich mit dem beschäftigen, was Ede ihm in seiner letzten Stunde erzählt hatte. Denn damit war nun einiges klar. Einiges, nicht alles! Jedenfalls wollte er sich Bauditsch irgendwie vorknöpfen. Der Mann war von Silvias Mutter als der einzige Freund Göttles bezeichnet worden – Bauditsch musste über den Rest der Geschichte Bescheid wissen, den Thomas noch nicht kannte.

Doch Bauditsch ließ sich nicht blicken, es tat sich überhaupt nicht viel in der Armsündersteige. Vielleicht würde er gar nicht mehr herauskommen, vielleicht würde Schlingel vorm Schlafengehen in den Garten schiffen müssen, vielleicht war gar niemand zu Hause. Thomas schaltete das Autoradio ein und lehnte sich zurück. Würde er halt noch ein Weilchen ausharren. Und sich eben etwas anderes einfallen lassen, wenn weiter nichts mehr passierte. Er suchte sich durch die Hörfunkprogramme, bis er eines gefunden hatte, in dem eine angenehme Männerstimme vorlas: Irgendeine Geschichte, die Thomas nicht kannte und in der ein gewisser Simon durch verschneites Gebirge wanderte und auf einen erfrorenen Toten stieß. Allmählich wurde es doch ein wenig dunkler.

Dann kamen sie endlich. Dackel und Halbdackel, dachte Thomas und drehte das Radio ab. Was tun? Noch war es zu hell, um ihn auf der Straße anzugreifen. Aber der Einbruch der Nacht war im Gange, also vielleicht die beiden erst mal vorbeiziehen lassen – wenn sie nur ein Viertelstündchen bräuchten, dann wäre es bei ihrer Rückkehr möglicherweise schon dunkel genug. Doch das Problem löste sich von selbst: Bauditsch trottete nicht, wie beim letzten Mal, nach rechts die Straße hinunter, sondern stadtauswärts zum Galgenberg hinauf. Ein Abendspaziergang durch die Weinberge, sehr gut!

Thomas ließ ihm gehörigen Vorsprung, dann stieg er aus und folgte. Er hatte sich die Waffe in den Hosenbund gesteckt, sein weites, heraushängendes Hemd verbarg sie allen Blicken. Im Geiste beschwor er den Dackel, nicht zu früh das Defäkieren zu beginnen und damit Bauditsch zur Umkehr zu verleiten, noch bevor sie die letzten Häuser hinter sich gelassen hatten. Doch Schlingel erwies sich als braver Hund und es lief wie auf Bestellung: Auf sechs kurzen, krummen Beinchen wackelten die beiden in die Weinberge hinaus, vielleicht um von dort den Blick auf den Sonnenuntergang zu genießen, der sich auf der anderen Seite des Neckars am Kraichgauhorizont abspielte. Schließlich suchte sich der Hund einen Platz zwischen zwei Rebstöcken und krümmte den Buckel. Er brauchte so lange, bis er endlich die Kackwurst herausgepresst hatte, dass Thomas währenddessen bis auf einige Schritte herangekommen war.

Da erst sah ihn Bauditsch und deutlich sichtbar erschrak er. »Du schon wieder«, zischte er böse, »ich habe dir doch schon einmal gesagt, dass ...«

Thomas zog zur Begrüßung die Waffe aus der Hose; ihr Anblick verschlug Bauditsch ebenso die Sprache, wie drei Tage zuvor Thomas.

»Und ich habe Ihnen schon einmal gesagt, dass ich Fragen an Sie habe.« Er zielte nicht direkt auf den Mann, denn das große, schwere Ding in seiner Hand war ihm nicht ganz geheuer und er fürchtete, es könne versehentlich losgehen. »Und *du alter Sack* wirst mir jetzt Rede und Antwort stehen, sonst ...«

»Sonst was? Ich bin ein alter Mann und habe nicht mehr lange zu leben. Erschieß mich doch, wenn du dich traust.« Doch das war ganz und gar nicht so kaltblütig gesagt, wie es klingen sollte.

Thomas gab sich einen Ruck und schlug Bauditsch ins Gesicht. Eine Ohrfeige nur, aber mit aller Wucht ausgeteilt. Schlingel, der ihn vorher nur schwanzwedelnd beschnuppert hatte, erschrak, stieß einen aufgeregten Kläffer aus und wollte sein Raubtiergebiss in Thomas' Hosenbein schlagen. Er trat dem armen Tier gegen den Brustkorb, worauf es unter erbärmlichem Jaulen und mit eingezogenem Schwanz zurückwich, so weit es die rotlederne Hundeleine nur erlaubte. Bauditsch, von der Ohrfeige fast aus dem Gleichgewicht gebracht, wollte nun allen Ernstes zurückschlagen und verfehlte mit seiner Faust nur knapp Thomas' Kinn. Der trat ihm in die Eier, zwar nur mit halber Kraft, denn im letzten Augenblick bremste eine gewisse Hemmung seinen Tritt, doch immerhin stark genug, um den alten Mann außer Gefecht zu setzen. Bauditsch schrie vor Schmerz kurz auf, krümmte sich und ging zu Boden. Schlingel vergaß nun ganz und gar, dass er von den Wölfen abstammte, und versuchte unverzüglich Reißaus zu nehmen. Das Vorhaben misslang jedoch, da Bauditsch sich die Hundeleine ums Handgelenk geschlungen hatte und sie somit nicht loslassen konnte.

Thomas wartete einige Sekunden, bis sich die Situation ein wenig beruhigt hatte. Bauditsch hockte auf dem Hosenboden und rieb sich vorsichtig und stöhnend den schmerzenden Sack. Der Hund, nachdem er seine Fluchtversuche aufgegeben hatte, besann sich darauf, wer ihm den Futternapf füllte, und suchte nun seinem Herrn durch Abschlecken des Gesichts Beistand zu leisten.

»Also, werden Sie jetzt reden?«, fragte Thomas und zielte, einer Eingebung folgend, mit der Waffe direkt auf Schlingels

Kopf. »Oder muss ich erst noch das Dackelhirn wegschießen?«

»Lassen Sie das arme Tier in Ruhe, das hat noch keinem was Böses getan! Was sind Sie nur für ein Saukerl?«, jammerte Bauditsch kopfschüttelnd. Ausgerechnet aus seinem Mund klang diese Frage natürlich besonders beeindruckend. Immerhin war festzustellen, dass er zum Siezen übergegangen war. »Lassen Sie um Gottes willen das arme Hundchen in Ruh'.«

»Sagen Sie mir einfach, was ich wissen will, und Sie brauchen keinen Tierpräparator, um weiterhin dem Schlingel in die treuen Augen blicken zu können.« Was war er wieder schlagfertig heute! Aber natürlich musste er dem Alten auch noch ein Brückchen bauen, über das der ihm seine Geschichte bringen konnte. Also fuhr er, um versöhnlichen Ton bemüht, fort: »Es kostet Sie doch gar nichts, wenn Sie den Mund aufmachen, denn ich weiß ja eh schon das Meiste von dem, was Sie mir unbedingt verheimlichen wollen. Dass Ede Wolf meinen Vater umgebracht hat, hab ich nämlich längst herausbekommen, und auch, dass er den Auftrag dazu von Göttle bekommen hat. Und ich nehme an, Sie haben die Sache mit eingefädelt. Ich bin mit alledem noch nicht zu den Bullen gerannt und ich werd's wahrscheinlich auch nicht mehr tun. Doch ich will und werde auf jeden Fall die ganze Geschichte wissen, und wenn Sie mir ihren Teil erzählen, dann verspreche ich, Sie nie mehr zu behelligen, denn um Sie persönlich geht's mir nicht. Aber ich schwöre, ich mach Sie und ihren Köter hier auf der Stelle fertig, wenn Sie nicht den Mund aufmachen. Ihr habt meinen Vater umgelegt, und ich habe allen Grund, auf jeden Einzelnen von euch ernsthaft böse zu sein.« So weit keine schlechte Ansprache, fand Thomas. Man hatte halt dazugelernt in der letzten Zeit. Nach einer kleinen Kunstpause fügte er hinzu: »Und falls Sie jetzt an Edes helfende Hände denken, vergessen Sie's. Hier ist jedenfalls weit und breit kein Ede.«

War Bauditsch beeindruckt? »Sie tun mir großes Unrecht«, sagte er, und dazu kullerten dicke Tränen über seine Backen, »habt ihr Jungen denn überhaupt keinen Respekt mehr vor dem Alter?«

Bekloppt! Der Mann war offenbar nicht mehr ganz bei Trost. »Tja, dann mal tschüss, Schlingel«, sagte Thomas und setzte die Waffe an.

»Nein! Aufhören, die Waffe weg!« Jetzt war es heraus: Der Dackel lag ihm viel zu sehr am Herzen. »Was soll ich Ihnen denn überhaupt noch erzählen, wenn Sie eh schon alles wissen?«

»Erzählen sie einfach drauflos, ich frag dann schon. Wie war das also mit dem Mord an meinem Vater?«

»Wie das war? Wie soll das schon gewesen sein? Ich versteh die Frage nicht.« Er bekräftigte es mit einem trotzigen Schulterzucken.

» Strengen Sie sich an, der Schlingel wird's Ihnen danken.«

»Sie haben's doch schon selbst gesagt, wie es war: Der Göttle hat beschlossen, dass ... nun ja, Sie wissen's ja schon. Er hat mich gefragt, wer für solch einen speziellen Auftrag in Frage käme und da habe ich ihm den Ede Wolf ... äh ... vermittelt. Mehr hatte ich mit der Sache nicht zu tun.«

»So so! Und weiter? Warum sollte mein Vater sterben?«

»Also das müssen Sie schon den Göttle fragen. Ich habe nur vermittelt.« Er besann sich auf seine Schmerzen und stöhnte mit übertriebener Leidensmiene. »Kann ich jetzt endlich nach Hause gehen? Ihr Tritt tut immer noch verdammt weh, so was kann zu einer schlimmen Sache ausarten.«

»Sie bleiben hocken! In Ihrem Alter kann da ja wohl sowieso nicht mehr viel kaputtgehen.« Man war auch ein kleines Schweinchen geworden – und man genoss das ein bisschen. »Sie sind, so hat man es mir erzählt, der einzige Freund Göttles gewesen, da werden Sie mir schon noch ein wenig mehr erzählen können. Ich will wissen, warum mein Vater gestorben ist. Und ich vermute bereits, dass es mit einer Geschichte im Dritten Reich zu tun hat, in die Göttle verwickelt und hinter der mein Vater her war, nämlich mit dem Tod eines Anwalts in Schwaigern, der das Testament des Fabrikanten Wilhelm Kolb verwahrte. Und so weiter und so fort. Sie sehen also, ich bin schon ganz schön weit vorangekommen und Sie brauchen mich nicht für dumm zu verkaufen.«

»Ja, hm, also wissen Sie doch schon alles, was wollen Sie denn bloß noch von mir? Ja, es ging um diese Sache. Ihr Vater hat da wohl ... nachgeforscht und er ist Göttle damit auf die Pelle gerückt.«

»Also: Göttle hat diesen Anwalt, den Doktor Mannheimer, auf dem Gewissen? Hat eine Gestapoaktion gemacht, um ihn zu töten, und das besagte Testament gegen eine Fälschung vertauscht, welche dann seinen Schwager Ehrlich zum Erben der Wiko machte – so ist es gewesen?«

»Ja doch, ja doch, so ist's gewesen!« Thomas erkannte ehrliches Staunen in Bauditschs Blick. »Wie um alles in der Welt haben Sie das herausgefunden? Das habe ich mich schon damals bei Ihrem Vater gefragt. Immerhin hat's nach dem Krieg eine behördliche Untersuchung wegen des Todes von Mannheimer gegeben und dabei ist gar nix rausgekommen.«

»Das war nicht so schwer. Es leben schließlich Leute draußen auf dem Land und die erzählen sich gerne Geschichten. Schwer ist es nur, so etwas zu beweisen, und das ist doch hier der entscheidende Punkt: Göttle wird ja wohl nicht gleich einen Mord in Auftrag gegeben haben, bloß weil mein Vater ein wenig herumgeschnüffelt hat. Wie weit ist mein Vater also gekommen? Und kommen Sie mir jetzt nicht wieder mit Ihrem ›Ich weiß gar nix‹.«

»Ja, ich gebe Ihnen Recht: Ihr Vater muss so weit gekommen sein, dass es für Göttle wirklich bedrohlich wurde. Aber Genaueres hat der mir da wirklich nicht erzählt, das müssen Sie mir nun auch mal glauben. Mag ja sein, dass wir befreundet waren, aber alles hat er mir auch nicht gesagt! Dass Ihr Vater allmählich gefährlich werde, das hat er mal fallen lassen. Das kann eigentlich nur bedeuten, dass Ihr Vater in der Lage gewesen war zu beweisen, dass Göttle den Mannheimer erschossen hat.«

»Zum Beispiel dadurch, dass er eine Augenzeugin gefunden hat?«

Er zuckte mit den Schultern. »Ich weiß es wirklich nicht! Wenn er eine Zeugin gefunden hat ... ja, das wäre dann wirklich für Göttle bedenklich geworden. Aber wieso ist die dann nicht früher aufgetaucht?«

Thomas kannte die Antwort. Und er sah, dass er mit dem Thema die Zeit vergeudete. »Die Ehrlich-Brüder«, sagte er also, »die interessieren mich auch. Was hatten die denn mit der Sache zu schaffen?«

»Was soll die Frage? Sie haben doch selbst bereits festgestellt, dass deren Besitz auf einem gefälschten Testament beruht.«

»Mag sein, aber ich nehme mal an, man müsste schon das echte Testament Wilhelm Kolbs beibringen, um ihnen tatsächlich die Wiko wieder wegzunehmen. Und dieses echte Testament wird sich damals der Göttle unter den Nagel gerissen haben und ich an seiner Stelle hätte jedenfalls dafür gesorgt, dass das nie mehr in falsche Hände gerät. Ich kann mir darum nicht vorstellen, dass mein Vater das Testament gefunden hat und damit den Ehrlich-Brüdern gefährlich werden konnte. Also was haben die noch mit der Sache zu tun? Die mögen ja mit dem Onkel Göttle in einem Boot stecken, aber ich habe bislang eigentlich nicht den Eindruck gewonnen, dass in *der* Familie die Solidarität so weit geht, dass man auch so einen Mord unbedingt gemeinsam durchzieht.«

Dafür erntete er ein kurzes Grinsen von Bauditsch, der sich freilich sofort wieder an seine Lage erinnerte und noch einmal den Leidenden gab: »Warum lassen Sie mich denn nicht endlich in Ruhe! Ich fürchte, ich kann nicht mehr. Das ist nichts mehr für einen kranken, alten Mann! Fragen Sie doch die Ehrlichs selber, warum sie mit der Sache zu tun hatten. Wieso wollen Sie denn das alles ausgerechnet von mir wissen?«

»Darum! Sie bleiben so lange, bis Sie genug erzählt haben.« Und Schlingel, der inzwischen den Kopf auf den Schoß seines Herrn gelegt hatte, musste wieder einmal in den Lauf der Waffe blicken, was ihn aber nicht weiter zu ängstigen schien. »Und ich entscheide ganz allein, wann ich genug habe.«

Und noch ein herzzerreißendes Stöhnen, Bauditsch hätte Seifenoperndarsteller werden können. »Sie lassen mich also in Ruhe, wenn ich Ihnen die ganze Geschichte erzähle?«

»Versprochen ist versprochen!«

»Und welche Garantie hab ich dafür?«

»Gar keine!«

»Aha, na ja.« Schulterzucken. Seufzen. Wo blieb der gequälte Griff an die geschwollenen Hoden? »Sieht so aus, als hätte ich keine andere Wahl. Dann hören sie mir halt gut zu, damit wir die Sache hinter uns bringen. Also: Der Göttle und ich, wir kennen uns schon aus der Volkschule in Böckingen, wo wir beide, Kinder aus ärmlichen Verhältnissen, 1911 eingeschult wurden ...«

Ach du lieber Himmel! Jetzt fing er die Sache aber gründlich an, hoffentlich kam er nicht auch noch auf die Vorgeschichte zu sprechen, die bestimmt bis in die Zeit der Völkerwanderungen zurückreichte. Thomas ließ ihn reden, er hatte es ja so haben wollen.

»... und später, in den zwanziger Jahren, haben wir dann schon zusammen Geschäfte gemacht. Da haben wir uns nicht unbedingt ganz strikt an die Buchstaben des Gesetzes gehalten, war halt eine harte Zeit damals. Vor allem Zuhälterei – na und! Die braven Seckel haben, wenn sie damals überhaupt irgendeine Scheißarbeit kriegten, für ihre Weiber gearbeitet, und wir haben den Spieß einfach umgedreht. Der Göttle war der Schlauere von uns beiden, der hatte so einen Riecher. Hat deshalb auch gleich erkannt, dass es beim Hitler für unsere Art von Geschäften schwer werden würde, dass aber andererseits solche wie wir es da auch zu was bringen konnten. Also, das Weitere ist bekannt: Der hat's in die Gestapo geschafft, und mich hat er nachgeholt. Er hat dort ein bisschen Karriere gemacht. Aber dabei sind wir doch immer die Alten geblieben, der Hitler ging uns doch glatt am Arsch vorbei, wir haben auch dabei nicht vergessen, auf eigene Rechnung zu schaffen.« Pause. Er sah Thomas an, als hoffte er, ihn damit bereits zufriedengestellt zu haben. »Die Mannheimer-Geschichte also«, fuhr er fort, da Thomas sich nicht rührte, »war damals bloß eine kleine Episode, da sind ganz andere Sachen gelaufen, da fiel so was gar nicht weiter auf. Aber sie war sozusagen Göttles Meisterstück, danach hatte er im Grunde ausgesorgt. Hat sofort die Chance begriffen, als der Ehrlich, der da gerade mit seiner Schwester verlobt war, ihm sein Leid mit dem Testament geklagt hat. Der alte Kolb, der wohl schwer krank gewesen war, hatte dem Ehrlich eröffnet, dass er einen unehelichen Erben habe, und ihn darauf einschwören wollen, dass er für den nach seinem, Kolbs, Tod mit derselben Hingabe arbeite, wie bisher für ihn ...«

Na also, ein anderer Erbe! Und Ehrlich hatte davon erfahren. Genauso hatte man es vermuten müssen, wenn man davon ausging, dass das echte Testament Kolbs ausgetauscht worden war.

»... hat dem Ehrlich gar nicht geschmeckt, der hat damit gerechnet, selber Chef zu werden. Und kein Mensch hat etwas von diesem unehelichen Erben gewusst! Göttle hat die Sache ausgebrütet, der Ehrlich wäre dazu nicht im Stande gewesen. Und selbstverständlich hat Göttle auch seinen Preis dafür verlangt, die hatten so eine Abmachung, danach bekam er praktisch seinen Teil von der Wiko und später ist er ja auch ganz offiziell Teilhaber geworden. Nach dem Krieg lief dann alles bestens: Ich bin wieder in unser altes Geschäftfeld eingestiegen, das waren gute Zeiten für so was, vor allem als die Besatzer hier ihre Kasernen hingestellt haben. Der Göttle hat da nicht direkt und sichtbar mitgemacht, aber im Hintergrund war er natürlich dabei. Wir haben die Rotlichtszene hier ganz neu organisiert, das war dann nicht mehr mit dem bisschen Halbwelt vergleichbar, was vorher dagewesen war. Göttle war sozusagen der Kopf dieses Wiederaufbaus, der hat wieder einmal die großen Möglichkeiten erkannt und die Pläne geschmiedet. Und hat die nötigen Kredite beschafft, denn er steckte jetzt ja auch in ganz seriösen Geschäftsverbindungen drin – als einer der beiden Wiko-Chefs. Und ohne den Göttle wäre auch die Wiko niemals so weit nach vorne gekommen, das war vorher ein ganz stinknormaler regionaler Betrieb und jetzt sind die praktisch weltweit im Geschäft. Da sind auch so Sachen gelaufen, bei denen die Fähigkeiten eines Göttle hilfreich waren. Die alte Gestapo-Schule, wenn Sie verstehen, was ich meine.«

»Ja, ich kann es mir so ungefähr vorstellen. Aber ich frage mich ein wenig, wann wir hier auf den Mord an meinem Vater zurückkommen.«

Bauditsch ließ darauf ein unwilliges Brummen hören. Es war inzwischen Nacht geworden und Thomas erkannte im schwachen Restlicht des Sternenhimmels das Gesicht des Alten nur noch undeutlich. »Ja was denn nun? Ich denke, ich soll einfach erzählen?«

»Schon gut, interessiert mich ja alles brennend. Machen Sie weiter.«

»Also, jetzt haben Sie mal eine Vorstellung davon, was für ein Mann der Göttle gewesen ist. Dem konnte keiner so leicht ans Bein schiffen! Der hielt viele Fäden in den Händen. Wer weiß, der Ehrlich hätte vielleicht gerne mal seine alte Abmachung mit Göttle vergessen, vielleicht wär er gerne mal ganz und gar alleiniger Chef gewesen und den Göttle wieder losgeworden. Da gab's aber nie den Hauch eines Zerwürfnisses, denn da war immer noch das echte Testament des Wilhelm Kolb. Der Göttle hat's natürlich gut aufgehoben und der Ehrlich hat immer gewusst, dass es das irgendwo noch gibt. So was schweißt zusammen, falls Sie verstehen, was ich meine. Zwar hätte Göttle praktisch auch den Mord an Mannheimer zugeben müssen, wenn er mit dem Testament zu irgendeinem Staatsanwalt marschiert wäre, aber immerhin, im Falle eines Falles hätte er auch den Ehrlich untergehen lassen können. Alte Gestapo-Schule! Der Göttle hat praktisch eine regelrechte Akte zum Fall Mannheimer angelegt, mit dem Testament und was weiß ich noch, eine vollständige Dokumentation des ganzen Vorgangs. Aber fragen Sie jetzt bloß nicht gleich, wo er die aufbewahrt hat, denn das hat er natürlich niemandem erzählt! Mit dem Ehrlich hat er somit jedenfalls ein Leben lang gut zusammenarbeiten können, aber der ist schon 1970 gestorben. Und da kamen nun die beiden Jungen ins Spiel. Die hatten ja keine Ahnung von den alten Geschichten, der Ehrlich hat sie praktisch am Sterbebett einweihen und ihnen klarmachen müssen, dass der Onkel Göttle ein wichtiger Mann ist, den sie mit Respekt behandeln müssen. Aber so ganz hat denen das nicht schmecken wollen, die haben sich da wohl etwas freier gefühlt, weil sie persönlich nicht an der Mannheimer-Geschichte beteiligt waren. Andererseits wollten sie natürlich auch nicht gerade ihren Besitz in Frage gestellt wissen ... kurz und gut, der Göttle und die Ehrlich-Brüder kamen mehr recht als schlecht miteinander aus, und der Göttle hat sich Gedanken darüber gemacht, wie er die beiden ein bisschen disziplinieren könnte. Und als Ihr Vater auftauchte und Stunk gemacht hat, da hat er dann gleich zwei Fliegen mit einer Klappe geschlagen.«

Thomas wartete einige Sekunden darauf, dass Bauditsch mit der Erläuterung seines letzten Satzes fortfahre, und glaubte, da dieses nicht geschah, er müsse nun eigentlich bereits kapiert haben, wie der gemeint war. »Ich fürchte, ich versteh nicht so ganz«, sagte er darum nach kurzem Nachdenken.

»Langsam, ich erzähl ja gleich weiter. Aber zuvor, ich bitte Sie, stecken Sie doch endlich die Kanone weg. Es wird langsam spät, zu Hause werden sie sich Sorgen machen, wenn ich nicht bald komme. Lassen Sie mich aufstehen und zurückgehen, Sie können mich begleiten und ich verspreche, dass ich Ihnen alles erzähle, was Sie noch wissen wollen. Sie können die Waffe ja wieder ziehen, wenn's Ihnen nötig erscheint.«

Thomas überlegte kurz. »Okay, aber wenn sie drunten bei den Häusern Lärm machen wollen, schlage ich Ihnen sofort eine aufs Maul.«

»Klar. Ich hab kapiert, dass Sie kein Depp sind. Ich möchte das hier nur so langsam und ohne weiteren Ärger hinter mich bringen.« Er erhob sich mühsam und ächzend. Schlingel, der sich zuletzt nicht mehr gerührt hatte, tat es ihm gleich und brachte sich durch ein kräftiges Schütteln zurück in den Wachbetriebszustand.

»Also: ›Zwei Fliegen mit einer Klappe‹, erklären Sie mir das.«

Sie setzten sich langsam ausschreitend in Bewegung, den Lichtern der Stadt entgegen.

»Göttle hat sie mit hineingezogen in den Mord. Er hat es so eingefädelt, dass er sie danach mit einem todsicheren Beweis in der Hand hatte. Das Ganze war wirklich eine unglaublich schlaue Operation – aber entschuldigen Sie, wenn ich so über den Mord an Ihrem Vater rede. Jedenfalls: Er hat's geschafft, dass die beiden praktisch dem Ede den Auftrag gegeben haben, ohne selbst so richtig kapiert zu haben, um was es dabei ging. Und vor allem: Er hat sie dabei gefilmt. Diese beiden Ehrlich-Jungen waren ja nicht aus demselben Holz geschnitzt wie wir Alten, und Göttle war der Meinung, dass die sich in die Hosen scheißen würden, wenn sie einen Mord veranlassen sollten. Dabei hatte er schon 1971 so was für die

Wiko, und damit ja auch für die beiden, arrangiert, hat nämlich dafür gesorgt, dass ein bestimmter Journalist von der Bildfläche verschwand, der zu viel Material gesammelt hatte über ein nicht ganz sauberes Geschäft, das sie damals mit Bulgarien durchgezogen haben. Der Mann hätte sie alle hochgehen lassen ... aber das gehört wirklich nicht zu der Sache mit Ihrem Vater ... das heißt, indirekt vielleicht doch, denn so wie ich den Göttle kenne, hat er auch diese Geschichte noch mit aufs Tapet gebracht, als er den beiden Brüdern so richtig Angst eingejagt hat wegen der Nachforschungen Ihres Vaters. Bei denen hat er nämlich energischen Alarm geschlagen, hat ihnen irgendwie die Sache so dargestellt, dass die beiden den Haas mehr fürchten mussten als unbedingt nötig. Denn eigentlich war es ja, so wie ich es mitbekommen habe, zunächst nur Göttle selber, dem der gefährlich wurde. Jedenfalls hat Göttle die Brüder davon überzeugen können, dass man den Haas mit einer deutlichen Aktion von weiteren Schritten abhalten müsse. Wie er das angestellt hat, weiß ich nun auch nicht genauer, er wird ihnen halt weisgemacht haben, dass der Haas mit seinen Nachforschungen kurz davorstehe, die Vertauschung des Testaments ans Licht der Öffentlichkeit zu zerren. Oder er hat es so aussehen lassen, als sei Ihr Vater auch auf jene Bulgariengeschichte gestoßen – was weiß ich. Man muss dazu noch wissen, dass es damals nicht so gut um die Wiko stand, die beiden Jungs hatten kräftig drauflos investiert und die Behörden hatten bereits einmal ein Auge auf die Ostblockbeziehungen geworfen, da gab's also jede Menge Porzellan zu zerschlagen. Die Ehrlich-Brüder waren schließlich damit einverstanden, dem Störenfried einen Schläger auf den Hals zu schicken, der ihn mal ordentlich zusammenfaltet. Göttle hat ihnen dann gesagt, dass er einen solchen Mann besorgen könne – für so was war er ja auch zuständig –, hat aber darauf bestanden, sie mit im Boot zu haben. Der Mann war Ede Wolf, wie Sie wissen, die

Ehrlichs sollten selber mit dem den Auftrag absprechen und ihn bezahlen – und dazu hat Göttle ein Treffen in seiner Villa draußen in Neipperg arrangiert ...« Er kicherte leise in sich hinein: »Wie er das wieder hingekriegt hat!« Er schüttelte den Kopf.

Thomas begriff ganz langsam: »Und dort hat er dann das Treffen gefilmt?«

»Genau! Er war dafür hervorragend ausgestattet, war so eine Art Hobby von Göttle, Überwachungstechnik. Auch damit hat er der Wiko im Lauf der Jahre so manchen Dienst leisten können. Das Treffen fand im Wohnzimmer statt und in der Schrankwand war eine kleine, leise Spezialkamera eingebaut. Die heutige Videotechnik wäre dazu natürlich noch praktischer gewesen, aber ich wüsste jetzt gar nicht, ob's das damals schon gab. Ich selbst hab die Kamera von einem Nebenzimmer aus per Knopfdruck bedient. Hat prima funktioniert, die Brüder schwafelten munter drauflos, das würde für eine todsichere Mordanklage locker ausreichen. Und am Ende lag der Geldkoffer auf dem Couchtisch und Ede zählte die Scheine – alles gut im Bild, mit bestem Ton. Natürlich war gar nicht davon die Rede, Ihren Vater umzubringen, aber in Anbetracht der nachfolgenden Ereignisse ... Dem Ede haben wir natürlich später noch klargemacht, was von ihm erwartet wurde.«

»Der Göttle hatte also einen Film in der Hand, mit dem man die Ehrlichs ohne weiteres ins Gefängnis bringen könnte.« Das war in der Tat stark. Und Thomas begriff sofort das Problem, das die Ehrlich-Brüder jetzt hatten, nachdem Göttle zum Friedrichshöhe-Insassen geworden war. »Ich nehme an, dass Göttle das Filmmaterial genauso sicher irgendwo deponiert hat, wie das Testament des Wilhelm Kolb.«

»Selbstverständlich! Er wird wohl irgendwo ein ganzes Archiv solcher Sachen haben. Wie gesagt: Alte Gestapo-Schule!«

Sie gingen eine Weile schweigend nebeneinander her. Die Sache mit dem Film brauchte einfach eine Gedenkminute.

»Sind Sie jetzt zufrieden?«, fragte schließlich Bauditsch, als sie wieder in die Armsündersteige einbogen.

»Ja, ich denke schon. Das heißt, eine Sache wäre da noch: Wie ist eigentlich mein Vater an die ganze Geschichte geraten? Wie kam der überhaupt dazu, irgendwelche Nachforschungen anzustellen?«

»Ausgerechnet Sie wissen das nicht? Jetzt haben Sie so viel herausbekommen, und das wissen Sie nicht?« Er zuckte mit den Schultern. »Ich weiß es auch nicht. Und ich weiß nicht einmal, ob der Göttle das gewusst hat. Den Teil der Sache müssten doch wohl Sie am ehesten noch herausfinden können. Fragen Sie doch in Ihrer Familie herum.«

Da würde er nichts erfahren, dessen war sich Thomas sicher. Er dachte wieder an den Film, an das Testament, an Göttles ›Archiv‹, wie Bauditsch es genannt hatte.

»Sie überlegen, ob die ganzen Dokumente noch irgendwo versteckt liegen, stimmt's?« Bauditsch grinste ihn von der Seite an. Man war beinahe bei der Hausnummer 15 angelangt. Zum Glück, denn wenn man noch eine halbe Stunde länger geplaudert hätte, dann wäre die Unterhaltung am Ende noch in einen freundschaftlichen Ton entglitten. »Wenn ich noch jünger wäre, ich hätt mich sofort auf die Suche gemacht!«

»Tja«, brummelte Thomas und zuckte mit den Schultern, »mal sehen!«

»Wir sind zu Hause«, sagte Bauditsch, »lassen Sie mich nun in Ruhe?«

»Wie gesagt: Versprochen ist versprochen.« Den alten Sack verabschieden und nie mehr wiedersehen, das war Thomas' Herzenswunsch.

»Dann möchte ich Sie um etwas bitten. Ich weiß nicht, was Sie vorhaben. Vielleicht wollen Sie den Tod Ihres Vaters rächen. Aber ich bitte Sie, die Finger vom Göttle zu lassen. Der ist ja bereits kaputt, der würde es ja eh nicht begreifen, wenn Sie ihm etwas antäten. Der Mann ist genug gestraft am Ende seines Lebens, lassen Sie ihn doch einfach vollends sterben, dort draußen in Eichelberg.«

Damit hatte er Thomas nun ein wenig verblüfft, denn es passte nicht so recht zu dem Bild, das er sich von Bauditsch gemacht hatte. Wenn auch zuvor davon die Rede war, dass Bauditsch der Freund Göttles gewesen sei, so hatte Thomas dabei doch niemals an die Freundschaft gedacht, die aus dieser Bitte sprach. Und Bauditsch hatte Recht: Es fiel Thomas erst in diesem Moment ein, dass man Göttle nicht mehr würde bestrafen können für das, was er dem Vater angetan hatte. »Ja ja, schon gut«, sagte Thomas, »ich lass ihn in Frieden. Aber dafür vergessen Sie unsere Unterredung!«

»Gut, von mir aus.« Er streckte Thomas die Hand hin.

Der schlug sie aus: »Wir wollen mal nicht übertreiben. Auf Nimmerwiedersehen, würd ich sagen.«

Bauditsch zuckte mit den Schultern. Der Dackel hob das Bein und schiffte an den Zaun. »Schlingel, du Schwein«, rief Bauditsch erbost und zog den armen Hund, nachdem er fertig war, mit einem Ruck durchs Gartentor.

* * *

Bimbo! Immer wieder nur Bimbo, es war aussichtslos. Von Göttle war nun einmal nichts mehr zu erfahren.

Sie saßen im Café Friedrichsstüble, an demselben Tisch wie damals, als Thomas Silvia kennen gelernt hatte. Mittwochnachmittag, sie waren die einzigen Gäste und das mollige Teenagermädchen, dem heute der Verkauf von Kaffee und Kuchen oblag, glotzte mit mürrischer Langeweile aus rehbraunen Kulleräugchen. Vielleicht träumte sie vom Freibad oder von fernen Stränden unter Palmen. Der Großvater war, so schien es, ganz und gar zufrieden mit der Himbeersahnetorte, die Thomas für ihn gekauft hatte. Göttle hatte sich mit einem Stück Diabetikerkäsekuchen begnügen müssen – die Himbeersahne, so fand Thomas, war nicht in dem Versprechen enthalten, das er Bauditsch gegeben hatte. Aber Göttle hatte natürlich die Zurücksetzung gar nicht bemerkt und das Einzige, was seinen Genuss störte, war die Schwierigkeit, mit der kleinen Kuchengabel zu essen. Nachdem ihm die ersten Bissen auf dem Weg zum Mund immer wieder heruntergefallen waren, war er zu einer einfacheren Vorgehensweise übergegangen, die keinerlei Besteck erforderte: Mit den Fingern zerbröselte er zunächst das Kuchenstück zu vielen kleinen Krümeln, welche er danach leicht aufklauben und in den Mund stopfen konnte. Der Großvater stellte sich geschickter an, er hatte von vornherein den Kaffeelöffel benutzt und schaufelte damit die Torte langsam und ohne Verluste in sich hinein.

Natürlich hatte Thomas Göttle nur mitgenommen, um genau das zu tun, was die Ehrlich-Brüder von Anfang an befürchtet hatten: ihn auszuhorchen. Um nach dem Wissen zu schürfen, das in diesem halbtoten Körper steckte – falls es überhaupt noch existierte und nicht bereits unwiederbringlich gelöscht war. Daran aber wollte Thomas nicht glauben. Es musste in den letzten Bewusstseinsresten dieses wirren Hirns doch noch zumindest bruchstückhafte Erinnerungen an etwas geben, das für den Mann einst von elementarer Wichtigkeit gewesen war. Denn vielleicht handelte es sich bei dieser so genannten Demenz ja nicht um den völligen Zerfall, sondern nur um eine Art geistiger Lähmung, vielleicht war bloß der Zugriff auf die Gedächtnisinhalte gestört oder die Mitteilung derselben behindert, und vielleicht würde eine geschickte Reizung dieser Funktionen irgendetwas von dem herauslocken, was früher, als Göttle es noch absichtlich hatte für sich behalten können, die Rückversicherung seiner Macht gewesen war.

Macht! Kaum zu glauben, wenn man den Tattergreis jetzt vor sich sah, dass der eine Hauptfigur der kriminellen Szene des Provinzgroßstädtchen gewesen war. Tatsächlich fast so etwas wie ein Unterweltpate – kein kleiner Gott, sondern ein kleiner Gotte! Erst jetzt, nachdem Bauditschs Erzählungen das Bild Göttles vervollständigt hatten, war Thomas dieser altertümliche Ausdruck eingefallen, der der Geschichte sozusagen ein nomen est omen hinzufügte.

Thomas hatte also versucht, das kranke Hirn zu stimulieren und jedes nur erdenkliche Stichwort ausprobiert, hatte nach dem »Film« gefragt, nach der »Mannheimer-Akte«, hatte sich auch zu einem »Ich bin's, der Bauditsch« entblödet – und so weiter und so fort. Göttles verbale Reaktionen hatten immer ungefähr so geklungen: »Ja ja, alles nix, haha, der Bimbo!«

Bimbo halt, wie immer. Das Letzte, was Göttle der Welt mitzuteilen hatte. Thomas gab's schließlich auf. Sowieso hatte er eigentlich nicht ernsthaft damit gerechnet, tatsächlich noch irgendetwas aus Göttle herausbekommen zu können. Er hatte es eben auch einmal auf diese Art und Weise versuchen müssen, da ihn selbstverständlich der Gedanke an das besagte Archiv nicht mehr loslassen wollte.

»Hans, psst«, raunte neben ihm der Großvater mit gedämpfter Stimme und winkte ihn verstohlen zu sich heran.

Thomas beugte sich zu ihm hinüber: »Was gibt's denn, Opa?«

»Ich muss mal«, flüsterte der ihm ins Ohr, »ich weiß aber gar nicht, wo hier der Abort ist.«

Das hätte nun nicht unbedingt sein müssen! Aber damit musste man jederzeit rechnen, es gehörte gewissermaßen zu den Besuchen auf der Friedrichshöhe dazu. Wie alle Insassen der M3 trug der Großvater Windeln und deshalb hatte Thomas am Anfang noch versucht, einfach nicht darauf einzugehen, wenn er zur Toilette gebracht werden wollte, oder ihn so lange zu vertrösten, bis er die Sache endlich hatte laufen lassen, doch hatte er sich angesichts der offensichtlichen Seelenqualen, die er damit dem alten Mann bereitete, schon bald dazu überwinden müssen, ihm bei der Notdurft auf dieselbe Weise behilflich zu sein wie eine Mutter dem Kind, das noch zu klein ist, um diese selbstständig zu erledigen. Denn allein schon die wilde Panik, in die der Großvater verfiel, wenn er spürte, dass er es nicht mehr lange würde zurückhalten können und sich selbst nicht zu helfen wusste, hätte Thomas nur bei größter Gefühlskälte unbeeindruckt lassen können, und als der arme Opa dann einmal in die Hosen geschissen hatte, da war selbst sein verwirrter Geist noch von einer derart herzzerreißenden Beschämung und Niedergeschlagenheit erschüttert, dass Thomas es kein zweites Mal über sich gebracht hätte, ihn aufgrund kleinlicher Hemmungen in dieser Weise im Stich zu lassen. Offenbar gehörte das Zurückhalten und regelgerechte Ausscheiden von Kot und Urin zu dem Teil der menschlichen Dressur, der erst ganz zuletzt verschwinden würde, und wie stark diese Dressur hier noch immer wirkte, erwies sich auch damit, dass der Großvater diesbezüglich oft falschen Alarm schlug.

Einen solchen vermutete Thomas auch jetzt, doch er musste ihm wohl oder übel stattgeben. Also bat er das Dickerchen an der Kuchentheke, solange Göttle zu beaufsichtigen, und führte den Großvater auf die nächstgelegenen Besuchertoiletten. Der hatte immer noch nicht begriffen, dass er Windeln trug – wie sollte er auch, er hatte dergleichen zuvor nie bewusst erlebt –, und schaffte es nicht, sie sich selbst auszuziehen. Also zog Thomas sie ihm mitsamt der Hose über den fleischlosen Rest von Hintern hinunter, ließ ihn auf der Kloschüssel sitzen und wartete draußen vor der Kabine. Nach einigen Minuten kam er herausgeschlürft, Hose und Windeln hingen ihm noch um die dürren Waden, und Thomas zog sie ihm wieder hoch, ohne ihn vorher abzuputzen. Es war weniger Ekel, der ihn davon abhielt, als vielmehr eine peinliche Beklemmung, die er bei dem ganzen Ablauf empfand und die ihn zur schnellstmöglichen Erledigung drängte: In ihm sträubte es sich, den geliebten Großvater so zu erleben, es empörte ihn die Gemeinheit, die das Leben dem alten Mann damit zufügte, dass es ihn in dieser entwürdigenden Hilflosigkeit präsentierte. In der Kloschüssel lag nur ein winziges, trauriges Kackwürstchen.

Göttle saß noch brav auf seinem Platz und begrüßte die Rückkehrer mit einem hoch erfreuten: »Bimbo, komm!«

Ja ja, quatsch dich ruhig aus, dachte Thomas. Auch Göttle hatte er schon einmal aufs Klo gesetzt und jetzt, im Lichte dessen, was er über ihn erfahren hatte, bereute er dieses von ganzem Herzen. Auch wenn es längst zu spät war, dem Mann seine Schuld unter die Nase zu reiben, so war es doch nicht gerecht, dass ihm am Ende dieselbe Hilfe zuteil wurde wie dem Großvater, der vermutlich zeitlebens niemandem Böses zugefügt hatte.

Thomas sah auf die Uhr: Halb sechs, Zeit zum Aufbruch. Am Vormittag hatte Silvia angerufen und ihm, da er nicht zu Hause gewesen war, auf dem Anrufbeantworter die Nachricht hinterlassen, dass sie es am Abend gegen sieben Uhr nochmals versuchen werde. Also gab er den beiden Alten das Signal zum Aufbruch und brachte sie zurück zur Station M3, wo bereits das Abendessen auf sie wartete, sodass der Großvater, sogleich wieder von einer Mahlzeit in Anspruch genommen, Thomas den Abschied nicht weiter erschwerte.

Auf dem Weg zurück in die Stadt waren Thomas' Gedanken wieder bei Göttles Archiv, bei diesem Schatz, der irgendwo darauf wartete, gehoben zu werden. Die Ehrlich-Brüder hatten ihn nicht gefunden, so viel schien klar. Das, was Silvia erzählt hatte, ließ darauf schließen, dass sie Göttles Hinterlassenschaften sorgfältigst danach durchsucht hatten und dass sie dabei nicht einfach auf ein Bankschließfach oder Ähnliches gestoßen waren, in dem er das Ganze verwahrt hatte. Denn sie hatten schließlich sogar das Haus in Neipperg kaufen wollen und jetzt schien die Annahme nicht mehr allzu gewagt, dass es ihnen dabei darum gegangen war, den Ort unter ihre Kontrolle zu bringen, an dem sie letztendlich das Versteck der für sie so gefährlichen Dokumente vermuteten. Natürlich hatten sie die Villa längst gründlich und erfolglos durchforstet, man musste sich nur einmal in ihre Lage versetzen, um zu begreifen, dass sie einfach nichts unversucht gelassen haben konnten, um das Archiv zu finden. Sie hockten gewissermaßen auf einer Bombe und irgendwo lag der Fernzünder herum, auf den jederzeit irgendjemand durch Zufall treten konnte. Wahrscheinlich würden sie den Putz von den Wänden klopfen, die Dielen aus dem Boden reißen und den Garten umgraben, wenn sie in der Villa nur nach Gutdünken schalten und walten könnten. Jedenfalls sah es nicht danach aus, dass sie die Unterlagen inzwischen gefunden hatten, denn wozu sonst diese ganze Aufregung um seine, Thomas', vermeintliche Schnüffeleien?

Aber wenn die Ehrlichs nichts hatten finden können, wie sollte ausgerechnet er mehr Erfolg haben? Besaß er irgendeine zusätzliche Information? Die schien es einfach nicht zu geben, die einzige Quelle des diesbezüglichen Wissens war Göttle selbst, und die schien endgültig versiegt, aus der kam nur noch ein gelegentliches »Bimbo«.

Und wenn darin doch irgendein Sinn steckte? Wenn es sich sozusagen um eine Art persönliches Codewort Göttles handelte, das in irgendeiner Region seines Bewusstseins, in einem Zusammenhang mit seiner Lebensgeschichte tatsächlich etwas benannte? Dann würde Thomas diese Bedeutung vermutlich niemals entschlüsseln können, und es wäre genauso, als ob sie gar nicht existierte. Trotzdem: War es nur Zufall, dass Göttle gerade auf diesem einen Begriff verfallen, dass »Bimbo« das Letzte war, was ihm noch einfiel, wenn er den Mund aufmachte?

Wie auch immer, die Sache war an einem Punkt angelangt, wo er nicht mehr so recht weiter wusste. Ohne die Dokumente, ohne den Film und das Originaltestament des Wilhelm Kolb, schien die Geschichte zu Ende: Er hatte die Umstände des Mordes an seinem Vaters herausgefunden, aber er hatte nichts in der Hand, um sie zu beweisen. Er würde seine Nachforschungen genauso beiläufig wieder einstellen müssen, wie er sie begonnen hatte, weil es eben nichts weiter mehr nachzuforschen gab. Ein paar Fragen würden bleiben und die Ehrlich-Brüder kämen ungeschoren davon, abgesehen von der Strafe, auch weiterhin auf ihrer Bombe ausharren zu müssen. Auch wenn Thomas bisher noch nie so recht darüber nachgedacht hatte, zu welchem Ende er die Geschichte eigentlich bringen wollte, so erkannte er nun, dass ihm dieses Ende gar nicht schmecken würde.

Die Sieben-Uhr-Nachrichten waren gerade bei den Begrüßungsworten des Sprechers angelangt, als auch schon das Telefon läutete. Welche Zeit sie auch immer jetzt gerade auf den Malediven haben mochten, sie hatten jedenfalls ordentliche Uhren.

»Hallo, mein Kleiner! Na, wie geht's, wie steht's?« Ihre Stimme kam so klar durch den Hörer, als rufe sie aus dem Nachbarhaus an. Thomas war deswegen beinahe ein wenig enttäuscht, er hatte erwartet, gewissermaßen Exotik und Ferne in der Leitung rauschen zu hören.

»Hallo, Silvia ...«, er hatte immer noch keinen Kosenamen für sie, »... schön dich zu hören. Hier geht's gut. Und, wie läuft es so bei dir auf dem Tropeneiland?«

»Klasse ist das hier, absolute Spitze!« Und es folgte ein enthusiastischer Kurzbericht: Schlichtweg alles war großartig, ein Paradies auf Erden, mit dem strahlendsten Wetter, den großartigsten Stränden, einem erstklassigen Hotel und ausschließlich reizenden Leuten.

Fehlt nur noch, so schoss es Thomas durch den Kopf, der eingeborene Liebhaber mit seiner riesigen Schokobanane unterm Baströckchen. Er behielt es aber für sich und sagte stattdessen: »Das freut mich für dich.«

Es stellte sich heraus, dass sie nur mal hören wollte, ob alles in Ordnung sei, vor allem auch bezüglich der Verpflegung Dagoberts, und ob er auch den Termin auf dem Flughafen am übernächsten Samstag nicht vergessen habe.

Thomas beruhigte sie in allen Punkten und wechselte das Thema: »Ich war übrigens vorhin auf der Friedrichshöhe, wieder mal im Café mit dem Opa und deinem Vater.«

»Aha«, kam es mit hörbarer Verwunderung zurück. Sie fragte sich zu Recht, warum Thomas dieses für so wichtig hielt, um es ihr über tausende Kilometer hinweg mitzuteilen.

Doch der scherte sich nicht weiter darum. »Kannst du mir vielleicht mal sagen, was dieses ›Bimbo‹ bedeutet, das dein Vater ständig im Mund führt?«

»Äh ... was? Bimbo? So hat sein Hund geheißen. So ein rabenschwarzes Vieh, deswegen Bimbo, verstehst du? Zu seinen vielen liebenswürdigen Charaktereigenschaften zählte halt auch der Rassismus ...«

Der Hund?

Der Hund!

Das war es! Thomas hatte eine Art Erleuchtung, einen Geistesblitz, eine Eingebung, wo Göttle seinen kleinen Schatz versteckt haben mochte. Von den vielen Sätzen und Halbsätzen, die er den Alten hatte sagen hören und in denen von Bimbo die Rede gewesen war, war ihm plötzlich einer in den Sinn gekommen: »Bimbo, pass auf!« Wie gesagt, eine Eingebung nur, keine logisch klare Schlussfolgerung – und doch hatte er nun einen Platz gefunden, an dem er nachsehen konnte und an dem die Ehrlichs vielleicht noch nicht gesucht hatten. Und er war bereits in diesem Augenblick absolut zuversichtlich, dass er dort etwas finden würde.

»Hey, Thomas, bist du noch dran? Du könntest wenigstens Antwort geben, wenn ich dir schon für teures Geld um die halbe Welt herum irgendwelche unsinnigen Fragen beantworte, von denen hoffentlich wenigstens du weißt, warum sie dir wichtig sind.«

»Ja, entschuldige, war ein wenig abgelenkt. Hab's halt einfach mal wissen müssen, ständig hat er's mit diesem ›Bimbo‹.«

»Schon gut jetzt, genug davon. Es ist also soweit alles in Ordnung zu Hause und ich kann mich in Ruhe weiter am Strand fläzen?«

»Genauso ist es. Alles bestens hier!«

Sie verabschiedeten sich, und Silvia legte auf.

Thomas aber stand noch einige Atemzüge lang da und starrte auf den Hörer in seiner Hand, als habe er darin das Licht der Wahrheit erblickt. Und mit einem staunenden Kopfschütteln murmelte er noch einmal: »Bimbo!«

## V. Testamentseröffnung

Die Blockwartin trug eine bräunliche Kittelschürze, welche verstohlenen Blicken auf das darunter liegende Fleisch hier und da einen Einlass geboten hätte, wenn denn irgendjemand solche auf die Frau hätte werfen wollen. Sie lud indes mit ihrem von schwäbischer Schaffsucht ausgemergelten Körper und ihrer in der Grimasse unbarmherzigen Weltekels erstarrten Miene eher zum schnellen Weg- als zum Hingucken ein. Letzteres war wohl eher ihre Spezialität, sie wirkte – und Thomas hätte nicht genau sagen können, warum eigentlich – ganz so, als jäte sie nur darum so eifrig das Unkraut in ihrem Vorgarten, weil sie von dort die beste Sicht auf die Vorgänge in ihrer Nachbarschaft hatte, welche sie mit heimlichem, aber brennendem Interesse beaufsichtigte. Sie passte ihm gar nicht in den Kram, denn natürlich würde sie den Hals recken, wenn auf der gegenüberliegenden Straßenseite plötzlich ein Fremder sich in dem seit Monaten verlassenen Göttle-Anwesen zu schaffen machte, und, wer weiß, vielleicht würde sie gar die nächste Polizeidienststelle anrufen, um die verdächtige Beobachtung zu melden.

Thomas entschied sich zur Flucht nach vorn. Er packte sein Werkzeugköfferchen, das er für alle Fälle mitgenommen hatte, stieg aus und ging direkt auf die Frau zu. »Entschuldigung«, sagte er, als er bei ihrem Jägerzaun angelangt war, »das Haus von Gottlob Göttle, das ist doch das dort?« Er zeigte mit dem Daumen über die Schulter.

Sie löste den Blick aus dem Gesträuch zu ihren Füßen und sah Thomas mit einem Ausdruck von Überraschung an, so als habe sie sein Kommen nicht längst bemerkt. »Ja, das dort drüben, da hat der Göttle gewohnt.« Sie stellte nicht die Frage, was er dort wolle, aber Thomas glaubte ihr anzusehen, dass sie sie beantwortet haben wollte.

»Ich habe mir nämlich die Hausnummer 5 notiert«, sagte er mit der Freundlichkeit eines potenziellen Universalerben, »aber das dort ist ja die 3. Nicht, dass es am Ende noch zu Missverständnissen kommt, wenn ich das falsche Grundstück betrete. Ich komme nämlich im Auftrag der Tochter, Silvia Göttle, um mir mal das Anwesen wegen einer möglichen Neugestaltung anzusehen.«

»Aha, ach so. Das ist ja gut, wenn sie sich endlich mal darum kümmert. Das steht ja jetzt schon so lange leer, höchste Zeit, dass da mal was getan wird. Schauen Sie sich nur mal den Garten an, der verkommt ja ganz und gar.« Sie schüttelte, da ihr ohnehin das Missfallen ins Gesicht geschrieben stand, den Kopf, um einen besonderen Tadel auszudrücken.

»Tja, dann wollen wir uns die Sache mal ansehen«, sagte Thomas und zog demonstrativ den Schlüsselbund aus der Hosentasche.

Er überquerte die Straße, trat vor das mannshohe, vergitterte Tor und drückte die Klinke. Natürlich war abgeschlossen, er besah sich seine Schlüssel und fand drei darunter, die zu dem Schloss passen konnten. Beim zweiten Versuch klappte es. Er spürte ein wenig Herzklopfen, als er Göttles Anwesen zum ersten Mal betrat, ein eher positives Gespanntsein auf das, was er finden würde.

Er hatte es nach Silvias Anruf, nach seinem plötzlichen Einfall, gerade noch eine Nacht lang zu Hause ausgehalten, hatte morgens Bernie angerufen und sich für den Tag mit vorgeblichem Dünnschiss krankgemeldet und war dann gleich zu Silvias Wohnung gefahren, um sich den mit »Neipperg« etikettierten Schlüsselbund aus der Schreibtischschublade zu holen.

Thomas sah noch einmal kurz zu der Kittelschürze hinüber, die sich wieder ganz ihrem Vorgarten zu widmen schien, und wandte sich nach links, zum Hundezwinger. Bimbos Herr war nicht knauserig gewesen, er hatte ihm gute zwanzig Quadratmeter zugestanden und er hatte sogar auf dem Boden Platten legen lassen. Auf dem betonierten Sockel ruhte ein gut zwei Meter hoher Metallkäfig, der durch eine Tür betreten werden konnte, die durch ein großes Vorhängeschloss abgesperrt war. Thomas fand auch den dazu passenden Schlüssel und betrat den Zwinger.

Er sah sich um. Da stand noch ein Futternapf aus grünem Plastik, Wind und Wetter hatten ihm nichts anhaben können, und seine enorme Größe ließ wiederum ahnen, was die schwangere Andrea und Silvia bereits angedeutet hatten, nämlich dass Bimbo alles andere als ein Schoßhündchen gewesen war. Auch für Bimbos Durst hatte Göttle bestens gesorgt: Außen am Gitter kam eine Leitung aus dem Erdreich und mündete in ungefähr halber Mannshöhe in einen Wasserhahn, der von draußen aufgedreht werden konnte, jedoch durch das Gitter hindurch führte und das Wasser in einen steinernen Trog leitete. Thomas staunte nur kurz über diese aufwendige Vorrichtung und konzentrierte seine Aufmerksamkeit auf die große Hundehütte, die fast in der Mitte des Zwingerquadrats stand. Auch bei ihr hatte sich Göttle großzügig gezeigt, es mochte gut und gerne ein Grizzlybär darin Platz haben. Mit ihren massiven, hölzernen Wänden sah sie wie ein kleines Blockhaus aus, lediglich das Dach war mit schwarzer Teerpappe gedeckt. Thomas sah durch die Öffnung ins dunkle Innere und erkannte darin auf den ersten Blick nichts weiter als eine angeschimmelte und übelriechende Streu aus Stroh oder Putzwolle oder sonst irgendetwas. Der Gedanke, mit der unbedeckten Hand hineinzutasten, erzeugte ihm Ekel. Am ehesten, so überlegte er, wäre eine Art von Geheimfach oder dergleichen entweder unter der Hütte im Betonsockel, oder unter dem kleinen Giebeldach zu vermuten. Er rüttelte: Weder die Hütte als Ganzes noch eine der beiden Dachplatten ließen sich bewegen. Also suchte er die Außenfassade nach irgendwelchen winzigen Auffälligkeiten ab.

Nachdem er so praktisch jeden Quadratzentimeter genau inspiziert hatte, hatte er noch immer nicht das entdeckt, was er suchte – aber immerhin das Gefühl, etwas übersehen zu haben. Er überlegte und es zog seinen Blick noch einmal zur Rückseite der Hütte. Richtig: Die Rückwand war angeschraubt! An den vier Ecken des Rechtecks unterhalb des Giebels war jeweils ein Schräubchen zu sehen, und dieses war insofern auffällig, als in den anderen Wänden nur Nägel steckten. Thomas' Pulsfrequenz stieg. Er griff in sein Werkzeugköfferchen und suchte den passenden Schraubenzieher. Zunächst wollten sich die Schrauben nicht bewegen lassen, zu lange waren sie offenbar nicht mehr gelöst worden. Mit einiger Kraftanstrengung gelang es ihm schließlich doch, und so gab endlich, nachdem er die Schrauben herausgedreht hatte, die Rückwand seinem Zerren nach und löste sich vom Rest der Hütte – und da war es! Thomas' Herz tat einen Hüpfer, er hatte damit gerechnet, etwas zu finden und war doch für einen Moment wie benommen. Hinter der Holzverkleidung war ein kleines Stahltürchen zum Vorschein gekommen, das in einer Betonwand eingepasst war. Es besaß ein Schloss, und Thomas durchsuchte nun mit zittrigen Fingern erneut den Schlüsselbund: Da war einer, der sah nicht nach den üblichen Türschlössern aus, der hatte nur ganz am Ende des langen Stils einen breiten, rechtwinklig gezackten Bart. Thomas steckte ihn in das Schlüsselloch und ... er passte! Die Tür sprang von selbst auf, bewegt vom Druck des Pakets, das dahinter in ein kleines schmales Fach gezwängt war und jetzt herauspurzelte.

Kein Zweifel, Göttles Archiv! Da lag es nun vor seinen Füßen. Verpackt in einer alten Plastiktüte ein Stoß papierener Dokumente und auch das erhoffte Filmdöschen. Er hatte gewonnen, ganz und gar, er war am Ziel! Er musste sich beherrschen, um seine Erregung nicht laut hinaus zu schreien.

Er zwang sich zur Beruhigung, und für einen Moment bekam er es mit der Angst zu tun: Was, wenn die Ehrlich-Brüder auch hier, so wie auf der Friedrichshöhe, einen Aufpasser engagiert hatten, der sein Treiben im Hundezwinger beobachtet und sie inzwischen telefonisch alarmiert hatte? Quatsch! Was sollte dann schon passieren? Außerdem hatte er höchstens eine Viertelstunde auf Göttles Grundstück zugebracht und bis irgendjemand von außerhalb hierher käme, wäre er längst schon wieder weg.

Er verschloss das Stahltürchen und schraubte auch wieder die Rückwand an die Hütte. Die Plastiktüte unterm Arm verließ er den Zwinger und sah sich von draußen das Ganze noch einmal an: Ein geniales Versteck! Geschützt durch den großen Zwingerkäfig und durch Bimbo, der in diesem Käfig bestimmt nicht zu unbefugtem Betreten eingeladen hatte. Und es konnte eigentlich niemandem auffallen, dass der Innenraum der Hundehütte um einige Zentimeter kürzer war, als er, gemessen an der Länge der Hütte, sein sollte. Respekt, darauf musste man erst kommen!

So wie er, Thomas! Er hatte es gefunden, und nicht die beiden Ehrlich-Deppen. Er ging hinaus auf die Straße, wo gegenüber die Kittelschürze mit ihrer Hacke schwitzend auf das ausgedörrte Erdreich einhieb. »Auf Wiedersehen!«, rief er laut und frohgemut hinüber und schwenkte den Arm zum Gruß.

Sie sah ihm misstrauisch hinterher. Ja ja, dachte Thomas, frag dich nur, was der da unterm Arm wegträgt.

* * *

Es war alles da, was Thomas zu finden gehofft hatte: Der Film mit der Unterredung zwischen Ede Wolf und den Ehrlich-Brüdern, das Testament des Wilhelm Kolb und eine fünfseitige handschriftliche Erklärung Göttles, in der in dem nüchternen Tonfall eines amtlichen Berichts die Vereinbarung zwischen ihm und Heinz Ehrlich, die Ermordung des Anwalts Mannheimer und der Austausch des Testaments in allen Einzelheiten dargestellt wurde – Bauditsch hatte es bereits auf einen Begriff gebracht: Alte Gestapo-Schule. Es gab auch eine Videokassette, offenbar hatte Göttle den Film zu einem späteren Zeitpunkt noch überspielt, sodass Thomas noch nicht einmal ein Super-8-Vorführgerät organisieren musste, um sich das Ganze anzusehen. Dazu noch anderes Material, beispielsweise den illegalen Handel mit bulgarischen Stellen betreffend. Die von Bauditsch erwähnte Ermordung eines Journalisten hatte Göttle allerdings nicht weiter dokumentiert, vielleicht hatte er sich davon zu wenig Belastung der Ehrlichs versprochen – aber das war für Thomas im Grunde nicht mehr weiter wichtig, angesichts dessen, was ihm schließlich der Blick in das Testament offenbarte: Nämlich den rechtmäßigen Erben Wilhelm Kolbs.

Mit ungläubigem Staunen las Thomas, was dort geschrieben stand: Einen fünfundzwanzigprozentigen Anteil an der Firma Wilhelm Kolbs hatte Heinz Ehrlich erhalten sollen – den Rest aber, sowie das sonstige persönliche Vermögen des Fabrikanten und das Haus in Neipperg, wurde dem unehelichen Sohn Wilhelm Kolbs zugesprochen, der aus seiner Liebesbeziehung zu der verheirateten Serviererin Elisabeth Haas, geborene Pfefferle, hervorgegangen und im Jahr 1932 zur Welt gekommen war. In einer dem Testament beigefügten und vor dem Doktor Mannheimer abgegebenen eidesstattlichen Erklärung bekundete Wilhelm Kolb, in den Jahren 1930 bis 1933 ein unstatthaftes Verhältnis mit Elisabeth Haas unterhalten zu haben, und bekannte sich zur Vaterschaft ihres in dieser Zeit geborenen Sohnes Walter. Er vertraue dabei auf die diesbezügliche Auskunft der Elisabeth Haas, die ihm gegenüber versichert habe, im Zeitraum der Zeugung des Kindes keinerlei geschlechtlichen Kontakt zu ihrem Gemahl Otto Haas unterhalten zu haben. Die wahre Vaterschaft des Kindes habe man im Einvernehmen mit Otto Haas geheimgehalten, um so allen Seiten einen Gesichtsverlust zu ersparen. Mit der Vererbung seines Besitzes an den Knaben Walter Haas aber erfülle er, Wilhelm Kolb, ein Versprechen, welches er Elisabeth Haas gegeben habe, und hoffe, damit seinen Beitrag für eine glückliche und erfolgreiche Zukunft seines leiblichen Sohnes zu leisten.

Thomas brauchte eine gute Weile, um es zu fassen. Konnte man das denn überhaupt glauben? Natürlich konnte man, musste man, denn da stand es schwarz auf weiß geschrieben, und es gab keinen Zweifel an der Echtheit dieser Dokumente. Nicht eine Sekunde lang hatte Thomas bisher an diese Möglichkeit gedacht! Wie hätte er auch darauf kommen sollen? Auch ihm hatte Otto Haas, der im Krieg gefallen war, als der Vater seines Vaters, als Großvater väterlicherseits gegolten. Und jetzt diese Entdeckung ... im ersten Moment fiel es ihm sozusagen schwer, sie nicht nur für wahr, sondern auch für wirklich zu halten, so sehr fühlte er sich davon überrumpelt.

Dann aber erkannte er, dass jetzt mit einem Mal alles einen Sinn ergab, was er in den letzten Wochen herausgefunden hatte. Erst im Lichte dieser allerletzten Enthüllung stand ihm nun das vollständige Bild der ganzen Geschichte klar vor Augen, sodass er darin die Antwort auch auf jene Fragen fand, die bis zuletzt noch offen gewesen waren. Nun wusste er, wie es gelaufen war, und auch wenn immer noch die Vorstellungskraft einige Lücken schließen musste, so schienen ihm diese Vermutungen jetzt so sicher, als hätten es ihm die, die das alles erlebt hatten und nicht mehr reden konnten, selbst erzählt.

Wilhelm Kolb hatte also sein gegebenes Versprechen gehalten, er hatte seinen Sohn zum Haupterben bestimmt. Aber er hatte auch jenen schweren Fehler begangen, von dem Bauditsch bereits erzählt hatte und den Thomas jetzt auch in

Göttles Erklärung erwähnt fand: Den Krebstod zu einem Zeitpunkt vor Augen, als der Knabe gerade mal sechs Jahre alt war, hatte Kolb sich ausgerechnet seinem langjährigen Mitarbeiter und getreuen Prokuristen Heinz Ehrlich anvertraut, in der redlichen Absicht, sich zu versichern, dass der nach seinem, Wilhelm Kolbs, Tod auch weiterhin seinen Fleiß und sein Talent zum Wohle der Wiko einsetze, um so das Erbe seines Sohnes zu erhalten, bis dieser es einmal würde selbst antreten können. Er hatte sich nicht vorstellen können, dass Heinz Ehrlich ein Viertel des Kuchens nicht genügen würde!

Vermutlich hatte Elisabeth einfach geschwiegen, als sie nach dem Tod Wilhelm Kolbs glauben musste, dass er sein Versprechen, den gemeinsamen Sohn zu beerben, nicht gehalten hatte. Zu beweisen wäre seine Vaterschaft damals ohnehin nicht gewesen, vor dem Gesetz und vor aller Welt aber war Walter der Sohn Ottos, und alles, was ihr die Enthüllung der wahren Vaterschaftsverhältnisse noch hätte einbringen können, wäre die öffentliche Ächtung ihres außerehelichen Verhältnisses gewesen, welche sie im Falle einer großen Erbschaft für ihren Sohn wohl billigend in Kauf genommen hätte. Und wahrscheinlich war auch Otto Haas nicht daran gelegen, die Sache an die große Glocke zu hängen. Es war anzunehmen, dass sie von den merkwürdigen Umständen des Todes von Mannheimer gar nichts mitbekommen hatten, da sie ja in der Stadt lebten, und dass sie erst recht nie dazu gekommen waren, einen Zusammenhang mit der Erbschaft Wilhelm Kolbs zu vermuten. Und wenn schon, was hätten sie dagegen machen können?

Jedenfalls war die Oma Elisabeth 1971 gestorben und vermutlich hatte sie erst kurz vor ihrem Tod dem Vater dessen wahre Abkunft verraten. Es konnte nur so gewesen sein! Soviel Thomas jetzt wusste, hatte der Vater erst in der Zeit danach angefangen, seine Nachforschungen anzustellen.

Vielleicht hatte ihm die Großmutter auch von dem nicht gehaltenen Versprechen seines leiblichen Vaters erzählt, vielleicht hatte ihn dieses angetrieben zu einem Kampf, der von vornherein aussichtslos gewesen war. Denn der Gegner, mit dem er es dabei zu tun bekam, befand sich in einer überlegenen Position; er hatte den Vater längst erwartet, hatte schon immer ein Auge auf ihn werfen und darauf achten können, ob er sich anschicken würde, es mit ihm aufzunehmen. Armer Vater, beim Tod seiner Mutter war er bereits eine gescheiterte Existenz gewesen, wie sehr musste es da in ihm rumoren, als er erkannte, dass er um ein besseres Leben schlichtweg betrogen worden war!

Und nun? Thomas hielt das Papier in Händen, das die Rechte seines Vaters belegte. Sie hatten den rechtmäßigen Erben Wilhelm Kolbs einfach umgelegt, bevor er dazu kam, sein Erbe ernsthaft einzufordern. Aber gewonnen hatten sie nicht. Denn ganz abgesehen davon, wie die Sachlage nach den Buchstaben des Gesetzes zu beurteilen wäre, für Thomas war sie völlig klar: Mit dem Tod des Sohns von Wilhelm Kolb war das Erbrecht auf den Enkel übergegangen. Nämlich auf ihn, Thomas Haas!

* * *

Der Regen trommelte mit viel Getöse auf das Dach des Fiats und den Blick durch die Windschutzscheibe trübte der farblose Schleier unablässig abfließender Wassermassen. Ab und zu hob Thomas lässig die Hand und gab dem Schalthebel einen kleinen Stoß zur Betätigung der Scheibenwischer. Dann sah er auf die Stadt hinunter und erfreute sich am Anblick der verwaschenen Konturen, der sanften Melancholie, die das so genannte schlechte Wetter selbst noch auf diese nüchterne Stadt hatte zaubern können. Warum nur hassten die Leute den Regen so sehr? Seit drei Tagen blies es immer neue

Wolkenverbände vom Atlantik herüber, und diese hatten nicht nur ihre feuchte Ladung über der Stadt ausgeschüttet, sondern auch jede Menge Übellaunigkeit, die sofort alle Gehirne infiziert hatte. Überall nur maßloses Schimpfen und Fluchen, fast hätte man meinen können, es handle sich wieder einmal um alliierte Bomberflotten, die da zur Heimsuchung der Stadt von den britischen Inseln geflogen kamen. Nun gut, der Regen schränkte die Bewegungsfreiheit ein, zwang unter Schirme und Kapuzen, zudem raubte er Sonnenlicht und verkündete die unfrohe Botschaft vom Herannahen der kalten Jahreszeiten. Aber wer hatte es eigentlich für alle Zeiten festgelegt, dass Grau eine unfreundliche Farbe sei?

Er sah auf die Armbanduhr: So langsam wurde es Zeit für Erhard Ehrlich, schon fünf nach drei. Er würde doch nicht jetzt noch einmal zickig werden wollen?

Es waren keine praktischen Erwägungen, die Thomas zur Auswahl des Treffpunkts bewogen hatten, sondern er hatte sich sozusagen eine kleine Inszenierung des krönenden Finales genehmigt, als er Ehrlich auf den Wartbergparkplatz bestellt hatte. Von hier oben genoss man den besten Blick auf Stadt und Neckartal. Schließlich bestand der Sinn, den die Menschen seit jeher den landschaftlichen Erhebungen gegeben hatten, darin, als Aussichtspunkte zu dienen, auf denen man sich ein wenig erhaben fühlen durfte beim Hinabsehen auf die Welt, in der man lebte. Und Thomas war fest entschlossen, anlässlich des bevorstehenden Treffens solche Gefühle zu genießen.

Es mochte nun schon acht Wochen her sein, dass er Göttles Dokumentensammlung aus ihrem Versteck befreit hatte. Längst war Silvia wieder in der Stadt und längst war ihre Beziehung dabei, sich allmählich zu verflüchtigen. Nur noch zwei Mal hatten sie es nach ihrer Rückkehr von den Malediven miteinander getrieben, doch es war irgendwie fader gewesen als zuvor. Den Grund dafür hätte Thomas schlichtweg deshalb nicht nennen können, weil er ihn nicht kannte. Vielleicht hatte es auch ein wenig daran gelegen, dass sich Thomas seit jenem Erlebnis in der Badewanne einfach nicht mehr gerne in ihrer Wohnung aufhielt. Jedenfalls telefonierten sie immer seltener, und früher oder später würde sich ihr Kontakt auf ein freundliches »Hallo« beschränken, wenn sie sich zufällig über den Weg liefen. Schade eigentlich.

Auch die Sache mit Ede war, wie's schien, bereits ausgestanden. Micha hatte in allen Punkten Recht behalten: Das Verschwinden des Oberzuhälters hatte ein wenig für Aufsehen gesorgt, natürlich hatte die Polizei ermittelt. Aber bei Thomas hatten sie noch nicht einmal nachgefragt, er hatte die Sache in der Zeitung verfolgen beziehungsweise sich von Jochens Vater Näheres erzählen lassen müssen. Letzte Woche hatte er sich dann wieder einmal ins Nachtcafé gewagt: Wie so oft zuvor hatte Micha hinter der Bar gestanden und auf einem der Hocker davor der gut durchgebräunte Sepp gesessen. Der hatte Thomas keines Blickes gewürdigt – *die* Geschichte schien endgültig vom Tisch. Später war Micha höchstselbst an seinem Tisch vorbeigekommen, hatte eine Bestellung aufgenommen und dabei nur kurz gesagt: »Alles klar, die Bullen sind mit der Sache im Prinzip schon durch.« Am Ende war Thomas der sehr deutliche Eindruck geblieben, dass dort jetzt Micha das Sagen hatte.

Schon zehn nach drei und noch immer kein Erhard Ehrlich!

Thomas hatte sich also Zeit genommen mit der Entscheidung über seine weitere Vorgehensweise. Es gab keinen Grund, die Sache zu überstürzen. Er hatte sich alles ganz genau durch den Kopf gehen lassen und schließlich erkannt, dass es im Grunde nur zwei Möglichkeiten gab, die offene Rechnung mit der Familie Ehrlich zu begleichen und der Familie Haas, die eigentlich den Namen Kolb hätte tragen müssen, Gerechtigkeit zu verschaffen: Nämlich eine legale und eine illegale Variante. Er hatte, wie gesagt, ein Weilchen gebraucht, sich zu entscheiden, und am Ende hatte er sich für die illegale entschieden.

Durch das Prasseln des Regens hindurch drang ein Motorengeräusch an sein Ohr: Ein großer, blauer Mercedes – was sonst – kam herangefahren und hinter dem Steuer saß Erhard Ehrlich. Er hielt neben Thomas' Wagen und obwohl seine Limousine den weitaus bequemeren Raum für eine Unterredung im Regen bot, sah er wohl ohne weiteres ein, dass er zu Thomas kommen musste, und so stieg er aus und stapfte die drei Schritte durch den Regen.

Er trug einen hellbeigen Regenmantel über Anzug und Krawatte. Vor allem aber trug er einen großen, grünen Hartschalenkoffer in der Hand, der ihm einige Mühe machte, als er damit in den engen Fiat einstieg. Er stellte sich den Koffer schließlich auf die Oberschenkel und hielt ihn mit beiden Armen vor sich umschlungen.

»Guten Tag«, sagte er ohne jede Freundlichkeit, »da wäre ich also.«

»Ich seh's. Und ich hoffe doch, der Koffer ist für mich.«

Er nickte. »Acht Millionen in bar, so wie vereinbart. Wenn sie nachzählen wollen, dann werden wir noch lange hier hocken müssen, wir mussten schon einen sehr großen Koffer auftreiben, damit das alles hineinpasst.«

»Nachzählen werde ich ein andermal. Wenn was fehlt, dann meld ich mich halt einfach wieder bei Ihnen.« Er zwang sich zu einem Grinsen, das süffisant sein sollte.

»Da fehlt nichts, da können Sie sicher sein. Aber ich bin mit dem festen Vorsatz hierher gefahren, damit die Angelegenheit ein für alle Mal zu beenden. Mein Bruder und ich geben Ihnen dieses Geld, eine Riesensumme! Aber wir sehen uns außer Stande, die geforderte zweite Rate zu zahlen. Das überstiege schlicht unsere Möglichkeiten. Bestenfalls könnten wir noch mal eine Million drauflegen, wenn

Sie uns dafür die Originaldokumente aushändigen, die Sie gestohlen haben.«

Ach Herrje, wie oft wollten sie es denn noch versuchen? Anfangs hatte Thomas bloß zehn Millionen verlangt und sie hatten kategorisch abgelehnt, dann hatte er ihnen eine Kopie des Videos geschickt und auf fünfzehn Millionen erhöht – und sie hatten schließlich einwilligen müssen. »Vielleicht sollte ich an einen Inflationsausgleich denken«, antwortete Thomas also, »vielleicht wären zwanzig Millionen auch gerechter, wenn man bedenkt, was damit alles abgegolten werden soll.«

»Nun hören Sie mal, Sie verlangen fünfzehn Millionen innerhalb von zwei Jahren. Wir müssen dieses Geld aus unserem Betriebsvermögen herauslösen, und das auch noch so, dass es in den Büchern nicht weiter auffällt. Wir sind nur hart arbeitende Mittelständler in wirtschaftlich schwierigen Zeiten. Sie treiben die Wiko in den Ruin, Sie gefährden viele Arbeitsplätze in der Region.«

»Na und, bin ich der Ministerpräsident? Wenn ich mir Göttles Aufzeichnungen zu Ihrem ehemaligen Bulgariengeschäft durchlese, dann denke ich schon, dass Sie die fünfzehn Millionen verkraften können. Und das war Anfang der Siebziger! Aber ganz abgesehen davon: Das *soll* Ihnen ja wehtun! Strafe muss sein, nicht wahr?«

»Sie sind größenwahnsinnig: So viel Geld für nichts! Wer garantiert mir denn, dass Sie in drei Jahren nicht daherkommen und noch mehr verlangen?«

»Niemand garantiert Ihnen das. Und ich würde auch nicht sagen, dass Sie das Geld für nichts ausgeben: Sie haben Ihre Firma und Sie sind auf freiem Fuß, ist das etwa nichts? Sie verlieren beides, wenn Sie nicht zahlen, so einfach ist das!« Thomas war nun doch ein wenig wütend geworden und betätigte zur Beruhigung wieder einmal die Scheibenwischer. »Also hören Sie mir jetzt noch einmal gut zu: Ihr beiden

Arschlöcher hockt auf einem Besitz, der durch eine Art Raubmord erworben wurde, und ihr habt meinen Vater umbringen lassen – ihr seid verdammt gut bedient mit den fünfzehn Millionen. Und das Göttle-Archiv könnt ihr mir für kein Geld der Welt abkaufen, das werde ich schön behalten, will schließlich nicht so enden wie mein armer Vater. Also Schnauze halten und zahlen! Wenn ich die zweite Rate habe, dann werde ich euch nicht mehr behelligen, darauf habt ihr mein Wort und auf das werdet ihr halt vertrauen müssen.«

Ehrlich schwieg ein Weilchen. Vielleicht suchte er nach irgendeinem zwingenden Argument, mit dem er Thomas doch noch einschüchtern konnte. Schließlich sagte er: »Die ›Arschlöcher‹ hätten nicht sein müssen. Wir, der Eduard und ich, haben Ihren Vater nicht töten wollen, der Göttle hat uns reingelegt ...«

»Pah! Am besten, ihr hockt euch jeden Abend ein Stündchen vor den Kamin und erzählt euch das gegenseitig.«

»... wir müssen also zahlen. Aber ich warne Sie: Treiben Sie uns nicht zu sehr in die Enge! Es gibt einen Punkt, der uns zu allerletzten Schritten zwänge.«

»So so, allerletzte Schritte. Für die war ja bisher Ede Wolf zuständig. Ich hoffe, ihr wisst, wo der sich jetzt aufhält, damit ihr ihn anrufen könnt, wenn's soweit ist! Aber dass ich die peinlichen Dokumente nicht zu Hause unterm Bett aufbewahre, versteht sich wohl von selbst. Wenn mir was zustieße, dann würde es ziemlich eng für euch.«

»Und da genau liegt ein Problem! Was ist, wenn Sie beispielsweise einen Unfall hätten? Dann würde uns das vernichten *obwohl* wir Ihre Forderungen alle erfüllt haben.«

Thomas zuckte mit den Schultern: »Tja, wünschen Sie mir halt alles Gute! Ich werde jedenfalls meine Seite der Abmachung nach bestem Wissen und Gewissen erfüllen. Hab die Sache juristisch genau ausklügeln lassen: Wenn mir etwas zustößt, dann wird das untersucht, und wenn dan[illegible]klar ist, dass da kein Fremdverschulden vorliegt, geht unser Göttle-Archiv an die Staatsanwaltschaft. Also keine dummen Gedanken, meine Gesundheit ist für die Familie Ehrlich die beste Versicherung.«

Ehrlich wusste darauf nichts zu erwidern. Was hätte er auch noch vorbringen sollen? Thomas hatte es so geregelt, dass nichts mehr daran auszusetzen war. Immerhin war sein bester Freund ein Doktor der Rechte.

»Legen Sie den Koffer auf die Rückbank«, sagte schließlich Thomas, nachdem sie eine Weile schweigend nebeneinander gesessen hatten, »ich melde mich dann im nächsten Jahr wegen der Zahlung der restlichen sieben Millionen.«

Erhard Ehrlich ließ einen resignierten Seufzer fahren. »Wenn ich Sie noch etwas fragen dürfte? Da gibt es nämlich eine Sache, die mir schon eine ganze Zeit im Kopf herumgeht: Wie sind Sie eigentlich auf die ganze Geschichte gekommen? Hat Ihr Vater etwas hinterlassen? Göttle hat uns damals versichert, dass diesbezüglich bestimmt nichts mehr zu befürchten stünde.«

»Wie ich auf die Sache gekommen bin?« Ja, die Frage gefiel Thomas. Ob Ehrlich die Antwort auch gefallen würde? »Da muss ich wohl gestehen: Ihr habt mich drauf gebracht!« Diesmal kam sein Grinsen ganz von selbst. »Ihr habt euch in die Hosen geschissen wegen mir, und deshalb bin ich überhaupt erst neugierig geworden. Vorher hatte ich nicht die geringste Ahnung von der ganzen Geschichte, und ich hatte noch nie was von Göttle gehört, als ich ihn auf der Friedrichshöhe kennen lernte. Und dass mein Großvater gerade zu der Zeit dort eingewiesen wurde, war einfach nur Zufall.«

Ehrlich nickte. »Dann hatte der Eduard also die richtige Ahnung ...« Den Rest des Gedankens behielt er für sich und beschränkte sich aufs Kopfschütteln. Dann, als er damit fertig war: »Seien Sie um Gottes willen behutsam mit dem Geld, sonst fliegt noch alles auf, wenn sie zu sehr auf die Pauke hauen. Und eines schwöre ich Ihnen: Wenn Sie uns in den Abgrund reißen, dann sorge ich irgendwie dafür, dass Sie das nicht heil überstehen!«

»Schicken Sie beim nächsten Mal Ihren Bruder«, war alles, was Thomas dazu noch einfiel. Die Sache war erledigt.

Erhard Ehrlich bugsierte den Koffer umständlich auf die Rückbank und stieg aus. Thomas sah ihm nach, wie er davonfuhr. Dann warf er einen Blick auf das Geld und es stockte ihm kurz der Atem, als der die ungeheure Menge gebündelter Scheine sah ... morgen würde er zum ersten Mal überhaupt in seinem Leben in die Schweiz reisen.

Hatte er es richtig gemacht? Wer weiß. Er konnte nur hoffen, dass sein Vater und auch Wilhelm Kolb zufrieden mit ihm wären, wenn sie, wie es ja einer kindlichen Vorstellung vieler Leute entsprach, von irgendwoher sein Treiben verfolgen könnten. Was hätte ihm die legale Lösung schon bringen können? Göttle war nicht mehr zu bestrafen. Und sein rechtmäßiges Erbe hatte Thomas, als er es genau bedachte, gar nicht haben wollen: Dieser Betrieb dort draußen in Leingarten schien ihm nicht mehr das, was Wilhelm Kolb seinem Vater hatte vererben wollen, sondern längst zu etwas anderem geworden, zu dem, was das Lumpenpack, das dieses Erbe gestohlen hatte, mit seinen stinkenden und gierigen Fingern daraus gemacht hatte. War es da nicht sauberer, sie einfach zahlen zu lassen? Er mochte damit nicht nach den Buchstaben des Gesetzes handeln, aber doch immerhin im Einklang mit der ganzen Welt, in der sich ja längst – gewissermaßen als Grundkonsens des zivilisierten Zusammenlebens – die Einsicht durchgesetzt hatte, dass der höchste aller Werte der des Geldes sei. Konnte demnach überhaupt auf gründlichere Art und Weise Gerechtigkeit geschaffen werden, als vermittels einer Geldstrafe, und wäre nicht alles andere bloß romantisches Gehabe gewesen? Schließlich hatte er nun bereits die ersten dreißig Jahre seines Lebens verträumt und vertrödelt – so richtig aufgewacht war er erst in Silvias Badewanne. Jetzt holte er sich das, was ihm zustand und was schon seinem Vater zugestanden hatte, nämlich genug Geld für ein fettes Leben, und er befürchtete nur noch, dass er sie hatte zu billig davonkommen lassen.

Jedenfalls würde er noch viel Muße haben, sich mit solch grundsätzlichen Fragen zu beschäftigen. Denn er war ja nun ein wohlhabender Mann.

Er sah wieder hinunter auf seine Stadt im Regen. Sie sah so aus, wie sie immer ausgesehen hatte, und alles in ihr ging seinen gewohnten Gang, angetrieben von den ewigwährenden Befürchtungen und Hoffnungen ihrer schwäbelnden Bewohner. Nur er, Thomas Haas, war nicht mehr ganz derselbe, der er vor ein paar Sommerwochen noch gewesen war. Seine Neugier war befriedigt.

Er startete den Motor und fuhr los: Hinaus nach Eichelberg, zur Friedrichshöhe, angetrieben von dem irrsinnigen Einfall, den Großvater einen Blick auf das Geld werfen zu lassen. Es gab ja zur Zeit niemanden sonst, dem er es hätte zeigen können.

## KBV-KRIMI

Carsten Piper

**Mord an Der Müritz**

KBV-Krimi Nr. 92
Taschenbuch, 192 Seiten
ISBN 3-934638-92-9

Der Berliner Kriminalkommissar Hans Conrad hat Urlaub von Job und Familie. Er kauft ein altes Wohnmobil und fährt in das Gebiet der Mecklenburgischen Seenplatte. Hier landet er auf einem Campingplatz an der Müritz. Zahlreiche Herren aus Berlin oder Hamburg gehen hier mit Unterstützung hilfsbereiter Damen ihren Neigungen nach.
Am Morgen nach Conrads Ankunft findet man die nackte Leiche eines Mannes.
Conrad interessiert sich zwar nicht sonderlich für die Sache; doch Ruhe ist ihm nicht vergönnt, denn auf Betreiben der örtlichen Polizei wird er von seiner Dienststelle angewiesen, die Ermittlungen zu unterstützen.
Kaum ist er involviert, werden in Berlin seine kleinen Kinder auf ominöse Weise bedroht.
Conrad gerät unter Druck.

Klaus Wanninger

**Schwaben-Angst**

KBV-Krimi Nr. 104
Taschenbuch, 348 Seiten
ISBN 3-934638-87-2

Konrad Böhler, ein friedlicher Weinbauer, wird in seinem Wingert inmitten der malerischen Landschaft unterhalb der Grabkapelle des Württembergs gefunden. Er wurde mit Blausäure vergiftet. Nur einen Tag später ereilt den Organisten von Großaspach vor seiner Kirchenorgel dasselbe Schicksal.
Auffallend kleine Fußabdrücke, die an beiden Tatorten gefunden wurden, weisen auf den gleichen Täter hin. Giftmorde – die Taten einer Frau?
Kommissar Steffen Braig und seine Kollegin Katrin Neundorf sehen sich im Zuge ihrer Ermittlungen vor die Frage gestellt, was die beiden Mordopfer miteinander verband. Sie durchleuchten die privaten und beruflichen Sphären der beiden Männer und finden heraus: Beide hatten ihre Ehefrauen mit außergewöhnlicher Unverfrorenheit betrogen.

Ralf Kramp

**Malerische Morde**

KBV-Krimi Nr. 100
Taschenbuch, 206 Seiten
ISBN 3-934638-57-7

Die Maare sind die »Augen der Eifel« – geheimnisvolle runde Kraterseen, um die sich Sagen und Legenden ranken. Zwei Leichen stören eines Tages das Idyll: Ein alter Maler und sein junges Modell werden am Ufer gefunden, und ausgerechnet Herbies Freund Köbes wird des Mordes verdächtigt.
Nach zwei Jahren kehrt Herbie Feldmann in die Eifel zurück, und auch sein unvermeidlicher Schatten Julius ist wieder da. Gemeinsam machen sie sich auf die Suche nach dem wahren Täter. Dabei decken sie Machenschaften einiger Maler, Fälscher und Sammler auf, die vielleicht besser im Verborgenen geblieben wären.

*»Schwarzer Humor und Fabuliergabe.«*
(Trierischer Volksfreund)

KBV-KRIMI

Jürgen Siegmann

**Risse Im Eis**

KBV-Krimi Nr. 101
Taschenbuch, 240 Seiten
ISBN 3-934638-57-0

Es ist Dezember, kurz vor Weihnachten. Lütgeoog, eine winzige Insel an der Nordseeküste, liegt im Winterschlaf. Zu den wenigen Urlaubern, die sich von den frostigen Temperaturen nicht abschrecken lassen, gehört der Hamburger Hauptkommissar Schmitz, der mit seiner Freundin Tessa Erholung von der Hektik des Großstadtlebens sucht. Doch bei einem morgendlichen Dorfrundgang entdecken die beiden eine Leiche: den Apotheker Jenssen.

Alles deutet auf einen Herzanfall hin. Und wenn Schmitz nicht zufällig am Vortag einen lautstarken Streit des Apothekers mit einem fremden Mann mitbekommen hätte, wäre wohl nie Ungewöhnliches aufgefallen. Schmitz beginnt zu ermitteln, und schnell bekommt die idyllische Fassade der Touristikinsel erste Risse. Es stellt sich heraus, dass Jenssen äußerst unbeliebt war ...

Mathias Christiansen

**Der dritte Fehler**

KBV-Krimi Nr. 102
Taschenbuch, 220 Seiten
ISBN 3-934638-55-4

Im Norden Berlins ist ein Reisebus von einer Brücke gestürzt und explodiert. Der Fahrer und ein Reisebegleiter kommen dabei ums Leben.

Kriminalhauptkommissar Brodersen übernimmt den Fall, der ihn inmitten der Unwägbarkeiten seines drohenden Scheidungsdesasters trifft. Die Ermittlungen der Spurensicherung ergeben schon bald ein eindeutiges Bild: Die Fahrzeuginsassen sind einem Sprengstoffanschlag zum Opfer gefallen. Rasch wird klar, auf wen es der Täter abgesehen hatte: Reiseleiter Roland Leonhardt, der den Bus ursprünglich hatte begleiten sollen, wird vier Tage später vor seinem Haus erschossen. Kurz darauf wird seine Frau niedergeschlagen.

Für Brodersen und seine Leute beginnt ein Wettlauf gegen die Zeit auf den nächtlichen Straßen von Berlin.

Justin Larutan

**Kidnapped in Benztown**

KBV-Krimi Nr. 80
Taschenbuch, 253 Seiten
ISBN 3-934638-80-5

Frank Vodenka, ein mittelmäßiger Privatdetektiv, lebt nach seiner Scheidung vereinsamt in Feuerbach. In einer Edeldisko lernt er ein junges Mädchen kennen  Julia. Die Liebe seines Lebens? Sie verbringt einzigartige Stunden mit ihm, verschwindet aber noch in derselben Nacht spurlos. Frank möchte sie unbedingt wiedersehen; doch alle  auch Leute, die sie ihm persönlich als ihre Freunde vorgestellt hat – behaupten, das Mädchen nicht zu kennen. Frank beginnt der Sache nachzugehen und wird dabei nichts ahnend in einen Strudel dunkler Machenschaften hineingezogen ...

Ein spannender, sprachlich ausdrucksvoller und atmosphärisch dichter Krimi aus der HipHop-Hauptstadt Stuttgart.